SOFIA DE ROODE

FAMILIEOFFER

novum pro

Dit boek is ook als
e-book
verkrijgbaar.

© 2025 novum publishing gmbh
Rathausgasse 73, A-7311 Neckenmarkt
office@novumpublishing.nl

ISBN 978-3-7116-0821-5
Geredigeerd door: Ine van Gerwe
Ontwerp omslag, lay-out & typografie:
novum publishing

www.novumpublishing.nl

Print product with financial
climate contribution
ClimatePartner.com/16547-2311-1001

Het heden

De tijd van begrip, weliswaar doorkneed met nuchter verstand in het motief over de dood, doorkruiste hij niet zonder gevecht. In rechtvaardige strijdershouding verzette hij zich tegen een onzichtbare wond, zo nauw verbonden dat de dood hem trachtte te strikken in een leugen, ver afgedwaald van de waarheid, het leven. Na een tijd van rusteloze omzwervingen, en dankzij het geloof en schatgraven in de bijbel, behaalde hij een glorieuze overwinning. Zonder moeite van opgekropt verdriet, noch pijn in het hart, noch sporen van bitterheid tegen de omgeving als tegen hemzelf, sprak hij kostelijk vrijmoedig over zijn genezen wond. Meer stoeiend verontrustte het niet-begrijpen hoe laag het strijdniveau van zijn vrouw was gedegradeerd in het aangrijpen van bereikbare mogelijkheden, die volop om haar heen leefden. Springlevend elk uur van de dag en nacht. In haar volle bewustzijn koos zij voor de dood. De greep in de intensiteit van haar verdriet liet duidelijke sporen achter hoe doortastend haar eigen opgezette valstrikken van het pijnlijk verleden haar vasthielden. Met lede ogen bemerkte hij haar vlucht van elke realiteit. Ze vluchtte van hem, vluchtte van haar kind, en het zou hem niets verbazen als ze ook vluchtte van zichzelf. Nu stond hij daar aan het voeteneind van haar sterfbed. Machteloos, hulpeloos. Zijn strijdwapens, en God kende zijn liefde voor zijn vrouw, leken niet geducht te zijn tegen haar onverzettelijke koestering naar de dood. God Zelf opende Zijn volgende woorden aan hem:
"Dood en leven zijn in de macht der tong, wie aan haar toegeeft, zal haar vrucht eten."
Door het lezen van deze onverzetbare woorden erkende hij zijn machteloosheid. Dit was wat zijn vrouw deed de afgelopen vijftien jaar. Met haar eigen tong opende zij de macht voor de overheersing van de dood. En het gebeurde op ditzelfde ogenblik toen zijn strakke blik op haar slapend gelaat nog beter besefte

wat Gods woorden inhield, haar verlangend, verdorven hart, at zij nu haar vrucht, de dood.

"Wat is toch het gewin, triest toch,' dacht hij verdrietig, 'waarom greep zij niet de kans aan om te kiezen voor het leven en zo ook voor haar huwelijk en enig zoon?' Waarschijnlijk bemerkte ze in haar slaap zijn onverwachtse aanwezigheid en opende verschrikt haar ogen. Hij verroerde zich niet en zei ook niets. Huiver bekroop zijn rug. Wat moest hij nog zeggen? Wat wilde ze nog van hem? Nutteloos en onbehaaglijk stond hij op zijn benen. Hoe zwak zij zich liet vertroetelen door de kracht van de dood, besefte ze in vol bewustzijn zijn roerloze blik en negeerde het. Zonder druppel schuldgevoel zei ze zwak: "Ik zie, Junior heeft zijn taak vervuld. Dank je voor je komst." Hij antwoordde niet. Huiver, verbijstering hielden zijn gedachten vast hoe fanatiek en energiek haar leven toen was en bewust in de omhelzing van de dood alles langzaam uit haar bestaand leven wegzoog. Haar doffe donkerblonde haar aanschouwde armoedig bij haar eens levendig, energieke, verfijnde gelaat. Eens sprak hij hoofdschuddend tot zijn eigen spiegelbeeld over haar begeerlijk lichaam: 'Tsss, wat een lichaam, nog volmaakter dan een zandloper,' en dan overdreef hij niet. Hoe vaak hij al niet voor grijpgrage mannenhanden moest vechten voor bescherming van dit kostbare, wonderschone lichaam. Plots drong hem een andere vraag in zijn gedachte: is de dood werkelijk de gemakkelijke oplossing? Hoeveel weegt de waarde van het leven? Het leek of deze vraag hem wakker schudde uit zijn analyses. "Wat doe ik hier?" vroeg hij bijna onvriendelijk.

Tijdens haar onverwachts bezoek in Nebraska waar haar echtgenoot woont, verbleef hun zoon in Canada. Onverbloemd onthulde hij haar liefdeloosheid. Wat wist zij van de afgelopen vijftien jaar van haar zoon, die schrijnend hunkerde naar zijn moeder? Eens huilde hij voor een lieve moeder, nu leek het vanzelfsprekend zonder moeder te moeten leven. Zijn belangrijkste voorstel voor verzoening weigerde ze definitief volmondig. Zijn laatste strijdwapen, vergevingsgezindheid, bood hij aan, tevergeefs.

"Je bent alleen", raspte ze hees.

Nu verloor hij alle beheersing en zijn woede barstte los. Zijn oude wond geheel gesloten, doch het opgekropt niet-begrijpen van haar waardige strijdlust, energieke levenslust triggerde hem. "Jij bent werkelijk een lafaard, Elizabeth. Jij bent echt de gemeenste vrouw die ik ooit heb gekend. Jij troost nog liever een dode, dan van levenden te genieten. Ik weet waarom jij danst met de dood. Je hebt het mijn moeder nooit vergeven en ik blijf het zeggen: zij is onschuldig!"

Met haar resterende leven, voldoende krachtig, priemden ijskoude blikken in zijn woedende ogen.

"In alles heb je gelijk, Tobey, ik ben een lafaard, niet-vergevingsgezind en dans met doden."

Elizabeth zuchtte. Ze was het levende leven zat. Vermoeid draaide ze haar hoofd naar het raam in de begroeting van de strakke hemel, doch niets daarvan bracht haar onder de indruk.

"Ik ken jou, Tobey, je hoort bij mij", zei ze zonder haar hoofd om te wenden.

"Ik ben dan wel traag van begrip, Ell, jij bent werkelijk een sluwe vos. Ben je tevreden met jouw doodswens? Overigens, ik heb Junior afgeraden Olivier te bellen", zei hij op stevige benen.

Elizabeth forceerde een ironisch glimlachje op haar uitgeholde wangen.

"Jíj hoort met mij op papa's ranch", hijgde ze opgewonden. "Jammer van Junior..."

"Zo gewiekst ben jij! Laat me jou wakker schudden, Ell, met al jouw verlangen naar de dood en wraakzuchtigheid is desondanks Fork Ranch, onze zoon, geboren, geloof het maar."

Daar stokte Elizabeth en zweeg keihard.

"Mijn God, mens, je deed het alles met voorbedachten rade. Weet je, je bent echt ziek in je hoofd! Je bent niet goed snik! Waar jij je allemaal mee bezighoudt!" riep hij radeloos uit. Plotseling verscheen de nietsvermoedende oncoloog in de ruziemakende kamer. Zwijgzaam liep ze rechtstreeks naar Elizabeth en luisterde met haar stethoscoop op Elizabeths borst.

"Heeft u pijn, mevrouw Johnson?" vroeg de oncoloog.

Elizabeth schudde zwakjes haar hoofd tot grote verachting van Tobey die deze hele absurde charade ontvluchtte naar de gang. Machteloosheid bekroop hem vergezeld van een gekietelde tong om de Allerhoogste te beledigen zelfs maar in mompelend gevloek. Zo razend was hij. Precies op tijd verloste de komst van de oncoloog zijn geduchte, slibberige tong.

"Meneer Johnson, uw vrouw wenst geen reanimatie..."

"Logisch niet, dok, voor iemand die de vrucht van de dood reeds jaren heeft gegeten!"

Boos stapte hij de kamer binnen, terwijl de oncoloog hem geschokt nakeek. Voor het amper resterende leven wat nog in Elizabeth rustte, sliep ze weer. Opgewonden bleef hij staan bij het voeteneind, hoewel hij dondersgoed besefte van het onnut haar nog verder uit te foeteren. Om haar de dag van het leven te besparen, vond hij enige opluchting bij het raam. Ver beneden hem bewogen miniatuur autootjes, kleine mensjes, kleine boompjes die eveneens de miniatuur grasvelden omheinden. Van bovenaf leek alles precies in het sprookje van Gullivers reizen. Gulliver de 'reus' gevangen door een lilliputtervolk. "Bij God zo niet!" mompelde hij vastgrijpend in nuchterheid aan het leven in een kamer plotseling geurend naar de wrange doodsmaak. Opnieuw aanschouwde hij zijn eens liefhebbende vrouw. Onbegrijpelijk, hoe onbezonnen en onbevreesd zij hunkerde naar de valstrikken van de dood. Haar verharde hart omhuld met een vreemde, dodelijke ziekte in dit onwenselijke ziekbed en haar eens gezond, bekoorlijk lichaam veranderde in een verschrompeld iets wat alleen de keuze naar de dood kon veroorzaken...

Lief dagboekje, juni 1962

Mijn naam is Tobey Johnson, vierendertig jaar.

Aangevuurd door nieuwsgierigheid prikkelt het mijn gedachten tot in mijn diepste geheimen, zover ik ze kan herinneren, in de verste uitdaging bloot te stellen op nu nog papierblanke bladzijden en straks ordelijk volgeschreven met zwarte inkt-letters. Geen eerzucht vervult mijn ziel jouw lege bladzijden te vullen, slechts betrouwbare, waargebeurde avonturen. Nog onbetrouwbaar in het navigeren en standvastig koers houden van mijn eenvoudige pen speur ik dapper rond in het voor mij niet onbekende, rijkelijk voorziene alfabet. Een bordje vol met letters die ik in de schoot geworpen kreeg door mijn lieve vader. Ook mijn grootste held, betovergrootvader Opa Young Jack, was hieraan debet.

Lief dagboekje, vele mijlen heb ik vlijtig mijn gedachten doorvorst mij een dagboek toe te eigenen. Desalniettemin, ik stootte tegen verbazingwekkende feministische allure en vroeg mij af of ik worstelde met mijn mannelijke individu. Pubermeisjes spannen immers de kroon in volharding hun dagboek vol te kriebelen met hun hartstochtelijke dromen en diepste geheimen. In ernstige zorgvuldigheid besloot ook ik, net als zij, het pad te volgen, daarbij heb ik serieus nagedacht over de krachtige reden van het schrijven. Ik steun weliswaar nu nog op een waagstuk en probeer onheilen te voorkomen, doch slechts één reden valt mij telkens voor de voeten: een-zaamheid. En hier ben ik, een eenzame getrouwde man op zoek naar aanspraak.

Mijn vrouw Elizabeth, mijn lieve schat, een bron van bruisend leven, vulde mijn hart waar geen menselijk brein iets aan hoef-de toe te voegen. Eerder onbezonnen sprong ik samen met haar van de hoogste bergtop, ziedende stormen trotserend. We doorkliefden hoog opzwellende woeste golven. Na elke overwonnen strijd laafden we verkoeling in stille valleien, een onvoorstelbare plek van opspringende bronnen van rust. Onbetwist in vol vertrouwen zetten we ons huwelijksleven in de waagschaal. Onoplettendheid of noem het argeloos, ver-schenen onaangekondigd dreigende duistere wolken rondom ons warm nestje. Heftige woedende donderslagen schudden ons fundament, barsten en scheuren spaarden onze kwetsba-re paradijselijke muren niet. Het geluk in ons huwelijk bleek niet opgewassen te zijn tegen een onherstelbaar feit, verdriet over de dood. Nooit durfde ik verwachten noch bedenken hoe Elizabeth de dood prees, terwijl het leven zoveel hoop en genezing aanbiedt. Hartstochtelijk zoekend naar mogelijkheden om haar dwaze dromen te verwezenlijken, stuitte ze op het verleggen van onmogelijke grenzen. Met diepe smart en lede ogen doorkruiste ik samen met Elizabeth een eveneens hulpeloze wereld. De meest gevreesde vijand, de dood, ontwortelde de geloofwaardigheid van ons huwelijk en vervuld met droefheid scheiden onze wegen. Dankzij haar baas William kreeg Elizabeth eindelijk de doorbraak van haar dwaze droom. In zijn sluwigheid creëerde hij van haar een onomstotelijke carrièrevrouw in een harde zakenwereld waar ik geenszins, in geen enkel opzicht, een kundige in ben. In voorbedachte rade ondertekende Elizabeth een gevaarlijk contract buiten mijn medeweten met als doel haar rusteloosheid te bevredigen, het blijven verkassen van de ene naar de andere hoek in deze ellendige wereld. Ik zou gaarne deze verdorven wereld willen vervloeken, maar ter wille van Gods kinderen houd ik verstandig mijn lippen op elkaar. Heus, stil dagboekje, het doorkruisen van een gigantische wereld samen met een geslepen vrouw hield ik voor lief. Hoe vreemd toch, dagboekje, gebonden te leven met een fantastische vrouw en toch, ik kan niet anders zeggen: ik ben eenzaam.

Maar zie, in de hemel en hier op aarde, leeft God de Almachtige en ik geloof in Zijn wonderen.

Dagboekje, augustus 1962

Mijn bijna verloren hart sprong op van opborrelende blijdschap toen Elizabeth monotoon de blijde boodschap verkondigde van haar zwangerschap. Hoe wij beiden in een overeenkomstige overtuiging leefden, dat ons een zoontje zou geboren worden, was mij een raadsel. Onze trouwe vrienden wantrouwden onze diepe overtuiging en ervoeren meer een dwaze belevenis in een

zweeftocht van één of andere zeepbel. Enkelen echter tracht-
ten deze fantasierijke bubbel te doorprikken door zoveel mogelijk twijfels in ons hart te zaaien en zelfs niet terug te deinzen
onze overtuiging te elimineren. Vooral Elizabeths grootmoeder
schroomde zich niet. Verwaand suggereerde ze voor een joodse
naam. Uiteraard wilde ik wel eens even weten waarom per se
joods? Slinks of niet, zij sprak over haar grootvader, afkomstig
uit de stam Levi, een rabbi, die de Thora met hart en ziel onderwees in de synagoge ergens in Amersterdam. Behalve haar
hoogedele Opa wel of niet als professor praktiserend, verklaarde
ze brabbelend via ingewikkelde omwegen in welke taal God Zijn
schepping uitsprak. Trots zei ze: Hebreeuws. "Absolute nonsens!"
weerlegde ik. Doch in haar volharding stond het buiten kijf dat
God zijn schepping in het Hebreeuws uitsprak. Ik stond in vol-
strekte verbijstering waarom ik geen doorbraak kreeg om haar
weerzinwekkende gedachten te verijdelen. Welke en hoe ik mijn
weerleggingen ook in de strijd gooide, niets hielp, zelfs niet met
de hulp van mijn lieve vrouw Elizabeth. Voordat mijn wanhoop
rees, vond ik een uitweg naar mijn goeie vriend die studeer-
de aan de universiteit in onomastiek. Heel gedetailleerd legde
hij uit hoe een naam was ontstaan en waar die oorspronkelijk
vandaan kwam. Mede helpend in mijn strijd overhandigde hij
mij een namenboekje rijkelijk voorzien met uitleg. Opgelucht
met goede moed keerde ik terug naar Elizabeth en bezigden we
de juiste naam te kiezen voor ons spruitje. De ontdekking ontvouwde nadat Elizabeth en ik in een tuincentrum een olijfboom
en een aantal bontkleurige Spaanse margrietjes kochten. Tegen
Elizabeths wil in. Haar ogen en rusteloos hart gunden mij geen
thuis. Toch verlangde ik onze karige voortuin te beplanten met
de groene olijfboom en de kleurrijke bloemen. Thuisgekomen
plantte ik in volle teugen van plezier meteen alles in de vrucht-
bare aarde en besproeide het daarna met water. Tot in de late
avond zochten we naarstig naar een naam voor een nog vorm-
loos lichaampje in Elizabeths buik. In een zonovergoten ochtend
bezocht ik de voortuin starend naar de weelderige groene olijfboom en onvermijdelijk: het wonder geschiedde. Het toppunt

van mijn naarstig zoeken droeg eindelijk vrucht. 'Olivier', klonk kraakhelder in mijn hart. Zowel van schrik als onuitsprekelijke verbazing raasde ik naar binnen.

"Ell! Ell!", riep ik. "Ik heb de naam van onze baby gevonden!!"

"Oh, vertel", vroeg ze bijna verrast.

"We dopen hem met de naam Olivier. Olivier is in het Latijns olijfboom, geeft economisch olie en de olijftak is het symbool voor vrede. Wel?"

"Waar haal jij deze wijsheid vandaan? Klinkt niet gek. Olivier", herhaalde Elizabeth nadenkend en knikte goedkeurend. "We hebben een naam, lieverd. Olivier. Olivier Johnson."

Eindelijk, dagboekje, eindelijk rust mijn ziele gelijk het niet te meten universum. Wonderlijk hoe mijn opgewondenheid groeide over zijn veelzeggende naam. Voorts plaagden voorstellingen mijn gedachten hoe mijn ongeboren kindje te naderen, zonder enig argwaan op te wekken bij Elizabeth. Eens ik trachtte met Olivier te praten, wimpelde Elizabeth kribbig af. In grote noodzaak bereidde ik mijn plan voor in het holst van de nacht, wanneer Elizabeth haar diepste slaappunt had bereikt. Vanaf dan weerhield niets mij om Olivier de avontuurlijkste voorvadersverhaaltjes te vertellen. Diep verschanst onder de dekens waagde ik fluisterend mijn stem kenbaar te maken met veel succes. Natuurlijk gebeurde eens het onoverkomelijke. Ik werd betrapt middenin het heetst van mijn verhaal, hoe goed ik onder de dekens meende te hebben verschanst en hoe fluisterend ik hem toesprak. Elizabeths eis klonk pittiger dan een commando. Verplicht moest ik naast haar liggen en mocht haar slaapgenot niet meer storen, daarbij zei ze op strenge toon:

"De foetus is nog niet bereid in het aanhoren van jouw levenslustige verhalen."

Weerzinwekkend klonken haar onaantrekkelijke woorden. Koppig geloofde ik diep in mijn hart, mijn zoontje zal bij zijn geboorte mijn stem herkennen, hoe dan ook...! En gelijk Don Quichot, de dwaze, idealistische molenstrijder, weigerde ik mijn geloofwaardigheid op te geven, want, zo opperde ik bij mezelf, de stem van mijn voorvaders eer zal voortleven in mijn zoon, Olivier.

O dagboekje, Oliviers geboorte was een voortreffelijk, heerlijk genot. Alles maakte ik van heel dichtbij mee. Vanaf het breken van het vruchtwater, de zenuwslopende afwachting om te persen en Elizabeth och arme al maar puffen en puffen tot het eindelijk tijd was om te mogen persen. Dan maar weer wachten en dan weer persen en ik perste van de spanning ook maar mee alsof ik degene was die moest bevallen. Uit de strenge mond van de vroedvrouw klonk iets zorgelijks. "Als het kind langer blijft treuzelen dan wordt het moeilijker voor Elizabeth." Meteen ondernam ik actie en sprak tot Olivier tot groot ergernis van Elizabeth. Ongestoord boog ik over haar buik en sprak hem geruststellend aan: "Olivier, kom, laat ons jou verwelkomen, lieverd. Papa en mama wachten op je."

Mijn volharding in de nachten mijn stem kenbaar te maken aan mijn zoon, droeg vrucht. Het kind kwam in beweging en Elizabeth perste moedig voort. Hoe wonderschoon verscheen het kleine bolletje volledig zwart gehaard, bereid om ons te begroeten. Vol verwachting en ietwat ongeduldig ontving ik Olivier, nadat ik de navelstreng mocht doorknippen met tranen en mijn pasgeboren hummeltje in mijn armen droeg. Zijn roze handje vatte mijn neus bij het herkennen van mijn stem. Reikhalzend begroette iedereen verbaasd en afgebluft ons zoontje, Olivier. Vooral Elizabeths grootmoeder, ondanks dat ze dondersgoed begreep dat de betekenis van Oliviers naam was verweven met de Joodse traditie omtrent de heilige olie in het Oude Testament, glansden haar ogen vol verachting.

Dagboekje, ik heb je zo een beetje laten kennismaken met mij, Elizabeth, ons zoontje Olivier, onze familie, vrienden en kennissen. Zelfs heb ik pogingen gezocht *hoe* ik jou wil invullen en in mijn sterkste bevroeden, denk ik het te hebben gevonden. Maar wat belangrijker is: mijn zoon Olivier, mijn erfgenaam zal zijn lieve ouders ontdekken wie ze zijn en zeker ook zijn voorvaders…

Dagboekje

In de late avond werden we overrompeld door harde slagregens en zwiepten harde rukwinden dikke regendruppels tegen de slaapkamerraam van mijn baby. Ik betwijfelde of de slapeloosheid van mijn zoontje werd veroorzaakt door de storm, mateloos wiegde ik hem rustig tot al zijn rusteloosheid in het niet verdween. Grappig eigenlijk, sinds zijn geboorte nadat hij naar hartenlust had gedronken, een schone luier aankreeg en ik hem na zijn boertje zonder weerstand in zijn bedje legde, was slapen een heerlijk genot. En juist deze avond eiste Olivier mijn aandacht, terwijl ik aan een voor mij zeer belangrijk project wilde werken. Met mijn neus wreef ik sussend over zijn zacht voorhoofdje en sprak hem zachtjes toe.

"Als ik iets mocht wensen, dan wenste ik voor jou eindeloze zonnestralen in een lucht blauwer dan blauw. Wat zeg je daarvan, hm?"

Klaarblijkelijk genoot Olivier van het rijmpje, een glimlachje vergezeld met sprankelende oogjes verscheen op zijn gezichtje tot plots zijn aandacht stoorde door de rinkelende telefoon. In mijn slaapkamer nam ik op.

"Met Tobey."

"Hallo schat, hoe gaat het daar?"

Op bevel van William moest Elizabeth voor een aantal weken naar het buitenland en daar was ik helemaal niet zo gelukkig mee.

"Ja, goed. Zelfs zo goed dat onze spruit opeens niet wil wil slapen. Hm, makkertje?"

Weer wreef ik met mijn neus tegen zijn voorhoofdje. In alle ernst volgden zijn grijze oogjes ons gesprek.

"Dus dat betekent: jij werkt vanavond niet aan jouw project?"

"Plaag of bemoedig je mij?"

"Het is meer dan interesse, schat..." wist ze mij elke keer om te praten.

"Nee, niet vanavond", zuchtte ik, "maak je geen zorgen... trouwens..."

"Ik kom over twee weken weer thuis", haakte ze snel in. "Ik bel je. Oké?"

"Is goed. Ik mis je wel, wist je dat?" Ik wilde zoveel mogelijk beteuterd klinken.

"Ja, dat weet ik maar al te goed, want ik mis jullie ook...-tot gauw...- en geef Spruitje een kusje."

"Doe ik...", eer de rest van mijn antwoord door de hoorn klonk, barstte ongenadig de kiestoon.

"Typisch jou moeke, angst voor repliek."

Onverstoord wandelde ik terug naar zijn slaapkamer. Voor de kalender, die ik begin januari aan de muur timmerde, bleef ik staan. Ik glimlachte.

"Je bent al drie zomerweekjes oud, kereltje. Te midden van een ruig weerbarstig onweer in jouw zomergeboortemaand, hm? Kom, laten we ons spoeden wat papa tot nu toe heeft verzameld voor zijn zeer belangrijk droomproject," sprak ik monter. opgemonterd.

Olivier vulde rijkelijk mijn vaderlijke armen en in de studiekamer bij mijn bureau haalde ik een sleutel uit een versierd doosje naast de pennenkoker en opende daarmee de eerste bureaulade aan de rechterkant. De bovenste map haalde ik eruit en legde die op het bureaublad.

"Weet je wat dit is, mijn jongen? Goud! Dit is echt goud! De rijkdom die jouw vader speciaal voor jou achter. Een ongekende erfenis. Later ben jij de rijkste erfgenaam die ooit op aarde leeft."

En terwijl ik alle verzamelde, belangrijke informaties één voor één bestudeerde, verhaalde ik de rijkelijke avonturen over mijn dappere held, Opa Young Jack. De uren verstreken, de regen plensde onophoudelijk. Ik had niet door hoe rijkelijk ik zijn tere oortjes vulde en Olivier zijn oogjes sloot voor de nachtrust...

Lief dagboekje

In de tijd die Elizabeth en ik doorbrachten in Semarang, Indonesië, werd ik niet alleen opgezogen door de onuitsprekelijke ongerepte natuur, maar zeker ook de hardwerkende moeders vielen mij sterk op mijn netvlies. Geen moment verlieten zij hun pasgeboren telgen uit het oog en dat bekostigden zij heel geraffineerd. Met een grote doek diagonaal over hun lichaam verborgen zij aan de borst hun baby. Dit speelde in mijn gedachte om Olivier precies zo te droppen in een eigen genaaide kangoeroezak, die ik aan mijn voorkant plaatste. Het was een briljant idee, immers, Elizabeth was geen huisvrouw noch moeder, ook niet als ze thuis was en dat brak mijn hart, maar met Olivier aan mijn borst kon ik vrij overal mobiliseren waarheen ik maar wilde. De eerste paar weken droeg ik met grote zorg mijn hummeltje van bijna drie kilo en zijn lengte van vijfenveertig centimeter, dat ik regelmatig moest opletten of hij er nog wel in zat. Ik twijfelde zo sterk aan mezelf of ik de kangoeroezak niet te ruim had gemaakt. Mijn bezorgdheid slonk dankzij Oliviers groei en eindelijk kon ik met gerust hart met hem samen in het centrum van Maaseik in de gezellige winkelstraat de boodschappen doen. Olivier veilig in zijn kangoeroezak trok altijd veel aandacht, vooral voor een gezellig babbeltje op één van de terrassen op de Grote Markt. Zijn snoezig zonnelachje werkte zo aanstekelijk dat elke terrasgast zich niet kon weerhouden voor een warme welkom. Ook thuis vergezelde hij overal in de huishouding, in de garage, knutselen aan de auto, mijn houtbewerkingen, enfin een aantal maanden verbleef hij koesterend aan mijn borst. Vrijheid werd niet een ieder geschonken, maar Olivier gunde ik de wereld.

Toen mijn rakkertje eenmaal gebalanceerd op zijn voetjes de wijde wereld in huis wist te doorkruisen, werd mijn zoektocht naar hem een gigantisch avontuur. De serre afgebakend met een hek wist hij ingenieus te ontsnappen. Eens vond ik hem in mijn klerenkast heerlijk sabbelend op een koekje, waarschijnlijk vond hij die op de tafel nadat ik mijn koffie had gedronken. De leukste herinnering was toek ik hem ontdekte in het berghok. In het donker at hij een van mijn lekker ingesmeerde chocolade-boterhammen en zijn toet zat vol met chocola. Wat een heerlijk ventje heb ik toch! Ik kan je vertellen, dagboekje, kinderen zijn zo superslim, dat waar zij zich in hebben doorgedrongen er niet meer uit kunnen. Met mijn makkertje was het niet anders. Hoe hij zijn hoofdje tussen de houtentralies van zijn box doorheen heeft gewurmd is mij tot nu toe nog altijd een raadsel. Verwoed met een zaag bevrijdde ik Olivier uit zijn benarde toestand. En wat was nu veel erger voor een baby in het uitbreken van zijn eerste melktandjes, precies, het gevolg van koorts en huilbuien en juist in die periode was Elizabeth thuis. Ik vroeg haar of ze even op hem wilde passen, doch klaar en duidelijk zei ze ijskoud: "Om de donder niet!"

Hoe liefdeloos Elizabeth ons zoontje afstootte, overweldigde me. Doch weet één ding, dagboek, welk een troost en liefde ontving ik van Olivier. Ja, ik dank de Allerhoogste, Die mij een zoon heeft geschonken in wie Hij Zich niet heeft vergist.

Lief dagboekje, nazomer 1965

In mijn studiekamer hing aan de muur een A0 waarop ik keurig alle nodige strakke verticale lijnen verbond met eveneens horizontale strakke lijnen. Onder elk uiteinde van een horizontale lijn schreef ik twee belangrijke namen. Van een afstand gezien onthulde zich van boven naar beneden in werkelijkheid een boom. Een fascinerende boom rijkelijk voorzien van dappere helden; zo kreeg mijn geheime project eindelijk vorm. Onze intrigerende familiestamboom. Olivier, een maandje geleden drie jaar geworden, zonder aanwezigheid van zijn mammie, triest weliswaar, moest reeds de tel zijn kwijtgeraakt hoe vaak ik mijn kleurrijke verhalen vertelde over zijn voorvadersgeschiedenis. Mijn constructieve intelligentie in het tekenen van onze dierbare familiestamboom schonk mij echter geen echte voldoening, maar elk waargebeurd verhaal rechtstreeks uit de mond van

17

mijn lieve Opa Jack zorgvuldig door hemzelf opgeschreven in een gelinieerd schrift. Een familie-erfstuk – op zijn sterfbed aan mij persoonlijk overgedragen. En om mij niet te storen bij mijn droomproject plaatste ik Olivier in een schommelzitje vastgehecht met elastische banden aan het plafond. Doch Olivier, in kinderlijke wijsheid, liet zich niet langer in de luren leggen en was het op en neer gewip al gauw beu. Zeurderig stoorde hij bij mijn geconcentreerd schrijven. Zonder morren stond ik op, nam hem uit het schommelzitje en droeg hem spelend op mijn arm. "Je bent toch zo'n heerlijk ventje, niet? Kom, dan gaan we buiten spelen."

Zijn vrolijkheid leefde op toen ik zijn kapoenlaarsje van de schoenenrek haalde, en hij huppelde zeer uitgelaten om me heen. Onmiddellijk begreep hij waar hij naartoe mocht. Gelaarsd holde hij naar de achtertuin en sloot zelf het hek, dat ik na zijn geboorte direct had geplaatst, tot groot ongenoegen van Elizabeth. Afgebluft door mijn nuchterheid hief Elizabeth het geestdriftige bakkeleien op waarom ik dat irritante hek direct na Oliviers geboorte moest plaatsen.

"Voorzorgsmaatregelen heet dat!" antwoordde ik koel.

Verzekerd van mijn scherp gehoor hoorde ik de telefoon rinkelen en verliet Olivier. Tevergeefs liet mijn overtuiging op mijn scherp gehoor mij in de steek en met benauwd hart ontdekte ik een geopend hek. Met een ruk keerde ik om en zag net op tijd Olivier olijk op zijn speelgoedtractor de oprit afrijden. Koddig eigenlijk, hoe zijn gelaarsde beentjes hem krachtig vooruit duwden.

De stilte in ons dorp precies afgestemd op de tijdstip van het dorpsschooltje en de kerkklok kon men de kruideniersbel horen rinkelen in huis, zo muisstil kon het zijn. Gerustgesteld liet ik mijn kleine rakker zijn proefrit zonder gevaar begaan. Maar hoe sterk is de spreuk, het gevaar loert achter een hoekje. Ergens dicht in de buurt hoorde ik een bekend ronkend geluid en uit het niets zag ik plots een blauw Citroën, die ik lelijk eendje noemde, uit een oprit de straat uitrijden. Verschrikt door het aankomend gevaar, rende ik harder achter Olivier aan, die midden op straat vrolijk zijn best deed vooruit te komen. Door mijn plotse verschijning draaide het lelijke eendje van de schrik een bocht bijna in de voortuin van mijn buurman en werkelijk, precies als een opgeschrikte waggelende eend heen en weer deinend zijn reis voortzette alsof er niets aan de hand was. Verbluft krabde ik op mijn achterhoofd en boog over Olivier, die met uitgestrekte armpjes schaterde van plezier en riep:

"Pappie, pappie..."

"Jij bent best een pienter kereltje, is het niet? Stiekem het hek openen, hm?"

Dagboekje

"Voorzorgsmaatregelen, hm?" eiste Elizabeth snibbig naar mijn verantwoording.

Onthutst en verslagen, zocht ik toch nog naar een manoeuvre voor zelfverdediging.

"Hoe weet jij dat nou? Er was helemaal niemand, geen kip, niemand was er te zien..."

"De buurvrouw tegenover ons zag jullie", antwoordde ze zelfvoldaan.

"De buurvrouw? Waar was dat mens dan!?"

"Ze zag alles door haar voorraam."

"Is dat mens nou gek geworden?? Als ze toch alles had gezien waarom snelde ze dan niet naar buiten om het leven van ons zoontje te redden, hm??"

Daarop kon Elizabeth geen verklaring verzinnen, behalve een excuus dat niets te maken had met Oliviers onverwachtse achtertuin ontsnapping.

"Luister, schat, deze buurt is een goeie buurt. De mensen waken over elkaar. Ze kennen hun grenzen met wie ze zich willen bemoeien..."

"Oh neen, Elizabeth, kom daar nu niet mee aan..."

"Met wat?"

"Dat weet je dondersgoed genoeg! Je moet weer verhuizen, is het niet?"

Voor haar stond de tijd stil en het was waar, twee seconden leken identiek op twee minuten. En daar stond ze verstomd. Hoe goed ik haar kende... te goed! Zuchtend gaf ze moeizaam toe.

"Ja, we moeten weer verhuizen..."

"Neen, neen, neen!! Jíj moet verhuizen, niet wij! Weet je wel hoeveel energie ik er telkens in moet steken om alles in en uit te pakken? Wat er allemaal moet geregeld worden? Hm, niet jij doet dit alles, ik! Neen, Ell, ik doe het niet meer!" Basta!

"Tobey, luister. Er zit niks anders op. William heeft mij beloofd om nog een keer te verhuizen. Het gaat om een belangrijk bedrijf in Texas..."

"Ell, houd toch op! Alle bedrijven zijn economisch en financieel belangrijk. William is simpelweg een ploert, nou hoor je het van mij. En waarom Texas? Nota bene, mens, we woonden ooit in Texas, herinner je nog? Weet je hoeveel keer we ondertussen zijn verhuisd? Nou, dat ben je natuurlijk helemaal vergeten. Als we nu weer verhuizen wordt het de tiende keer. Tien keer! Door die vlegel heb ik alle vier windstreken doorkruist! Belachelijk! En hoe denk je hoe het moet met onze spruit? Telkens verhuizen, geen vaste woonplaats, geen echte vrienden, telkens weer een andere school, wat denk je wat er gebeurt met zijn identiteit, Ell? Praat die William daar zo zinnig over? Neen, natuurlijk niet! Wil je verhuizen? Verhuis dan maar, zonder ons!"

Beheerst zette ik Olivier in zijn kinderstoeltje en voerde hem met de paplepel, terwijl het nog niet zijn etenstijd was. Ongehoorzaam wendde hij telkens zijn hoofd af en ik volgde met de paplepel zijn mond.

"Niet eten, pappie, niet..." dreinde hij.

Logischerwijze begreep ik mijn manneke en bevrijdde hem hem uit zijn kinderstoel. Snel raasde hij naar de woonkamer waar hij met teddybeertje Knurf speelde, nagevolgd door de ogen van zijn moeder. Of er barmhartigheid uit sprankelde, vreesde ik.

"Ik geef toe, je hebt gelijk. Het is inderdaad geen goed idee om te verhuizen nu we Spruitje moeten opvoeden. Sorry, Tobey, je hebt helemaal gelijk. Maar zou je er enigszins over willen nadenken, deze keer, de laatste keer?"

"Wat ben je van plan, Ell? Wat doe je? Besef je wel wie hier ons spruitje opvoedt, toch niet jij of die William? Snap je dan nog steeds niet, hij misbruikt jouw talent? Weet je, ik ben de enige man die in de omgekeerde wereld leeft? Moet ik dan alles voor je uittekenen?"

"Wat bedoel je daar nou weer mee?"

"Ik, als echtgenoot, leef in dit dorp zonder vrouw. Ik, als man, als echtgenoot, voedt onze zoon alleen op... zonder jou... zonder moeder... in dit pittoreske dorp. Denken jullie daaraan, hm?" Bijna drie jaar woonden wij in dit zo gezellig dorpje, dagboekje, ik was het verhuizen spuugzat. Ik wilde niet meer verhuizen... hier in dit eenvoudige dorpje was alles voor ons beschikbaar.

"Tobey, ik zei zou..." Elizabeths dreinen staat haar veel beter dan bij Olivier!

"Laat me jou deze belangrijke levensvraag stellen, meisje, wie of wat is voor jou belangrijk? Jouw glansrijke baan, William de schoft, of wij?" riep ik onbeheerst.

"Natuurlijk is mijn gezin het belangrijkst. Maar kun je dan niet nog één keer voor mij inschikken vanwege mijn carrière?"

"Carrière? Ell? Jouw carrière is vluchten in de dood..." Deze zin spoelde uit mijn losgeslagen drift.

"Hoe durf je?!" siste ze met haar gewoonlijke, woedende ogen.

Ach dagboek, hoezeer ik Elizabeths warme, glanzende ogen miste van het leven. Uit haar verdedigingshoek smeet ze verwijtende beschuldigingen naar mijn hoofd. Ze treiterde over een bezwaarlijk gevolg over de katvis, die ik uit stoutigheid op zestienjarige leeftijd in een marmeren wijwaterbak van een kerk had gelegd waarvan ik het doel niet kende. Mijn ouders noch Opa Jack bezochten deze kerk. Maar mijn kattenkwaadstreek interesseerde Elizabeth niet, eerder de ernstige gevolgen van de vernedering voor mijn vader en ontslag voor de dominee, die mij vergeving schonk tegen wil en dank van het kerkraadsbestuur. Daaruit putte ze met veel genot onsmakelijke ironie. Gekrenkt weigerde ik enig repliek. Mijn huistaken stelde ik meer op prijs, ja, zelfs belangrijker dan een onvruchtbaar gesprek met mijn eigen betweterige vrouw, althans zo onbeschroomd noemde ik haar tijdens de afwas. Nadat mijn drift was geluwd, vertelde ik de avontuurlijke verhalen van Opa Jack tot Olivier in slaap viel. Bezorgd prevelde ik turend uit zijn slaapkamerraam, neen, niet de regendruppels bekliederen zijn raam, maar mijn tranen rolden gretig over mijn wangen.

"Hoe moet het dan in de toekomst met ons huwelijk, met Olivier, ons spruitje?"

Plots, bewust van mijn mannelijkheid, veegde ik snel mijn tranen af, bewonderde mijn manneke en verliet in onrust zijn slaapkamer.

Lief dagboekje, verloren schat

Herhaaldelijk overtuigde ik Elizabeth niet meer te willen verhuizen. En toch, zie, mijn mannelijke zwakheid wederom overtroffen door haar charmerende overreding zonder enige verleiding. Ondanks mijn heftige protesten om weer voor de zoveelste keer te verhuizen, onderwierp ik mij niet van harte. Toch ontlook Elizabeths diepe bewondering voor mijn opoffering en ze bundelde welwillend haar hulp in het regelen bij de emigratiedienst, dit spaarde mij een hele hoop werk. Maar toen ze met strak gezicht verkondigde dat mijn welige olijfboom niet mee mocht, staakte ik koppig met inpakken. Mijn welig Olijfje, mijn dierbare herinnering, weigerde ik over te dragen aan vreemde handen. Wederom ontstond licht gekijf tussen ons. Zuchtend gaf Elizabeth zich gewonnen met het oog op de opoffering van haar man voor haar carrière en ik hervatte zegevierend mijn inpakwerk zonder verdere bemoeienis van Elizabeth. En eindelijk was het zover. Met verdriet in mijn hart verhuisden wij van het knusse dorpje Wurfeld, België, naar de staat Nebraska, de Verenigde Staten van Amerika. Waarom ik niet in Texas wilde wonen, maar voor de staat Nebraska koos, hing voor ons beiden een zeer gevoelige kwestie en in nuchterheid koos zij overeenstemmend voor mijn keuze. Niet echt verheugd trokken we onze nieuwe woning in met als eerste in de voortuin geplant onze groene olijfboom. Echter, ik had moeite met mijn nieuwe bemoeizuchtige omgeving. Het hele dorp lachte mij uit toen ik mijn dierbare olijfboom in de voortuin plantte. Ik had er helemaal geen erg in hoe belachelijk ze mij maakten. Mijn Olijfje droeg ik meer een warm hart toe dan mijn materialistische zaken. Nieuwsgierige dorpsbewoners inclusief burgemeester, schooldirecteur, bankdirecteur, afijn alle meest hoge ambtenaren bemoeiden zich ermee en bekritiseerden het welzijn van mijn Olijfje. Zijn thuishonk behoorde in warme streken bij de Middellandse Zee of aan de Côte d'Azur of ergens in het Midden Oosten. Zo'n kostelijk boom van mediterrane afkomst hoorde daar welig te groeien. Het enige, onbeschaamde repliek diende ik als volgt in:

"Behoren slaven ook niet in hun eigen land?"

Deze vraag klonk zeer geschokt, defensief, zeer walgelijk in de oren van menig bemoeial. En geloof het of niet, mijn trouw Olijfje overtrof ieder dorpsbewoner en legde hen het zwijgen op bij zijn royale oogsttijd. Vruchtbaar, vorstelijk, miraculeus, pronkend, pontificaal in de voortuin!

Bij het inrichtten van ons huis verwachtte ik geen hulp van Elizabeth. Eerder bekende ik mijn verlangen aan haar meer als respectabele moeder in te zetten voor Olivier. Hardheid gemengd met diepe vernedering op haar fijn gevormde gelaat, verdedigend met fel, gesneerd antwoord schreeuwde ze: "Hoe durf je?"

Ik besefte dondersgoed Elizabeths afstandelijkheid jegens Olivier. Elizabeth strubbelde met haar donker verleden, ik daarentegen had geen flauw benul van de weg naar genezing.

"Geef toe, Ell, je bent er nooit. Bij elke verhuizing ben je er altijd. Zie, nu ben je aanwezig, maar waar, waar is jouw interesse, jouw échte interesse voor ons, zoontje?"

Ik begreep drommelsgoed hoe dit dramatische ogenblik van mijn onthulling haar overrompelde en Elizabeth geschokt naar buiten vluchtte. Haar fragiele, tere identiteit vergeleek ik precies hetzelfde met een instabiel fundament. In wanhoop moest ze naar een luisterend oor hebben gesnakt voor haar beklag, maar bij wie? Van haar baas William moest ze de hele wereld bewonen, maar waar waren haar vrienden, wie waren haar vrienden, bij wie kon ze terecht? Verder had ze geen ouders, geen familie, haar lot was aan mij toevertrouwd. En Olivier, haar eigen zoontje, weigerde ze in haar leven te verwelkomen. Ik kon mezelf wel verbijten waarom ik toch altijd zo verdedigend moest optreden, terwijl ik dondersgoed besefte waarmee zij worstelde. En het meest wat mijn geweten voorschotelde op dit rotte ogenblik was dat Elizabeth toch enigszins gewenst moest hebben: 'Was ik maar nooit getrouwd, had ik maar nooit verlangd naar een kind.' Woedend en vastberaden raasde ze de keuken voorbij waar ik bezig was het keukengerief op te bergen. Zonder enige hartstocht voor Olivier snelde ze ongeïnteresseerd haar kind voorbij en ik zou echt hebben geloofd dat ze nog sneller dan een bliksemschicht regelrecht de slaapkamer in holde. Desalniettemin speelde Olivier in de beveiligde, omrasterde zitkamer, en ik bemerkte hoe Oliviers oogjes zijn moeder volgden. Als vanzelfsprekend volgde ik haar en besloot mijn verontschuldigingen aan te bieden. In de slaapkamer propte ze onbeheerst haar koffer vol.

"Ell, ik had het zo niet moeten zeggen, het spijt me. Maar je moet toch toegeven dat het waar is wat ik zei", sprak ik op kalme toon.

"Wie denk je dat je bent? Dé perfecte ouder? Omdat ik moet reizen en verhuizen ben ik een slechte moeder? Hoe durf je?? Als jij zó over mij denkt, wat doe ik dan nog hier? Wat wil je dan nog van me? En al zou het waar zijn dát ik geen interesse toon voor Spruit: hij *blijft* mijn zoon! Dan wilt het toch niet zeggen dat ik niet van hem houdt!" barstte ze onbezonnen uit.

"Is dat werkelijk waar, Ell, heb jij waarachtig jouw zoon Olivier lief?" sloeg ik zonder nadenken de kop op de spijker. Het woord liefde voor haar zoon stokte haar adem. Mijn besef begreep heel goed hoe vreselijk Elizabeth het vond hoe ik telkens als overwinnaar uit de strijd kwam, omdat ze besefte hoe rechtvaardig ik sprak. Met een smak sloot ze haar volgepropte koffer en ik begreep deze actie volkomen, maar verwachtte het niet. Met mijn lange lijf van 1 meter 78 wilde ik haar weg niet dwarsbomen, dat bracht haar wil niet tot andere gedachten, ook niet mijn verontschuldigingen al was ik niet fout, ook niet mijn smeekbede of welke verdediging dan ook. Vast geklampt in haar gecompliceerde, verwarrende denkwijze baande ze haar weg naar buiten. "Ell, volg geen schimmen, sorry, vergeef me...- loop niet weg..." hoopte ik smekend tevergeefs. Halsstarrig hield ze vol. "Schimmen? Al moet ik vluchten voor de rest van mijn leven...- ik doe het!! Dankzij *jouw moeder*!!" De toon van haar onvruchtbare woorden klonken als de krakende ijsschotsen op de Zuidpool. Hoe kleurloos moest haar hart er toch hebben uitgezien koesterend naar liefdeloosheid? Ongelovig dramde een vraag dwars in mijn hart: hunkerde Elizabeth hartstochtelijk naar de dood? Met de koffer stevig in haar hand geklemd vertrok Elizabeth. Wederom zonder aanblik raasde ze Olivier voorbij, stapte in haar Buick en voor lange tijd zagen wij haar niet meer...

Lief dagboekje, vrijdag 1 september 1967

Eerlijk gezegd, dagboekje, deze dag was voor mij belangrijker dan Oliviers kleuterschooldag. Daar stond ik lummelig, als de opmerkzame maneenling, omringd door, naar mijn lichtelijk bevroeden, achterklap en bemoeizuchtige moeders ogend mij met huid en haar wensten te verslinden die ongetwijfeld de schoolkrachten van haver tot gort kenden. Bij Oliviers inschrijven werd bekendgemaakt om een week voor de eerste schooldag kennis te maken met de kleuterleidster. Juf Betsie was de uitverkorene. Een integere juffrouw van middelbare leeftijd, niet in aanstootgevende, modieuze garderobe gekleed en het meest sierlijke, haar eenvoud, een hartverwarmende charme. Buiten alle twijfel moest Juf Betsie in de moederschoot geweven zijn met dit goddelijk geschenk. Wel doorkneed in het zwoegen aan duizend en één kleutertjes loog haar belevingservaring als kleuterleidster er niet om, doch putte uit elke omstandigheid van nog op te voeden peutertjes elke dag iets nieuws. Boven al mijn verwachtingen holde Olivier met uitgestrekte armpjes regelrecht naar Juf Betsie. Vastgeschroefd in haar genadevolle armen wenste Olivier niets te weten over afscheid en voor het eerst in heel mijn leven sprak ik mijn eerste en laatste belofte toe, afwachtend op de verbluffende reactie.

"ik beloof je, Olivier, gauw zul je Juf Betsie weer zien, oké?" Geloofwaardig met mijn vertrouwde stem, stortte hij gewillig als was in mijn vaderlijke armen. Zelfs diezelfde nacht moest hem een opgedrongen gedachte zijn opgeklommen stiekem met zijn schoentjes onder de deken te slapen. Want toen ik hem de volgende ochtend wekte, staarde hij mij eerst met slaperige oogjes aan, daarna opgeschrikt door de herinnering van Juf Betsie stoofde hij als de wiedeweerga uit bed met eveneens uitgeslapen schoentjes. Van één ding was ik overtuigd, de race tegen de klok verloor gegarandeerd van Oliviers waanzinnig verlangen naar Juf Betsies weerzien. Tijdens ons korte gesprek bij de klasdeur, ondervond ik mijn beproeving over Oliviers betrouwbaarheid. Mijn vrees over zijn introversie bewees in deze kleuterklas het tegendeel. Alle aandacht schonk hij miraculeus ontspannen aan een peutertje genaamd, Billie, en versloeg onverstoord al mijn onbezonnen bezorgdheid, dus wandelde ik gerustgesteld naar mijn pick-up en reed naar huis. Halverwege werd ik aangehouden door de sheriff die een poosje achter me aanreed. Vriendelijk vroeg hij of ik wilde uitstappen. Ik gehoorzaamde. We stonden recht tegenover elkaar. Zijn lengte minstens 1 meter 80 met amper glimlachend bedekt hoofd, knikte naar mijn Stetsonhoed.

"Geboren en getogen in Frederiksburg, Texas", antwoordde ik naar zijn geknik.

"Is er enige reden van aanhouding, sheriff?" vroeg ik.

Ditmaal ontlook een onbevangen, brede glimlach zijn ontspannen houding wat een aangename en diepe indruk op me maakte.

"Een Stetson onafscheidelijk van het hoofd. U bent de eigenaar van de olijfboom?" veranderde hij van onderwerp. Ik zuchtte en gaf een beetje ergerlijk toe. Alweer dat gezeur, dacht ik. "Ja, dat ben ik. Schuldig", antwoordde ik kalm. "Dat is nog eens goede moed", zei hij tot mijn volle verbazing. "Wat gebruikt u… de grond bedoel ik? Iets speciaals?" relaxt leunde hij met zijn arm tegen de laadbak van mijn pick-up. "Niets bijzonders. Liefde voor de boom, denk ik", verbleef ik veilig in mijn gereserveerdheid. Hij glimlachte en stak zijn hand uit.

"Ward Perkins is de naam."

"Tobey Johnson, aangenaam", en schudde hem de hand.

Spontaan, als vertrouwde vrienden, leunden wij naast elkaar met onze rug tegen mijn laadbak. "Waarom Nebraska?" vroeg hij weer van onderwerp veranderend. "Mijn vrouw. Haar baas heeft het voor het zeggen. Hij beslist waar we moeten wonen en leven."

"Je ergert je", wreef hij over zijn grijsblonde knevel, alsof hij het hele scenario van A tot Z kende.

Ik schudde lichtelijk geïrriteerd mijn hoofd, bijna zuchtend van moedeloosheid. "Wat ik ook doe of zeg, niets helpt. Tegen een carrièrevrouw is niets tegenop te boksen."

"Kinderen?"

"Eén. Olivier, ons zoontje."

"Verhuizen in het verschiet?" vroeg hij.

"Ik kan je verzekeren, dit is de laatste keer", kampte ik met mijn vastberadenheid. Toen was het mijn beurt voor een persoonlijke vraag.

"Hulpsheriff of hoofd?"

"Hoofd. De vorige was mijn vervanger, nu ben ik permanent. Weet je, Tobey, de dorpsmensen hier zijn schuchter. Ze bestempelen graag iemand met klem die iets buitengewoons doet. Zoals buitengewone olijfbomen planten in Nebraska. Ik heb een voorstel. Jij rijdt achter me aan en ik trakteer bij Sally's Dining Room, wat denk je?"

Wat? Bood hij mij zijn vriendschap aan?! De sheriff hoogstpersoonlijk?! Heb ik nou ooit van mijn leven!

"Oké, dank je."

In Sally's Dining Room gaapten vaste gasten mij en de sheriff aan toen wij samen binnenliepen. We richtten ons naar een vrij plekje voor het raam dat uitstekend uitzicht bood op de welbekende, enige winkelstraat tot aan de overkant. Gemurmel over buitengewone bewoners net als ik, met buitengewone bomen net als Olijfje, veroorzaakte alledaagse tot nu lichte roddelkost in het stamrestaurant en wat meer onverdiende aandacht trok het ontspannen gezelschap met de sheriff. Sally, de opgewekte eigenares van het restaurant, gekleed in haar roze-wit jurkuniform, schonk koffie voor ons in.

"Ward, gevangene of vrijgezel?" vroeg ze boud.

Nog voor Ward zijn mond opende, hief ik mijn hand op en toonde mijn trouwring. Ze lachte haar tanden bloot, een hoektand hing een beetje scheef. Naast haar boude charme prees haar alom bekende klantvriendelijk gezicht bijna verhuld onder een gekrulde lichtbruine haardos.

"Sally, aangenaam."

"Tobey Johnson, wederzijds."

"Fijn Ward, dat je Tobey aan ons voorstelt", plaagde ze knipogend naar me.

"Oh, je kent me, Sal", dronk hij aan zijn mok koffie zonder op te kijken.

"Mensen!" riep Sally luid tot de nieuwsgierige menigte, "dit is Tobey Johnson."

Gewonnen, maar niet van harte, slaakte de menigte een vriendelijke groet uit en ik groette terug met een tip op mijn Stetson... eindelijk de kogel door de kerk.

Dagboekje

Voor zonsopgang, en voordat ik mijn ogen nog maar net van een der ontelbare nachtrusten opensperde om de dag van het heden te beleven met mijn manneke, Olivier, hoorde mijn eveneens klaarwakkere oren, zacht geschuifel in de hal. Mijn slaapkamerdeur, altijd op een kier, verwelkomde aangename als onaangename klanken in mijn kamer. De opwindbare wekker op mijn nachtkast verried de tijd van de hanenochtend, desondanks was ik bekend met het tijdstip van dit moment, hetzij winter of zomer. De tussenschuifdeur van de hal en de woonkamer opende niet zo geruisloos als het geschuifel van daarnet. Olivier, dacht ik, onverschrokken op weg, elke weersomstandigheid trotserend als een koene ridder te paard naar zijn heldin, Juf Betsie. Om zijn begin van de dag niet te storen bleef ik nog even in bed. In afwachting van de volgende gebeurtenissen spande ik mijn oren en hoorde scherpe, schrapende geluiden. Ongetwijfeld schoof hij een keukenstoel naar het aanrecht voor zijn beker en brood in de broodtrommel. Dan was het stil. Mijn constructieve voorstellingsvermogen beeldde ik het hele plaatje voor me. Uit de koelkast greep hij met zijn kinderhandjes naar de melk voor zijn bekertje, vast en zeker schonk hij meer ernaast dan erin. De boter en de aardbeienjam, zijn favoriete broodbeleg, smeerde hij met een likje boter en meer dan overvloedig zijn overheerlijke aardbeienjam. Mijn opgewondenheid weerhield ik met spanning. Met zekerheid wist ik dat een schone, ordelijke keuken eensklaps veranderde in een onuitgesproken panorama van alle wereldoorlogen tegelijk, inclusief onze eigen Amerikaanse Burgeroorlog. Zijn pogingen Juf Betsie met hartenlust te ontmoeten, deed meer deugd dan een gebombardeerde keuken. Heerlijk zo in vrijheid te leven in mijn eigen huis, behalve Elizabeths gemis alsook voor ons kind, Olivier. Plots opende mijn deur en sloot ik vliegensvlug mijn ogen en deed of ik sliep.

"Papa", fluisterde hij.

Ik hoorde zijn schrede, zijn kleertjesgeschuifel, hij kroop op bed en duwde me wakker. Ik lachte.

"Pappie, opstaan. Juf Betsie wacht."

Lichtjes trok ik hem in mijn armen en kuste zijn wangetjes. Toen pas bemerkte ik zijn averechtse kleedpartij. Eén rood en één lichtblauw sokje. De ene hiel aan de zijkant en de andere hiel aan de bovenkant. Het gulpje had hij vergeten dicht te ritsen. Bij het knopen van zijn hemdje had hij enkele knoopsgaten overgeslagen. Inwendig lachte ik.

"Een heerlijk manneke ben je toch."

"Pappie, opstaan", zei hij met ernstige, samengetrokken wenkbrauwen.

"Je bent iets vergeten."

"Wat dan?" keek hij opeens met grote oogjes.

"Scheren."

"Scheren?" Met zijn beide handjes betastte hij zijn wangetjes en terwijl ik over mijn mini-stoppels wreef, keek hij mij diep nadenkend aan.

"Voel maar," zei ik en hij streek zijn mollig, plakkerig handje, uiteraard van de jam, over mijn wang en trok meteen weer terug. Hij lachte en vouwde zijn handjes door het schurend gevoel.

"Pappie, we komen te laat." Juf Betsies beeld achtervolgde hem dag aan dag, zo ruim was zijn hartje voor haar en mijn hart kromp ineen... wat betekende Elizabeth voor hem? Niets. Ik vertroetelde hem wiegend in mijn armen en stelde hem gerust.

"We hebben zeeën van tijd..."

"Komen we echt niet te laat, pappie?"

Eerder zijn liefde betuigend aan Juf Betsie, dan de bekommernis van de dag te bedenken, stapte ik uit bed. Spelend, schaterend in mijn armen arriveerden we in de badkamer. Op een stoel plaatste ik hem voor de wasbak met spiegel en leerde hem zijn kleertjes aantrekken.

"Trouwens, makkertje, ik heb jouw kleertjes gisteravond klaargelegd op de stoel."

Ik droeg hem op mijn schouders naar zijn slaapkamer en toonde hem zijn kleertjes.

"Zie je? Morgen vindt je jouw kleertjes hier op de stoel. Afgesproken?"

"Afgesproken, pappie en nu naar school, pappie."
"Neen, eerst de juiste sokjes aantrekken, dan scheren, dan ontbijten, dan tandjes poetsen..."
"Zoveel nog pappie. Ik wil naar Juf Betsie," klaagde hij steen en been.

Toen kwam het moment voor echt onderwijs.

"Juf Betsie slordig begroeten is niet leuk", versterkte ik met afgrijzen mijn mijn neus.

"Niet, pappie?" vroeg hij teleurgesteld, niet bewust van wat leuk was en wat niet.

"Kijk wat papa doet", verlegde ik zijn bezorgde gedachten. Ik mengde een beetje water in het potje scheerzeep en smeerde met een kwastje over zijn bloze wangetjes en rondom zijn mondje. Voor mijzelf smeerde ik precies hetzelfde.

"Nu zijn we kerstmannetjes." Olivier schoot in de lach.

Met een houten ijslollystokje, dat ik speciaal voor hem kocht voor het ochtendscheren, volgde hij nauwkeurig mijn bewegingen. Daarna wasten en droogden we ons gezicht af en smeerden het in met een zachte crème. Tanden poetsen hoorde eigenlijk na het eten, dus dan maar twee keer poetsen, daar zou ons gebit niet om krakelen. Zoals voorspeld in mijn constructieve verbeelding vond ik een naoorlogse keuken. Plassen melk op de grond en grote en kleine eilandjes op tafel. Klodders boter her en der verspreid als kleine heuveltjes rondom zijn bordje. Zijn lievelingsjam kleurden de toppen van de heuveltjes, net als de besneeuwde toppen van de Himalaya's. Ik zocht of er rondom de tafel nog een ongeschonden keukenstoel overbleef... pfff, gelukkig. Nu eerst de ontbijttafel boenen leek me onverstandig, het zou Oliviers enthousiasme neerhalen, dus zat ik middenin een onuitgesproken slagveld, maar hoe, hoe kon ik toch in hemelsnaam boos worden op dit jofel kind met een ruim hart voor Juf Betsie en nog wel zo vroeg in de ochtend. Tussen al deze warboel bereidde ik het echte ontbijt, wat op mijn zenuwen werkte, want mijn dwangmatigheid in orde en netheid stak de kop op. Halsstarrig worstelde ik tegen mijn onzichtbare vijand en verweet mezelf mocht ik uitvliegen tegen mijn vijfjarig zoontje, die hunkerend met blijdschap zijn heldin met spoed wilde ontmoeten.

"Pappie, wij hebben geen knalrode appels meer voor Juf Betsie", stoorde hij bij mijn strijd.

"Pappie...!!" riep hij mij tot de orde en ik verschrikt omkeek.

"Knalrode appels voor Juf Betsie", wees hij naar de fruitschaal op de voorraadkabinet, alsof zijn jongste leeftijd ervan afhing.

"Gut dat ook nog..." zuchtte ik en schoof aan tafel.

Zijn broodje belegde ik met een beetje roerei en legde de rest op mijn boterham, vulde zijn glas met melk en mijn mok met verse koffie.

"Appels niet vergeten, pappie", onderwees hij deskundig.

"Meteen als ik jou naar school heb gebracht, meesterke."

Hij lachte zo smakelijk zijn tandjes bloot met hier en daar een stukje ei. Tegenover hem smeerde ik boterhammen voor zijn broodtrommel, maar legde die nog niet erin. Ik wilde hem niet voor het hoofdstoten stoten voor zijn eigen gesmeerde boterhammen, dus wachtte ik even.

"Denk je nou niet dat Juf Betsie zal groeien als een knalrode appel?" dronk ik rustig mijn koffie.

Nonchalant hief hij zijn schouders niet-begrijpend op en verliet de tafel.

"Waar ga je heen?" vroeg ik.

"Mijn schooltas halen."

"O, wil je onderweg ook even jouw geweldige tandjes poetsen?"

"Pappie, dat heb ik toch gedaan?"

"Ja, maar nog een keertje zullen jouw tandjes niet protesteren, hm?"

"Oké", hoewel hij lichtelijk dwarsliggend wegliep, vertrouwde ik zijn gehoorzaamheid.

Ik opende zijn broodtrommeltje naast zijn bordje en vond broodjes die dropen van de jam en waarschijnlijk had hij vandaag ook zin in een broodje chocoladepasta. Alles vloeide door elkaar heen. Snel wierp ik de kleffe broodjes direct in de vuilbak, maakte zijn trommeltje schoon en legde daarna mijn vertrouwde, gesmeerde boterhammen erin. Nadat ik me had aangekleed in een blauwe jeans, wit T-shirt, grijs overhemd, twee dezelfde donkerblauwe sokken en zwarte schoenen, begon eindelijk zijn schoolreisje. Volkomen verrast sneed hij een belangrijk onderwerp aan.

"Pappie, Juf Betsie is de liefste mammie van de hele wereld", riep hij uit als iets volkomen logisch, dit... ja, dit brak mijn hart.

Hoewel diep ontroerd, begreep ik niet hoe hij het voor hem onbekende woord mammie kende, dus zo discreet mogelijk vroeg ik hem:

"Olivier, mag ik vragen wie jou het woord mammie heeft geleerd?"

"Billie, mijn vriendje, vroeg mij waar is jouw mammie? Ik zei hem dat ik niet weet wat dat is. Toen zei hij, dan is Juf Betsie jouw mammie."

Verbluft verstokte ik met een mond vol tanden. Gut dat ook nog, wat nu? Hoe ingewikkeld kon ik het voor mezelf maken? Rechtuit de waarheid vertellen, zonder te kwetsen, hoe doe ik dat? Plotseling viel mijn concentratie weg in het verkeer, terwijl hij honderduit sprak over Juf Betsie en zijn kameraardjes. Juist nu wenste ik met mijn hersens drie dingen tegelijk te doen. Luisteren naar Oliviers belangrijke verhaaltjes plus het concentreren in het verkeer plus een voorbereiding op een lastig, maar ook vernederend onderwerp voorleggen bij Juf Betsie kreeg ik amper twintig minuten, want zolang duurde zijn schoolrit van huis naar school. Reeds omringd door enkele peutertjes wachtte Juf Betsie haar klasgenootjes op. Tussen al het rumoer en sommige afgunstige blikken van moeders vermijdend, vroeg ik Juf Betsie voor een kort gesprek. Haar gezicht veranderde resoluut in een voldaanheid op iets wat niet meer vreemd bleek.

"Ik denk over het woord mammie?" lachte ze vriendelijk.

Verrast stond ik aan de grond genageld.

"Ja, dat klopt", stamelde ik. "Olivier kent zijn moeder niet en eerlijk gezegd, juf, ik weet niet of ze ooit terug komt", antwoordde ik met een kort aanhangsel wat geen verklaring behoefde.

"Weet u, meneer Johnson, ik ben trots op u. Desondanks naderen nare fluisterende argumenten mijn tere oren. In mijn hele carrière bent u de enige vaderlijke figuur die zijn zoontje met hart en ziel ziel opvoedt. Ik kan u verzekeren, mijn respect heeft u. U heeft de bevoegdheid en begrijpt het woord opvoeden. Ik geloof, in uw onbewust-zijn openbaart u het geheim, geduld, verdraagzaamheid en bovenal liefde. Toch vraag ik mij in mijn carrière af of alle ouders wel geschikt zijn om ouder te zijn. Kinderen 'schreeuwen' om een rechtvaardig principe wat in de meeste gevallen ouders triggeren op verantwoordelijkheid. Kinderen opvoeden is niet vanzelfsprekend. Begrijp mij niet verkeerd. Ik weet hoe lastig het is elke dag de juiste keuzes te maken. Soms, ongewild, kwetsen we onze kinderen, niemand is perfect, maar we leren, dat is belangrijk. Maar weest u gerust. Tot nu toe heb ik geen klacht gehoord over het negatief gebruik van het woord mammie."

Naar waarheid beantwoordde Juf Betsie mijn vraag en ik bedankte haar voor haar begrip. Opgelucht zijn was op dat ogenblik niet het juiste woord, dagboekje, eerder een toenemend vertrouwen in een persoon in wie ik mij niet vergiste.

Dagboekje, 1968

Aan één ding schepte Olivier in mij een onuitsprekelijke dankbaarheid van vreugde, hij noemde juffrouw Betsie, *Juf* Betsie. Olivier mijn trooster. Soms, in de stilte van de nacht trachtte ik een onbekende honger te stillen naar het diepe verlangen samen met Elizabeth ons kooltje, Olivier, op te voeden. Helaas openbaarde de waarheid een harde realiteit van een jarenlange juk dat ik gedwongen op mijn schouders torste en waarvan Olivier de gevolgen moest dragen. Elizabeths onophoudelijke vlucht voor Olivier tolde soms onuitputtelijk in mijn reeds onrustige gedachten. Het kostte jaren eer ik eindelijk begreep hoe dom ik meewerkte aan een onlogisch, niet-bestaand fundament. Een subtiele uitbuiting van mijn kostbare energie.

Voor het krieken van de de dag rekte ik me lekker uit, stond op, trok mijn sloffen aan en liep opgewekt naar Oliviers slaapkamerdeur schuin tegenover mijn slaapkamer. Stilletjes bij zijn op een kier openstaande deur hoorde ik mijn makkertje lichtjes snorren. Blijgeestig bezocht ik de wc, mijn trouw onberispelijk vriendje. Zalig, even de boel lozen, dan disciplinair mijn onmisbare handen voor het leven onder verkwikkend water reinigen. Drentelend in mijn pyjama zette ik verse koffie, opende de keukengordijnen en ademde op de veranda flinke teugen verkwikkende vroege ochtendlucht in door mijn neus, heerlijk! Tussen de riante achtertuin versierd met 's werelds bontkleurige bloemen, lokte de fontein met rustgevend geluid ambitieuze vogels; opengebarsten kersenbloesems wuifden mij goedemorgen; gele en rode rozen hingen onvermoeid in hun buitengewone schoonheid royaal aan de bovenbalken van de veranda; in de rijkelijk onontbeerlijke moes -en kruidentuin bezochten druk vlijtige bijen, hommels en koolwitjes en voelde ik me als een keizer over mijn kleine imperium. Prachtig alles ordelijk strak. Terug in de keuken dwaalden vluchtig mijn ogen naar de kalender, vrijdag, fluisterde ik. Olivier had vakantie, dus mocht hij uitslapen. Prompt, onaangekondigd, verscheen uit het niets Elizabeth ongewenst in mijn gedachtewereld. 'Weg, Ell, weg!, zeg ik je.' Dagboek, vergelijk mij als een loodgieter in het gebruik van verkeerde gereedschappen. Zo kinderlijk poogde ik onmiddellijk de aanval in met volkomen verkeerde wapens tegen Elizabeths ongewenste aanwezigheid. Geïrriteerd vulde ik de mok en begaf mij naar de voortuin voor mijn gazet. Net op tijd wierp PeeWee, de krantenjongen, de krant op mijn oprit en riep jofel:

"Mogge meneer Johnson, leuke outfit!" gniffelde hij fietsend verder.

Nietsvermoedend haalde ik nonchalant mijn schouders op en negeerde zijn onbeduidende ironie. Terug aan de keukentafel opende ik de ochtendkrant. Dwaas eigenlijk, mijn kostelijke grijze ogen maaiden moeiteloos verwoed als een oncontroleerbare grasmaaier over de zwarte letters heen. Alle nieuwsberichten, zelfs het kortste berichtje over PeeWee's vader, Floyd Wilmor, de meest zwartgallige en corrupte moonshiner, vloog mijn wild gezichtsvermogen voorbij. Dat kwam doordat Elizabeths enthousiast sluipend gekrioel als een stelletje hardwerkende mieren mijn onrust opporde. Zuchtend wierp ik de krant op tafel en opgejaagd ik mijn koffie met grote slokken dronk en het verslikken niet kon voorkomen.

"Dit wordt te gek, jongen. Kom doe wat."

Uit het veld geslagen besloot ik me te wassen, aan te kleden en te poetsen. Tegen half negen waggelde Olivier uit zijn slaapkamer naar de badkamer. Gelukkig had ik mijn vriendje wc nog geen dagelijkse beurt gegeven. Nadat ik de wc-spoeling hoorde, liep ik hem in de hal tegemoet. Slaperig staarde hij me aan met een haardos die alle kanten uitstak. Vaderlijk droeg ik hem in mijn armen en in de keuken wiegde ik hem zachtjes heen en weer op mijn schoot.

"Lekker geslapen, hm?" suste ik hem.

Gapend knikte hij en rolde als een kat helemaal op mijn schoot dicht tegen mijn borst gedrukt. Toen hij niet meer gewiegd wilde wilde worden, zat hij op zijn eigen stoel. In getemperd gemoed bereidde ik zijn ontbijt, deze morgen had hij zin in een broodje roerei en een glas warme melk. Hij at zo smakelijk, dat ik Elizabeth helemaal vergat. Na het ontbijt hielp ik hem met wassen en aankleden. Plichtsgetrouw had ik gisteravond zijn speeloverall met wit T-shirt en witte sokken klaargelegd. Zijn sneakers mocht hij aantrekken als hij buiten wilde spelen.

"Komt Billie spelen?"

"Ja, papa, mogen we dan naar de kinderboerderij?"

"Oké, maar..." wilde ik hem even testen.

"Op het terrein blijven", haakte hij naar mijn voldoening in.

Terwijl hij op de veranda met zijn autootjes speelde, poetste ik de badkamer. Elizabeth, de vertoornde slavenmeester, spoorde met gemak mijn gedachten aan voor harder boenen. Slaafs poetste ik letterlijk zo heftig dat de steel van de wc-borstel brak. Ergerlijk smeet ik ongenadig de kapotte borstel in de afvalbak en tegen mijn wil in greep ik vanzelfsprekend ingenieus de poetsdoek en schrobde de wc van buiten en binnen nog schoner dan gewoonlijk. Zonder mijzelf rust te gunnen, hijgde ik net als die slobberende hond Bonnie van de kruidenierswinkel. Vreselijk toch! De vloer boenen deed ik opzettelijk op mijn knieën in extra aandacht om Elizabeth buiten mijn gedachtevesting te houden wat tot op zekere hoogte lukte. Vreemd toch hoe zij onbeschoft wist te doordringen in mijn gedachten. Hóe kreeg en hield ik haar toch buiten mijn gedachtewereld, waarom had ik er geen controle over? Goedkeurend blonk alles tot in de hoekjes onberispelijk. Oliviers en mijn slaapkamer poetste ik nog vlijtiger, zelfs het donkere opbergkamertje, waar spinnetjes voor het constructief bouwen van webben geen kans kregen. De washok met al haar machtig op orde geplaatste wasmiddelen bleef niet ongeschonden van mijn overdreven, noeste poetsbui. Uren streed ik tegen Elizabeths leugenschim en buitte meer en meer mijn kostbare energie uit. Mijn trouwe Doggie, de stofzuiger, werd uit noodzaak als wapen ingezet voor een prestatiegerichtheid tegen een nog meer opbouwend ondeugdelijke ergernis. Reeds uit het veld geslagen raakte mijn goedlopend gehoor plotseling geërgerd door Oliviers luide stem boven het lawaai van Doggie, de stofzuiger.

"Papa! Papa! " sperde hij zijn mondje wijd open schreeuwend uit volle borst.

"Wat!?" schreeuwde ik ongenadig hard terug en stampte dat lawaaierig ding zo hard dat mijn zoontje van de schrik vastgenageld aan de grond stond. Vooraleer ik mijn brutale mond wilde openen voor een kattige uithaal, bombardeerde terecht Iemand mijn gedachten: "**Néén!**" Mijn opgefokte irritatie meende mijn mond te dwingen door mijn tong onbeheerst op te zwepen en tegen mijn onschuldig kind te sneren, terwijl het Elizabeths en mijn schuld was.

"Geest van God help mij!" koos ik beheerst mijn geliefd kind te beschermen tegen mijn opgejaagde gedachten. Rustig legde ik de stofzuigerslang naast me neer en hurkte voor Olivier.

"Sorry, manneke, papa is even te druk bezig. Zeg maar, wat wil je, hm?"

Mijn omarming ontspande hem en won zonder meer zijn vertrouwen, een gouden kleinood.

"Papa, Billie is hier. We gaan nu."

"Oké", beantwoordde ik hem met een dikke knuffel. Verrast kuste hij mijn wang en rende naar buiten. Geheel verrast zakte ik snikkend op de grond. Uitgeput. Dankbaarheid ontsprong uit mijn mond. Echte dankbaarheid aan Hem, Die mijn onschuldige zoon van onterecht sneren bespaarde en mijn geweten vrijhield van ongegronde beschuldigingen. In de nacht trachtte ik woelend de slaap te vinden, tevergeefs. Zuchtend ontbrandde ik de schemerlamp, nam de Bijbel en opende zonder nadenken. Confronterend zei Hij: *"Komt tot Mij, allen, die vermoeid en belast zijt, en Ik zal u rust geven..."* "U heeft gelijk, Vader, *U* bent mijn rust. Bij U had ik eerst moeten komen, niet mijn eigen kunnen, vergeef mij, Heer, dan had ik Olivier beter kunnen opvangen, vergeef me, Heer."

Dagboek 1973, slaapparty

De volle wasmand droeg ik in de hal op weg naar buiten. De schuifdeur van de hal naar de woonkamer liet ik tijdens het poetsen uit gewoonte open. Juist op de drempel hoorde ik in de keuken Olivier en Billie praten.

"Ollie, Ollie kijk uit wat je doet!, je morst! Jouw vader wordt boos", riep Billie angstig uit.

"Welneen, kijk... hier voor jou een glas en ik het het mijne. Let op. Doekje eroverheen... klaar! Kom!"

Mijn hart kromp ineen bij het horen openen en sluiten van de keukenhordeur. Pijnlijk om te horen hoe Oliviers vrienden over mij dachten. Ik wist niet hoelang ik daar aan de vloer genageld stond, maar ik voelde mij diep terneergeslagen door pasgeboren pubers. Dagboek, Oliviers en Billies openingspuberteitsperiode had ik voorgesteld als afscheidsverjaardagsfeestje van hun kindertijd te vieren in Walt Disney Resort. Met ons drieën beleefden we een gigantische tijd. Ik voelde me weer helemaal kind! Bij onze terugkomst verrasten Olivier en Billie mij met een doosje Belgische bonbons, daar ben ik dol op. En in bed genoot ik acht avonden lang van hun cadeautje. Zo blij was ik... en toch, dagboek, hoorde ik onaangename klanken van angst voor mij. Die nare klanken bezorgden mij een slapeloze nacht. Uren zocht ik naar een oplossing hoe ik Oliviers vriendjes nader tot mij kon trekken... maar eigenlijk lieg ik, dagboek. In deze onrustige nachtelijke uren ontdekte ik de werkelijkheid van mijn oplossingsspeurtocht. Ik zocht een uitweg in het verdoezelen van mijn dwangmatige orde, netheid en respect. Begrijp me niet verkeerd, daarin was Olivier geheel niet aan debet, juist bekend met mijn overdrevenheid, weerhield zij mij van Olivier en zijn vriendjes. Maar geloof het of niet!, ik vond de oplossing. Aan ons ontbijt opperde ik voorzichtig mijn initiatief.

"Wow, wow, wow, pap, waar komt dit opeens vandaan? Heb ik iets misdaan?" barstte hij uit. Geschokt keek ik hem aan. Ik begreep het niet! Ik dacht dat een simpel logeernachtje organiseren zou helpen? Vaak logeerde hij bij zijn vriendjes, maar geen enkel vriendje bij hem thuis. Dus ik begreep zijn uitbarsting niet. Waarom was hij niet blij?

"Ollie, luister, neen, je hebt helemaal niets misdaan..."

"Pap, je kan het niet!"

"Wat niet?" Het drong nog steeds niet tot me door!

"Neen, pap, je kan het niet! Waarom moet je mij zo nodig op de brandstapel gooien? Ik wil mijn vrienden niet kwijt, pap! Je kan het niet!"

"Olivier het is maar één nachtje. Hoe erg kan dat zijn?" vroeg ik laconiek.

"Pap, besef je wel wat er op een logeernachtje gebeurd?"

"Het huis wordt toch niet afgebroken?" vroeg ik versteld!

"Pap, ik verzeker je, je kan het niet aan."

"Luister, zoon, je vertrouwt me toch wel."

"Vertrouwen is niet het probleem, pap, maar..." Olivier zuchtte weemoedig.

"Wat? Maar..."

"Pap, zeg mij eerlijk... eerlijk, hoe vaak maak je je vriendje wc schoon op één dag, hm?"

Daar had Olivier mij in de tang, stug hield ik vol.

"Ik kan het ontzien..."

"Ontzien, pap!? Als wc-klerk verlies je je baan!"

Gut nog aan toe, van vader naar wc-klerk, allemachtig!

"Olivier, toe nou, een beetje genade. Je kunt toch jouw vriendjes vragen..."

"Vragen? Ik vraag mijn vriendjes niets. Doe dit nou niet. Ik smeek je, pa, je kan het niet. Waarom denk je niet aan mij?"

"Jongen, dat doe ik al elf jaar!"

"Pap, wees volwassen, je weet drommelsgoed wat ik bedoel."

Ik zuchtte, verdraaid wat was mijn jongsken toch volwassen, meer dan ik, schandelijk!

"Oké, je hebt gelijk. Maar laat mij het dan zelf aan hun vragen, oké?"

Olivier zuchtte en liep zwijgzaam naar de keukendeur. Opeens, met een ruk, keerde hij om.

"Je gebruikt de jongens als experiment, is het niet, pap?"

Hoe kwam het toch waar hij die wijsheid vandaan haalde? Natuurlijk ontkende ik.

"Experiment? Hoe kom je daarbij?" verraadde ik mezelf met wrijvende vingers.

"Pa, je bent een vreselijke leugenaar, zelfs dat kun je niet... Blij toe, weliswaar."

"Toe, Olivier, gun het mij..."

Na schooltijd arriveerden Olivier en zijn vriendjes in de keuken. Ze gaapten mij aan met zo'n onverbiddelijk gelaat alsof mijn bestaan nog erger was dan de Gebochelde van Notterdam.

"Haat u ons, meneer Jay?" vroeg Jordy.

Gemakshalve bedachten de jongens meneer Jay, want meneer Johnson vond ik te formeel.

"Neen, natuurlijk niet, waarom zou ik?"

"Nou, omdat wij per ongeluk met de bal uw prachtige blauwe viooltjes plat bombardeerden, zie u", verdedigde Jordy.

"Als u ons niet haat, wat hebben wij dan misdaan?" vroeg Peter met angstige oogjes.

"Niets! Ik wil vragen of jullie hier een nachtje willen logeren, meer niet!" zei ik bijna radeloos.

"Ja", overrompelde Billie, en nu de onverbiddelijke genadeslag. "Opgesloten in het bedrieglijke snoephuisje van Hans en Grietje."

"Dat is heel erg, meneer Jay, ons geslepen opsluiten in Hans en Grietjes koekhuisje, dat doen onze papa en mama niet..." pleitte Peter bezorgd.

"Hm, hm, dus waarom wilt u ons mishandelen?" vroeg Jordy achterdochtig.

Jordy leek me meer een jongen met opperende, verlichtende pijnlijke ideeën in tegenstelling tot zijn andere trouwe vriendjes, die waren barmhartiger... hoewel.

"U moet weten, meneer Jay, wij kennen de sprookjes veel beter dan volwassenen, ziet u. Dit is mishandeling, meneer Jay. Logeernachtjes is vrijheid zonder cipier", pleitte Peter vasthoudend aan zijn sprookjesprincipe onder goedkeurend gemompel van zijn vriendjes.

"Weet u, meneer Jay", nam Billie het woord, "in uw huis kom ik niet verder dan de keukendrempel. Uw Opa Jacks antiekverzamelingen moet ik met verrekijker van hieruit bekijken. Weet u waarom? Anders blijven mijn voetafdrukken op uw vloer onuitwisselijk geplakt."

Heus, dagboek, dit woord onuitwisselijk gebruikte een puberbeginneling!

"Billie, nou overdrijf je", zei ik aan de rand van nervositeit.

"Overdrijf? Meneer Jay zie uw huis, ik? Overdrijven? Uw huis is sterieler dan welk ziekenhuis in de hele Verenigde Staten van Amerika!!" dramde Billie meedogenloos op mijn steriel interieur.

"Billie heeft gelijk, meneer Jay, zie uw tuin..." hielp Peter.

"Ja, compleet strak getrokken... iedere lijn..." bekende Jordy zijn ondervinding.

"Hm, hm ieder grassprietje..." Billie.

"...zelfs onkruidloos..." Peter.

Onkruidloos? Wat nog meer van die woorden?

"Ik ontdekte één mier", mompelde ik toevoegend.

41

De jongens neigden hun oren vragend naar mijn mompelend antwoord en ik snel zei:

"Luister, jongens, alsjeblieft, denk erover na..."

"Meneer Jay, waarom? Als wij van tevoren weten dat u ons logeernachtje verpest, waarom dan nog over nadenken?" vroeg Peter wijs. Waarom worden pubers wijzer dan ik?

"Maar wacht eens even", zei Jordy geslepen. Ik vreesde voor de genadeslag, let maar op.

"Erg goed geprobeerd, meneer Jay, maar kan het niet zo zijn dat u ons, Oliviers vrienden, gebruikt als een soort test voor uw handicap?"

Dagboek, dit bedoelde ik. Met mijn onbezonnenheid wierp ik mezelf domweg in een leeuwenkuil. Ik zeg je, Dagboek, profeet Daniël kreeg hulp van de bovenste Hand. Ik werd hier verslonden door beginnende pubers!! Hun blikken werkelijk, zo, zo, kinderen zijn ongenadig met de waarheid.

"Jongens, toe nou, geef mij een kans, hm? Ik weet, ik kan het!" poogde ik wanhopig.

Teleurgesteld keerden de jongens naar buiten en ik hoorde Jordy zeggen:

"U kunt genezen, meneer Jay, maar dan als ik twintig jaar ben."

Verwerpelijk keek ik hem aan en hij meteen zei:

"Is maar een grapje, meneer Jay", en hij haastte naar buiten. In al die tijd zweeg Olivier. In zijn uppie luisterde hij aan de keukentafel en bemoeide zich er wijselijk niet mee.

"Ga je met ons mee, Olivier?" vroegen Peter en Billie beteuterd.

Olivier knikte teleurgesteld en liep mij verdrietig voorbij. In schrale troost fluisterde ik:

"Kom op tijd thuis", wat ik nooit hoefde te zeggen, maar opeens wel uit schaamte.

Dagboek

De volgende dag, zaterdag, besloot ik mijn smart te sussen door ontspannen vroeg te vissen om evenzo mijn gedachte te pijnigen over Oliviers teleurstelling. Begrijpelijk, het arme kind gunde ik zijn puberteit. Niet erg ontspannen mijmerde ik turend in het stille water van de beek. Plots stoorden zware voetstappen mijn overpeinzingen.

"Toob, morgen", ik herkende Wards stem.

"Uniform?" vroeg ik verbaasd.

"Colson is ziek."

Hij hurkte naast mijn vissersstoel en schraapte zijn keel.

"Logeernachtje?" vroeg hij meteen op de man af.

"Hoe weet jij dat nou?" vroeg ik dom verbijsterd.

"Marjorie in haar winkel. Billie op de fiets."

Ik zuchtte erbarmelijk.

"Ik kan het, Ward, ik kan het."

"Neen, je kan het niet."

"Ik kan het!"

"Toob, je kan het niet. Denk je aan Olivier?"

"Ik doe het juist voor Olivier."

"Zijn vrienden als een soort test?"

"Dat zijn Jordy's woorden, niet de mijne."

"Denk je ook aan mij?"

"Aan jou? Wat heb jij ermee te maken?"

"Toob, ik ben jouw vriend..."

"Ja en?"

"En ik ben sheriff in deze stad. Weet je wat mensen zeggen over jouw tuin? Onberispelijkste tuin in heel Nebraska. Er is geen enkel onkruid in jouw tuin, niet één."

"Zeg niets over mijn Olijfje. Iedereen eet van mijn Olijf", verdedigde ik me zinloos.

Ward zuchtte.

"Daarbij ontdekte ik één mier", troostte ik mezelf.

Ward schudde zijn hoofd.

"Erken het, Toob, je kan het niet."

"Ik kan het wel! Waarom gelooft niemand mij! Heb je dan niet een beetje vertrouwen in mij?"

"Tuurlijk, maar niet als het aankomt op onschuldige kindertjes..."

"Onschuldige kindertjes! Die kinderen waren van plan mij met huid en haar op te eten, Ward!"

"Toob, niet overdrijven, jongen, dat was slechts een expressie, dus niet overdrijven."

"Expressie, expressie mijn laars. Jij hebt hun onverbiddelijke ogen niet gezien."

"En dan organiseer jij een logeernachtje voor Olivier?" hij lachte hoofdschuddend.

"Kom op, jongen, erken nou maar dat je het niet kan."

Ward stond op en liep weg.

"Ik kan het wel!" riep ik hem na.

"Niet!"

"Wel!"

"Niet!"

"Ik kan het wel", zei ik zachtjes.

"Niet!!" schreeuwde hij.

"Mijn God, ik kan het toch wel? U gelooft mij toch wel?"

Dagboek

In Sally's Dining Room werd het er niet beter op. Ward en ik zaten op ons vaste stekkie. Enkele vaste gasten hoorde ik schaamteloos roddelen.

"Hij is een eenzame vader, daarom nodigt hij de kinderen uit."

"Oké, maar als experiment."

"Hm, hm, wie weet wat onder zijn dak gebeurt..."

Toen werd het mij teveel. Met een ruk stond ik op en keek hun strak aan.

"Waar zijn jullie bemoeizuchtige echtgenotes? Dwazen, jullie kennen het lied Harper Valley PTA? In dit gat is het precies hetzelfde!!"

Het muntgeld gooide ik zo onbeschoft mogelijk op de toonbank en stoofde naar buiten.

Vrijdagmiddag openbaarde zich het wondertje. Oliviers vriendjes arriveerden met ieders rugzak.

"Pa", zei Olivier, "Billie, Peter en Jordy zijn hier."

Ondanks dat ik ze ongeïnteresseerd begroette, smolt mijn hart door hun onschuldige gezichtjes. Opeens voelde ik mij de koning te rijk. En Dagboek, luister naar het excuus van hun ouders.

"Meneer Jay, mijn moeder vond het zeer interessant bij u te logeren", zei Jordy.

"Ja, en mijn ouders zeiden, dat het goed was u beter te leren kennen", legde Peter uit.

"Tja, mijn moeder smult van uw olijven", pleitte Billie kort.

Verontschuldigingen aangeboden door de ouders uit de mond van hun kinderen, och arme, onbegrijpelijk!

"Samen besloten we mild voor jou te zijn, pap", antwoordde Olivier onder goedkeurend knikken van zijn vriendjes. Yes!! Dagboek, er is een God die leeft, ik heb een logeernachtje, yippie!!

"Van Olivier hoorden wij fantastische avonturen over Opa Young Jack, vertel ons iets."

"Cool!!" riep ik uit. Terwijl de jongens plaatsnamen op de bank bereidde ik popcorn en soda. Schoorvoetend verscheen Olivier in de keuken.

"Sorry, pap."

"Hey, er is genade voor iedereen, oké?"

"Sheriff Ward overlegde met de ouders. Werkelijk, pa, jij bent echt onvoorstelbaar! Dank je."

Dagboek, Oliviers eerste logeernachtje in mijn stulpje was voor mij een onvergetelijk feestje. Mijn vriendje wc liet ik letterlijk in de steek. De keuken veranderde in een nog erger panorama dan alle wereldoorlogen bij elkaar. De woonkamer met kussens, dekens, popcorn, verloren sokken, schoenen verstrooid over de grond, heerlijk. Heus Dagboek, ik stapte over een drempel en tegelijkertijd miste ik mijn vrije tienerjaren voor ik gebonden raakte met mijn automatische piloot. Geloof het of niet, Dagboek, ik verlangde dat de jongens nog een nachtje bij mij wilden

45

bivakkeren en verbazingwekkend, boven alle verwachtingen, argumenteerden hun ouders mijn verzoek niet, dus zondagmiddag bracht ik hen persoonlijk naar huis en bedankte de ouders voor hun vertrouwen. Zelfs Jordy zei: "Meneer Jay, u bent de coolste vader..."

"Harper Valley PTA?" gniffelde Ward onder zijn hoed, terwijl hij rustig wiegde op zijn schommelstoel en ik begreep wat dit betekende, de afrekening.

"Wat moest ik anders verzinnen?"

"En Olivier?" en nu de volle pond, verkneuteren.

"Olivier?" vroeg ik zo onschuldig mogelijk.

"Kom op, Toob, vertel... Olivier", zijn geslepen gegiebel, onuitstaanbaar.

"Oké, oké, gaf ik toe. Hij vroeg, wat doe je, pa? Ik zei, ik zoek iets. Bedoel je wat uit jouw achterzak bungelt? Jouw rubberhandschoenen? Ik voelde me rot opgelaten. Stelletje verraders! Zelfs mijn vrolijke rubberhandschoenen lieten me in de steek!"

Ward, jij bruut!

Diezelfde middernacht ontwaakte ik door een huilend geluid. Op mijn tenen liep ik in het donker naar de deur. Ik meende toch iemand te horen huilen. Behoedzaam luisterde ik in de gang. Stilletjes bij Oliviers gekierde deur hoorde ik zachtjes zijn vertrouwd gesnurk. Onzeker liep ik weer terug naar mijn eigen kamer, ontbrandde mijn schemerlamp, zat op de bedrand en opende per ongeluk de verkeerde nachtkastlade. De gouden ingelijste trouwfoto verscheen spontaan voor mijn gezicht en ik keek geschokt toe. Hoe kon ik zo vergeetachtig zijn? Mijn hoofdrekenen raakte niet uitgeblust eer ik had uitgerekend hoelang onze trouwfoto verstopt bleef. Elf min drie is acht. Acht jaar verbleef onze trouwfoto verborgen in een duistere lade. Mijn geweten vroeg de reden waarom ik het verborgen hield in de duisternis. Acht jaar verdrong ik dit pijnlijk gevoel en zie, hoe langzaam het antwoord opdrong aan het licht. Ik verstopte het uit boosheid, ik verstopte het in de ontdekking van haar wantrouwend en teleurstellend gedrag, ik verstopte het... haar vlucht uit Oliviers en mijn leven. Haar ontspannen, gelukkig gezicht op de foto herinnerde ik als de dag van gisteren. Onze bruiloft een gigantisch feest. Die spectaculaire, fantastische dag vierde ik met de veelbelovende vrouw voor onze toekomst, slechts twee jaar. Mijn meest rouwende dag van mijn leven was toen zij in één oogopslag mij en Olivier verliet. Sinds Oliviers geboorte koesterde ze meer afwijzing voor hem dan aan haar borst. Straf eigenlijk, toen de ware reden opeens in mijn herinnering opdoemde, ik verborg onze trouwfoto omwille van van ons onopgelost verdriet. Samen met haar stapte ik in bed en legde ik onze trouwfoto op mijn kussen. Prevelend sprak ik met haar alsof ze in levende lijve naast me lag.

"Herinner je je je nog hoe we op de bonnefooi lukraak ergens op vakantie gingen met ons tentje, Dakje? Onze eerste ontmoeting in de paardenstallen waar ik op jouw vaders ranch werkte als paardentrainer voor gehandicapte kinderen." Mijn vinger wreef over haar papieren en gezicht zonder besef besef van mijn tranen. Zonder koers doolde mijn eenzaamheid rond, hand in hand met verdriet in mijn ziel en kostbare parels die vruchteloos mijn kussen bevochtigden. In haar papierogen vertroostte ik mezelf:

"Sinds Oliviers geboorte beleef ik zoveel plezier, dankzij hem herleef ik weer. Tot op heden ervaar ik geen spijt. Zonder enige bekommernis van jou, Elizabeth, verplichtte ik mezelf een dubbele rol te vervullen. Hoe een moeder haar kind teder koestert aan de borst, zo koester ik hem. Hoe een moeder haar kind innig troost, zo troost ik hem. Zijn verzorging in gezondheid en ziekte heb ik met onuitsprekelijke, geduldige verzuchtingen doorstaan. Noch door ijlende koorts noch onaardige buikkrampjes, wellicht door een onrustige droom ontwaakte hij huilend, een alarmerende sirene naar de hunkering naar zijn moeders borst. Oliviers kreet waren jouw wakkere oren geenszins voorbijgegaan, Ell, weerbarstig trok je resoluut de deken over jou gezapig gehoor. Hoe kon je in hemelsnaam zijn schrille stem negeren, jouw kind dat je negen maanden in je moederschoot droeg? Hoewel jij de bevalling van je zoon hebt geklaard, ben ik je dankbaar, doch bewust heb je zijn geboorte gemist, want jouw afwijzing jegens Olivier is groot. Hoe ik dat weet? Waar was je toen hij de mazelen had? Waar was je op zijn allereerste verjaardag? Waar was je bij zijn eerste stapjes? Waar was je bij zijn eerste woord, dada? Zal ik verklappen hoe slim ons zoontje is? Men beweert, kinderen zijn puur, onschuldig, maar ik zeg je, kinderen zijn glashard en alles wat hun ouders wel of niet aan hun kinderen voorliegen, zij geloven hun ouders. Onze Olivier wordt pesten niet gespaard omwille van jouw afwezigheid als moeder, Elizabeth, maar luister hoe gewiekst ons zoontje is. Op zijn zevende verjaardag nodigde hij júist zijn pestjongens uit en voilà hoe wonderlijk het klinkt: zij zijn beste maatjes geworden, hoe vindt je dat? Twee van de vijf pestjongens bleven trouw aan hem en komen nog steeds regelmatig bij ons thuis. Zelfs voor een nachtje slapen. Altijd dolle pret met de jongens. Maar weet je wat zijn grootste verdriet is? Moederdag! Net als Job in de Bijbel, die zijn geboortedag vervloekte, vervloekte ik die rotmoederdag. Waarom kom je toch niet thuis, Elizabeth? Olivier wacht nog steeds op je. Ergens in zijn hart is hij bereid jou alles te vergeven. Kom toch thuis. Olivier vreest Moederdag op school. Wens je niet te weten waarom? Elke opdracht die hij op school vervulde, smeet hij verachtelijk in de prullenbak. Mistroostig wierp hij zichzelf in mijn armen en vroeg: 'Papa, ik heb geen moeder om mammie te noemen, waarom moet ik dan iets verzinnen?' Sindsdien beloofde ik mezelf iedere verfoeilijke Moederdag iets voor hem te verzinnen, zes jaar lang. Het gemis van zijn moeder kon ik enigszins verzachten, doch niet zijn verdriet. Ach Ell, we hebben zo'n geweldig kereltje, besef..."

Hoe hard de waarheid tot mij doordrong was onbeschrijfelijk. Niets kwam nog in mij op dan het ontwaren van een onsmakelijke nepvertroosting. Zonder mededogen verborg ik onze eens lieflieflijke trouwfoto terug in zijn duister plekje en vermoeid gaf ik mij over aan de nachtrustt. Uit een onbeduidende, doch plagerige droom ontwaakte ik bezweet voor dag en dauw. Zonder enige aanleiding overweldigde mij de gedachte dat ik helemaal niet van kerstviering hield. Elk jaar tuigde ik de kerstboom op; nooit voor mezelf, maar voor Olivier. Ik weigerde hem van de gezelligheid te beroven, want die vreselijke donkere dagen versterkte mijn eenzaamheid meegesleurd in neerslachtigheid, hoewel Kerst toch hoop en licht betekende. Veel vragen overspoelden mij die stille ochtenduren over de donkere dagen waarin het lichtfeest over de hele wereld werd gevierd. Opa Jacks waargebeurde verhalen, woord voor woord geschreven in een gelinieerd schrift, las ik in diepe verwondering over zijn bekering tot de Redder der wereld, geboren in een stal in de stad van David, Bethlehem, Israël...

Dagboek

Olivier vroeg mij of hij en zijn drie musketiertjes wat later mochten thuiskomen. De meestgestelde vraag uit goed moraal, hoezo, ontpopte in mijn goed draaiend verstand. Luchtig legde hij uit over belangrijk huiswerk dat hen punten zou opleveren voor hun rapport. En ik weet als geen ander, mijn zoon Olivier houdt erg veel van avontuur en uiteraard wilde ik hem dat niet ontnemen. En juist omdat Olivier zelf het woord musketier in de mond nam, moest ik natuurlijk weer baas boven baas spelen.

"Oh, en kleine D'Artagnan heeft de leiding. Oké, en het zou beter zijn als de musketiertjes en D'Artagnan hier komen eten, want dan is er verse vis", en juist deze laatste drie woorden had ik beter niet kunnen bedenken zonder Wards beslissing.

Maar goed, vooraleer ik was uitgesproken uit mijn goed moraal, sprong Olivier op zijn stalen ros, fietste over het erf tot hij helemaal uit het zicht verdween.

Ver voor de middag, zonder Sally's gezellig koffieuurtje, zaten Ward en ik in goed humeur in zijn roeiboot midden op het meer. Het weer was kalm, aangename temperatuur, dus de boot dobberde vrij rustig over de verstrooide ontelbare schitterende sterren op het water.

"Ward?"

"Hm?"

"Ik moet je iets bekennen."

"Wat?"

Ward was druk bezig aas op zijn vishaak te zetten, dus keek niet op.

"Ik... heb Olivier gezegd dat hij en zijn vriendjes bij ons thuis verse vis konden mee-eten." -

Behalve het kabbelende water tegen onze boot en het ruisen van de boombladeren bleef het stil. In rap tempo voegde ik eraan toe:

"Natuurlijk ben jij eregast..."

Nu, voor het eerst keek Ward mij aan met een blik van: het is je geraden. Zonder een woord keerde hij zijn hoofd naar het levende water. Een tijd streek voorbij zonder een woord, iets waar ik absoluut niet tegen kan. Ik moet iets te vertellen hebben en dat had ik ook, maar ik voelde iets engs: er was iets wat Ward verborgen hield.

"Je bent stil, Ward."

Het staren naar het water leek hem gevangen te hebben en iemand moest moest hem eruit verlossen.

"Ward?"

"Ik hoor jou, Toob", Ward zuchtte, zette zijn ellenbogen op zijn knieën en liet zijn hoofd hangen.

"Eergisteren ontving Joe McGill het lijk van zijn zoon uit Vietnam. Vorig jaar deed hij mee in een protestmars tegen deze vreemde oorlog... Weet je wat ik niet begrijp, Toob, waarom voeren wij Amerikanen daar eigenlijk oorlog, hm? Je kan niet even de radio aanzetten of een of ander protestlied overrompelt jouw gemoedstoestand. Elke dag wordt je ermee geconfronteerd... Ik zeg niet dat het verkeerd is, integendeel, maar het wordt voor de families ook niet gemakkelijk gemaakt. Twee jaar geleden heeft mevrouw Simms zelfmoord gepleegd, omdat haar zoon een brief schreef en daarin vermeldde, hoeveel hij van haar hield en eens zou thuiskomen. Nou, die jongen kwam thuis, Toob, in een lijkzak..."

In Wards denkwijze ervoer ik een ander probleem, niet de ergernis van de Vietnamoorlog, die ergens in negentienvijfenvijftig begon, dankzij het falende Franse bewind in Indochina, neen, meer iets persoonlijks.

"Luister Toob, jij weet nogal veel over de Bijbel. Wat zegt God eigenlijk over al die rotoorlogen?"

"Jezus Zelf profeteerde over de rampen in onze toekomst. In Mattheüs vierentwintig vers zes voorzegt Hij: "...Ook zult gij horen van oorlogen en van geruchten van oorlogen. Ziet toe, weest niet verontrust; want dat moet geschieden, maar het einde is het nog niet. Want volk zal opstaan tegen volk, en koninkrijk tegen koninkrijk, en er zullen nu hier, dan daar, hongersnoden en aardbevingen zijn. Doch dat alles is het begin der weeën..."

"Dat heeft Hij voorzegt?"

"Ja."

"Waarom deed Hij dan niets om het te voorkomen?"

"Ward..."

"Neen, zeg mij eerlijk, Toob, waarom deed Hij niets om het te voorkomen? Jij zegt toch altijd God *is* de Almachtige! Waarom laat Hij zoveel mensen sterven door de honger, door de pest, door de oorlogen, door moord, door..."

"Ward, vergeef mij de onderbreking."

In mijn stem moest het karakter van gezag hebben geklonken, want eensklaps was Wards mond gesnoerd. Met ietwat verwarde ogen verraadde hij zichzelf, op dit ogenblik was hij niet de Ward mijn vriend.

"Ward, jongen, er is iets anders met jou aan de hand, is het niet?"

Ward hief zijn hoofd naar de hemel en zuchtte diep.

"Vandaag, precies vandaag is het zeventien jaar geleden, dat mijn vrouw Mildred en... mijn zoontje Clarkie zijn overleden..."

Wat?? Ward *had* een vrouw en zoontje?? Op ditzelfde ogenblik schaamde ik tot over mijn oren. Hoezo kleinzielig? Hoezo zelfmedelijden? Mijn dwangmatigheid en gemis van Elizabeth was niets vergeleken met Wards verlies. En "het spijt me" zeggen leek me een rotcliché. Dus zweeg ik.

"Mildred en ik hadden afgesproken om op een zondagmiddag samen met Clarkie een toertje te maken in Sedona, Arizona. Daar werkte ik als hulpsheriff. Mildred waarschuwde me nog een dag van tevoren te tanken, dan hadden we een zorg minder voor de volgende dag, zie je. En ik zei haar dat ik ook van plan was dat te doen. Maar die dag ontstond een commotie in de stad, waardoor ik het tanken helemaal vergat. Dus zonder ergernis van ons beiden tankte ik de volgende dag en dat gaf Mildred nog even snel de kans om twee flesjes water te kopen. Plagend vroeg ze of Clarkie meewilde en natuurlijk zei hij ja. Eindelijk, Toob, had ik die zondag vrij, hoelang ik daarop niet op had moeten wachten. Dus ik tankte, genoot van de omgeving, genoot van mijn vrije dag en opeens hoorde ik geweerschoten in de winkel. Meteen stopte ik met tanken en uit ervaring wist ik wat te doen. Om het verhaal korter te maken: de dader rende als een gek naar buiten en ik kans zag naar binnen te sluipen. Tussen een van de rijen zag ik Mildred en Clarkie op de grond liggen... onder het bloed. Ik dacht dat ik gek werd, Toob, mijn vrouw Mildred en ons zoontje Clarkie... dood. Alles wat mij dierbaar was... weg... in één zucht alles weg."

De boot deinde lichtjes heen en weer en ik voelde wat Ward ervoer. Het verdriet, het verlies kan niet worden omschreven. Dus ik zweeg.

"Clarkie was vier... een prachtkereltje... Mildred, de schoonste der vrouwen, was amper dertig. De dader was een ontsnapte psychiatrie-patiënt. Terwijl ik nog in ontzetting was bij Mildred en Clarkie, hoorde ik nog één geweerschot... onder verklaring van een aantal getuigen, schoot de dader zichzelf neer..."

Met mijn vastgeschroefde gedachten wist ik geen woord te bedenken, dus zweeg ik wijs. zweeg ik wijselijk.

Terwijl ik de vissen schoonmaakte, ontstak Ward de barbecue en op verzoek van de drie musketiers en D'Artagnan aten we gezellig buiten op de veranda. Door het natafelen, vergaten we de tijd en rond half acht besloot Ward de stalen rossen van de drie musketiers in zijn laadbak te zetten en hen naar huis te brengen. te brengen. Maar vooraleer hij instapte zei ik spontaan: "Kinderen schenken veel zegen." Ik wist zelf niet waarom ik het zei, maar Ward keek verrast.

Dagboek, de flyer

In de geboorte van de ochtend genoot ik van mijn vers gezette koffie aan de keukentafel. Door het verrassend, maar ook pijnlijke verhaal van Ward over het groot verlies van zijn vrouw Mildred en zoontje Clarkie, maar ook zijn zienswijze over de oorlog in Vietnam, werd ik even teruggespoeld naar een vakantietijd die ik mocht verblijven bij Opa Young Jack en Oma Marieke. Ooit kreeg Opa Young Jack een aanspraak makende flyer van een kennis, die absoluut anonimiteit wenste. Desalniettemin bracht het Opa Jack op een fenomenaal idee. In een avondvergadering van de kerk die hij en Oma Marieke elke zondag bezochten, legde hij zijn plan uit.

"Dat is fantastisch, Jack", zei voorganger Will Granger. Op deze manier kunnen we de mensen tot inzicht krijgen *hoe* we elkaar leren te respecteren."

Helaas was de helft van de kerkelijke gemeenschap het er niet mee eens, zij had een totaal andere mening en liet het ook duidelijk merken.

"Is het niet, dat iedereen, elk individu, zijn eigen verantwoordelijkheid moet nemen wat juist is en niet juist?" Vele aanwezigen mompelden eensgezind mee met deze vooraanstaande man.

"Precies... en waarom zouden we altijd naar Jacks ideeën moeten luisteren en die uitvoeren? Wordt het niet tijd dat we eens een keertje onze eigen kunde blootstellen?" volgde een ander.

Opa Jack stond op, terwijl Oma Marieke en voorganger Will Granger stilletjes baden.

"Vrienden, alsjeblieft, luister. Het was nooit mijn bedoeling mijzelf op de voorgrond te plaatsen, integendeel, die eer geef ik liever aan mijn Heer. Het is ook niet mijn bedoeling het idee wat ik voorleg als een plicht te zien, neen. Mijn geloof staat erachter, dat God een doel met het moraal heeft om vele mensen te bereiken..."

Opa Jack wachtte even. God herinnerde hem aan Jezus' profetie.

"Luister wat Jezus profeteerde in Mattheüs: *'En omdat de wetsverachting toeneemt, zal de liefde van de meesten verkillen.'* Dit heeft te maken met het verlies van het gezonde moraal wat ons recht is in deze hele wereld. God *heeft* Zijn wet, precies als wij in onze maatschappij wetten nodig hebben voor orde. Zonder wet is de chaos niet meer te overzien. En is het niet zo, dat ook wij, wat wetten betreft, het aan God te danken hebben voor Zijn voorziening in gezag en orde en wetten in onze maatschappij? En God ziet de achteruitgang van het respect in de gezonde moraal van de mens meer en meer verloren gaan, terwijl het haar recht is, haar eigendom, haar erfenis, die overvloeit van geslacht op geslacht."

Sommigen van de vooraanstaande kerkleden bleven trots hun mening vasthouden.

"Luister Jack, wat je spreekt over Jezus woorden daar ben ik het mee eens...", velen mompelden goedkeurend. Maar jou idee over die flyer, daar staan wij niet achter...dus je zult anderen moeten vinden om de flyers uit te delen."

Opeens stond Oma Marieke op, richtte haar ogen naar het raam, strekte haar handen uit en sprak de volgende woorden met krachtig gezag:

"Here God, indien Uw wil is om de flyers uit te delen al moet het tot het uiteinde van deze aarde zijn, laat het geschieden naar Uw wil."

Uit nieuwsgierigheid vroeg ik aan Opa Jack hoeveel flyers in één doos lagen, hij antwoordde:

"Oh, één doos bevat ongeveer tweeduizendvijfhonderd flyers. We hebben dertig dozen in de schuur staan. Dus hoeveel flyers hebben we ongeveer in totaal? Tweeduizendvijfhonderd maal dertig is vijfenzeventigduizend flyers..."

"Wie gaat dat allemaal uitdelen, Opa Jack?" vroeg ik verwonderd.

"Niemand anders dan Jezus Zelf, jongen."

Onbegrijpelijk keek ik mijn lieve betovergrootvader na die zorgeloos in de keuken binnentrad.

Diezelfde nacht werd ik opgeschrikt door een stormachtige wind, stapte uit bed en gluurde door de gordijnenspleet. De wind was ondenkbaar heftig, zodat bomen ongenadig heen en weer zwiepten. Ik geloofde werkelijk dat ze letterlijk uit de aarde werden ontwortelt. Niet lang daarna zag ik witte vlekken in de lucht dwarrelen, verbaasd vroeg ik me af wat die witte vlekken mochten betekenen in de donkere lucht. Snel trok ik mijn sloffen aan, haastte naar buiten en wat ik toen zag, was werkelijk fenomenaal. Dwars door de stormachtige wind – en het leek of zij mij niet aanraakte – liep ik naar de schuur waar alle flyers als een tornado uit werden geblazen en als vrije vogels in alle windrichtingen dwarrelden. Geheel ontzet holde ik naar Opa Jacks en Oma Mariekes slaapkamer en maakte hen zo bruut als ik kon wakker.

"Opa Jack!! Oma Marieke!! Wakker worden, snel!! Kijk uit uw raam, snel..."

Waggelend op hun nog slaperige benen keken ze half slapend uit het raam.

"Mijn God, Abba Vader, dank U, dank U..." fluisterde Opa Jack.

"Jack, God doet het werk Zelf!!" riep Oma Marieke onthutst.

Weer rende ik naar buiten en nog was God niet klaar met blazen, want nog niet alle flyers waren uit de dozen gelicht. In de luide wind ving ik een flyer en liep ermee naar het keukenlicht en las:

Wees voorzichtig met je uitspraken.
Woorden zijn machtige wapens die veel onheil kunnen aanrichten.
Zet met je tong nooit iemand in zijn hemd.
Een hard of scherp woord kan lang op de bodem van het hart blijven smeulen en een litteken achterlaten.
Verdraag dat anderen "anders" zijn, anders denken, anders doen, anders voelen, anders spreken.
Wees met je woorden mild en barmhartig.
Woorden moeten "lichten" zijn.
Woorden moeten verzoenen, tot elkaar brengen, vrede maken.

*Waar woorden "wapens" worden, staat men als vijanden te-
genover elkaar.*
*Het leven is veel te kort en onze wereld veel te klein om er een
slagveld van te maken!'*

Die nacht was voor Opa Jack, Oma Marieke en zeker ook voor
mij, een zeer spectaculaire nacht geweest. De volgende dag kregen Opa Jack en Oma Marieke bezoek van enkele kerkleden en
zij verhaalden hen uitermate enthousiast over de gebeurtenis,
wat hen geenszins geruisloos voorbijging.

"Jack, Mary, mijn welgemeende verontschuldiging", erkende één der weerspannige vooraanstaande dienaren van de kerk
zich bij Opa Jack en Oma Marieke.

"Aanvaard, vriend, je ziet, zodra God erachter staat, *zal* Zijn
wil geschieden."

De flyers hadden hun bestemming bereikt waar God het wilde
hebben, daarbij belde één van Opa Jacks achterkleinkinderen
naar Oma Marieke en zei:

"Oma, Oma, iemand uit Wichita Falls heeft een flyer aan
papa gegeven..."

"Wat, zeg je, kind? Maar jullie zijn toch in de buurt van
Peking?..."

Wie o wie kan Gods hand tegenhouden?

Dagboekje

Na mijn ernstige overdenkingen over Opa Jacks wedergeboorte,
richt ik vol lust opgetogen tot de Allerhoogste God, Die vrije-
lijk Zijn adem aan mij schonk het leven te leven in Zijn kracht,
naar Zijn wil.

"Mijn God, hoe wonderbaar zijn Uw werken ver voor de grondlegging der wereld. Uzelf sprak:

"...het Lam, dat geslacht is, sedert de grondlegging der wereld."
Hoe kostelijk zijn mij deze krachtige woorden door U gewrocht op Golgotha, die U reeds in Uw hart droeg, voordat U de mens schiep. Waarmede, o Here, zal de jongeling zijn pad rein bewaren? Als hij dat houdt naar uw woord. Ik zoek U met mijn ganse hart, laat mij niet van uw geboden dwalen. Ik berg Uw woord in mijn hart, opdat ik tegen U niet zondige. Schenk mij wijsheid om Uw levend woord door te geen aan mijn nageslachten.

"Ach Here, Here, hoe wonderbaarlijk is Uw wonder mij geschied in de moederschoot van mijn moeder. Te wonderbaarlijk en kostelijk zijn Uw eeuwige woorden toen nog niets daarvan in het heelal bestond, doch opgesloten in Uw eeuwig raadsbesluit. Gedenk mij toch Uw woorden van in den beginne toen U mijn vormeloos begin zag nog voordat ik werd geweven in de moederschoot van mijn moeder. Waarlijk, Here mijn God, Schepper van hemelen en aarde, wie is aan U gelijk? Wie kan de mens scheppen naar Uw evenbeeld? Wie betwist Uw schepping dan de dwaze die zegt, er bestaat geen God. U, alleen, U bent mijn Formeerder, naar geest, ziel en lichaam...

"Verborgen in de rijkdommen van de schatkamer van Uw Woord bereidde U mijn onsterfelijk lichaam, ja, U hield mij vast in de komst van Uw geliefde Zoon, Jezus Christus, de Gezalfde en daar op Golgotha ben ik geboren uit Zijn lendenen. Reeds in deze glorierijke tijd waarvan ik nog niet bestond, verzegelde U mij met Uw Geest. Mijn ziel prijst U voor dit machtig wonder. Meer nog, Uw Heilige Schrift, het Heilige Zaad van mijn verwekking, was mijn gebeente voor U niet verholen, toen U mij in het verborgene schiep, kostelijk gewrocht in de moederschoot van Uw Woord. Mijn vormeloos begin lag koesterend veilig geborgen in de hand van de Heilige Geest. Niemand kon mijn beginsel roven uit Uw sterke hand. Zie toch, hoe prachtig vakkundig U mij heeft geweven met de kostelijkste veelkleurige borduursels, gelijk de liefhebbende handen van vader Jakob, die het prachtige kleed borduurde van de fijnste stoffen voor zijn zoon Jozef. Onophoudelijk richtten uw waakzame ogen op mijn vormeloos begin. U stoorde Zich niet aan de dag noch de nacht, de Geest Gods heeft mij gewrocht in Zijn zuivere hand en de adem van de Almachtige doet mij leven. Mijn God, hoe, ja hoe wonderbaarlijk formeerde U mijn nieren door Uw Woord, kostelijk zijn mij Uw gedachten, o God. U verheugde Zich met een onuitsprekelijke verheuging op de dag van mijn geboorte en sierde mij met een van de prachtigste gave, Uw Geest mijn Onderpand. Onafscheidelijk, bezegeld door het bloed van het Lam, Christus Jezus, mijn Heer, zullen eens mijn nederige ogen U in volle heerlijkheid aanschouwen. Mijn Schepper van mijn nieuwe geboorte."

Dagboekje 1974

Een week voor Oliviers twaalfde verjaardag zaten we knusjes naast mekaar op de bank in de woonkamer. Gezellig, ontspannend samen met mijn zoon tijd verdrijven voor een dagelijks gesprekstof, gewoon verder niets om handen. En juist omdat het een week vóór zijn jaarlijks feestdag is, vroeg ik nieuwsgierig naar zijn verlangend cadeautje.

"Heb je een verzoek voor jouw aankomende verjaardag, Ollie?" vroeg ik spontaan.

Opeens boog zijn hoofd gelijk een verslapt kelkbloem het doet.

"Hey, is er iets wat je stoort, hm?" sloeg ik ietwat bezorgd mijn arm over zijn smalle schouders.

Het duurde eer hij iets zei en al wordt mijn zoon twaalf jaar toch woog hij nog steeds als een veertje. Voorzichtig schoof ik hem op mijn schoot en wiegde hem. Traantjes plensden gretig op mijn hand en verdrietig rolde hij helemaal op mijn schoot, een opgerolde egel was hier niets mee vergeleken. In zacht gesnik drukte hij stevig tegen mijn borst.

"Papa, het idee dat ik geen moeder heb, doet soms pijn, voelt vreemd aan. Soms ben ik verdrietig als vriendjes mij uitnodigen op hun feestjes en dan zie hoe gelukkig zij zijn met hun moeders..."

Ik zuchtte, triest hoe we samen het verdriet moedwillig moesten delen. Olivier geen moeder ik geen vrouw. Dagboek, hoe vaak moet mijn hart nog breken?

"Een mammie kopen...bestaat dat echt niet, pappie?"

Hoezeer ik hunkerde mijn leven te geven op de brandstapel om het verdriet van mijn zoon uit te branden, maar wat goeds doe ik daarmee?

"Neen, jongen en ik zou niet weten waar jouw moeder uithangt..."

"Neen, pappie, zoek haar niet. Ik denk niet dat zij van mij houdt zoals jij."

Zijn verzekerde blik in zijn dappere ogen kan ik tot op heden niet vergeten. In plaats mijn leven op de brandstapel te werpen, sprak ik in vaderlijke wijsheid tot hem.

"Olivier, verdriet helpt niets. Maar weet één ding, mijn lieve zoon, God vergist Zich niet in jou."

Wellicht hielpen mijn adviserende woorden, want de uitkomst resulteerde in de avond na zijn verjaardagsfeestje, toen hij in bed lag.

"Dat was me een feestje, niet?" vroeg ik en streelde over zijn donkerblonde koppie.

"Ja, papa en bedankt voor jouw marionetpoppen, zo kleurig, daar zijn mijn vriendjes heel erg blij mee."

"Graag gedaan, makker."

"En papa, ik vroeg God, als het Hem goeddunkt, mijn moeder terug te brengen. Mocht ze niet in mij geïnteresseerd zijn, wil U haar dat vergeven en dat ikzelf op een dag dankbaar leer te zijn dat ik uit haar geboren ben."

Vaak bad ik op mijn knieën tot God voor zijn moeders terugkomst en ik vroeg me af of Elizabeth inderdaad liefde heeft voor haar zoon, wat ik sterk betwijfelde.

Dagboekje 1976

Onbewust ontlokte Ward in mij een uitnodiging voor de jacht in het voorjaar in een beschermd wildgebied. Zijn bijzondere verzoek spoelde mijn herinnering weer terug naar de hilarische tijd met mijn beste drie vrienden, Three Stooges, beter gekend als Beau, Bincky en Earl. Originele cowboys met het hart op de juiste plek, die hun leven toewijdden in het oorspronkelijke leven op de stille heide en naast het harde zwoegen op de ranch van mijn toekomstige schoonvader mij leerden jagen. Ik vertelde Ward mijn blijdschap met zijn verbluffende uitnodiging. Sinds ik en Elizabeth haar vaders Fork Ranch voorgoed verlieten, doofde het vuur in mijn hart voor het jagen, maar niet de warme herinneringen aan Three Stooges. Ik beloofde mezelf geen enkel geweide hertenkop aan de muur te hangen, het lugubere trofee bracht slechts smart over de gelukkige momenten van mijn beste vrienden. Daarvoor reserveerde ik andere gedachten. Ik koesterde het geloof om de kwetsbare natuur in evenwicht te bewaren meer veronderstellend het nut besmettelijke dieren in de natuur uit te schakelen en tenminste enige species te redden voor hun vermenigvuldiging. Bij Oliviers thuiskomst sprak ik enthousiast over Wards avontuur en in datzelfde enthousiasme gebood ik hem ons te vergezellen. In al zijn onverwachtse onthutst-zijn vroeg hij spontaan de reden van het belang van zijn prille aanwezigheid bij het jagen, waar hij noch kaas noch boter van had gegeten, ja, zo noemde Olivier dit gezegde, en daarbij met vol nuchter verstand bekende dat zijn school was nog niet ten einde, het was pas lente.

"Even capituleren, jongen, je gelooft toch zeker niet hier alleen te blijven zolang ik weg ben?" sputterde ik tijdens het roeren van de rode bietenstamppot rijkelijk gevuld met knapperig gebakken spekjes en een geplet gekookt eitje.

"Hoe lang blijf je dan weg, pa?" reikte hij mij de melk, want het was nog niet voldoende smeuïg.

"Ongeveer twee, drie dagen", met een vingerstreek over de spatel nam ik een lik, proefde en gaf hem de spatel om te proeven.

"Lekker", smulde hij bij de volgende lik, "Hm Hm. Maar vertrouw je me dan niet, pa?"

"Neen!" antwoordde ik resoluut.

"Hoezo dan? Wat doe ik dan mis?"

"Niet mis, fout. Meisjes..." wierp ik het het vuile kookgereedschap in de afwasbak.

"Meisjes? Wat bedoel je met meisjes?" hief hij nonchalant zijn schouders op.

"En jongens", voegde ik er onmiddellijk aan toe.

De rode bietenstamppot schepte ik over in een voorverwarmde schaal en plaatste die midden op tafel tussen de salade en de borden. Ik wenkte met mijn hand dat hij aan tafel moest.

"Meisjes en jongens... en dan?" vroeg hij naïef schouderophalend.

"Als je dit nu al niet begrijpt, laat staan dat ik je hier in je uppie achterlaat", plaagde ik en gebaarde direct voor het dankgebed.

"Hemelse Vader, dank U voor een leven van overvloed en Uw zegen voor deze spijzen, amen."

"Amen", beaamde hij. "Ik snap het niet, pa", schepte hij wat salade op zijn bord.

"Luister, jongens en meisjes van jouw leeftijd zijn verschrikkelijk nieuwsgierig naar nieuwe dingen. Willen graag nieuwtjes ontdekken en vooral uitproberen", hapte ik van de stamppot.

"Vooral uitproberen... wat dan?" maalde hij nadenkend op een stukje walnoot.

"Bijtjes en bloemetjes en vlindertjes en moet ik het nog uittekenen?" Ik schudde mijn hoofd.

"Ooh Ooh... ooh", antwoordde hij begrijpend, "Maar daar doe ik toch niet aan mee, pa?"

"Hoe weet je dat zo zeker? Je bent maar van vlees en bloed, jongen", knipoogde ik.

Hij zuchtte, gaf de strijd op en at zijn bord leeg. Na ons dessert – een licht opgeklopte sinaasappel-bavarois – deed ik de afwas en hij moest altijd afdrogen en alles weer terug op zijn plaats zetten. In de rust van de avond stoorde Olivier mij tijdens het lezen over mijn held Opa Young Jack.

"Pa, heb je even tijd?"

"Tuurlijk, wat is het?" Met een bladpapier in zijn hand vestigde hij mijn aandacht.

"Ik moest dit van de leraar aan je laten zien." Een lichte trilling in zijn hand verried dat er iets vreemds in de lucht hing. Zwijgend keek ik ernaar van boven naar beneden, van voor en achter.

"Een rood cijfer…", mompelde ik. "D min, dat is nogal stof tot nadenken, vind je niet? Problemen op school? Gymleraar handtastelijk? Angst voor onderwijzers? Wat?" Zielig om te zien hoe hij aan de grond genageld stond over al mijn onverwachte vragen. "Komaan, waar is jouw tong gebleven, manneke?" klonk ik lichtelijk grimmig. "Ik eis een verklaring voor dit afzichtelijk cijfer." "Pa, ik, ik… doe het slecht omdat ik… Ik help analfabeten," stotterde hij.

Dat was nog eens een antwoord waarbij ik totaal hem onbegrijpelijk aanstaarde. "Dat is wat ik doe. Na schooltijd help ik analfabeten, die niet kunnen lezen en schrijven."

Hoe was het mogelijk dat ik niet wist wat een analfabeet niet kon? Daar had Olivier mij flink in de tang. Hoe stunteliger hij excuseerde hoe onbegrijpelijker ik zweeg. "Jij zit in de problemen, is het niet?" viste ik doelloos in een meer zonder vissen.

Vol protest schudde hij heftig zijn hoofd. "Neen, ik zit niet in de problemen, pa. Ik help echt mensen die…" "En dan wil jij dat ik jou hier alleen achterlaat. Laat me jou een waarschuwing geven, jongen, dit rode cijfer is het laatste dat ik ooit van jou gezien heb, is dat duidelijk?"

Bruut overhandigde ik hem het blad papier met het afzichtelijke cijfer terug en gekwetst in mijn ego hervatte ik geconcentreerd te lezen in het gelinieerd schrift van Opa Young Jacks ware verhalen. Tegelijkertijd ontstak in mij een verbolgenheid, die Oliviers benen niet weerhielden om zo snel mogelijk mijn ontstoken boosheid te ontvluchten. "Olivier!" bulderde ik. Haastig keerde hij terug, rillend als een bevend rietstrootje. Streng sprak ik hem aan, vergezeld met strenge ogen, terwijl hij vrezend het onschuldig papier frommelde. "Is het criminaliteit? Hasj? Wiet? Stelen in de supermarkt? Weddenschap-spelletjes?" "Neen, neen, pa, niets van dat alles!! Ik zit niet in de crimi…"

"Zwijg!" vuurde ik terug. "Hoor ik van iemand een klank of geluid dat jij erbij bent betrokken, dan lever ik je met plezier persoonlijk aan de sheriff, hoor je me?" Ik klonk heel resoluut onbarmhartig.

"Ja, pa", antwoordde hij diep verslagen en holde naar zijn slaapkamer.

"Analfabeten helpen, mijn laars", morde ik stug verder. "Hoe wil jij analfabeten helpen als je zelf nog scholing nodig hebt?!" spuugde ik galmend mijn donderende stem driftig door het hele huis.

De volgende dag ontmoetten Ward en ik op hetzelfde uur, hetzelfde adres, dezelfde plek met dezelfde warme drank tussen dezelfde stamgasten. Beloerden dorpsvoorbijgangers, maakten enkele onschuldige grapjes over de onzinnigste dingen om even uit onze sleur te ontsnappen. "Waar heb je leren schieten?" vroeg Ward wrijvend over zijn gigantische, grijsblonde snor.

"Ik zal je iets vertellen waar je oren van zullen klapperen."

"Nou, ik ben benieuwd... brand maar los." Zijn blauwe ogen sprankelden van spanning.

"Mijn betovergrootvader..."

"Betovergrootvader? Zei je dat nou? Hoe oud was... hoe oud waren jullie dan?" riep hij uit!

"Ik zei het je, Ward, je oren zullen klapperen. Opa Jack was zevenennegentig en ik een snottebel van negen. Op een dag bezocht ik hem thuis en vond hem op de achter-veranda, daar was hij bezig zijn karabijn schoon te maken. Dat apparaat was verschrikkelijk oud waarvan je niet eens wist waar de vlam eruit schoot van voor of van achter. Ik vroeg Opa Jack waar hij dat antiekstuk vandaan haalde. Hij antwoordde van een Indiaan, genaamd Red Fox..."

"Toob, nou ben je ergens aan het zweven, jongen. Kom op nou, een Indiaan met een karabijn!" Ward probeerde een slok koffie te drinken, maar kwam niet verder dan de rand van zijn kopje toen hij in de lach schoot. Daar zaten we voor het raam lachend met tranen in de ogen. Wat een vertoning!!

"Ik zweer het je, Ward, zonder geintjes. Opa Jack ontmoette Red Fox in de bossen van Iowa. Red Fox was een van zijn laatste soort. Opa Jack vroeg hem waarom hij niet bij zijn stam leefde. Daar was niemand meer van van over, antwoordde Red Fox. Hier leef ik in mijn tipi samen met mijn vrouw. Zij wast mijn kleren, kookt voor mij, houdt mij warm in bed. Ten slotte vroeg Opa Jack naar zijn vrouw voor een kennismaking. Hij riep haar en zij verscheen uit de tipi. Opa Jack geheel onder diepe verbazing begroette een blanke Europese, genaamd Gretl, uit Duitsland. Gretl en Red Fox ontmoetten elkaar voor het eerst toen Red Fox in gevaar stond voor een aanvallende bizon. Onverschrokken met haar enige erfenis, haar vaders karabijn, zette ze zich schrap met de kolf tegen haar smalle schouder en zonder twijfel richtte ze de brede toeter tussen de ogen van de woest aanvallende bizon. En geloof het of niet, vlak voor haar koene voeten blies hij zijn laatste adem uit. Red Foxx dankte zijn leven aan Gretls spontane redding en sindsdien leefden zij onafscheidelijk samen met haar karabijn. Opa Jacks trouwe vriendschap bezegelde hij met dagelijkse benodigdheden en als gunstbewijs gaven zij hun karabijn cadeau aan Opa Jack. Uit dankbaarheid creëerde Opa Jack een kersenhoutenkist bekleed met rood fluweelstof. Hoewel, hij de karabijn nooit gebruikte, poetste hij hem gedenkwaardig regelmatig."

"Maar zeg toch eens, Toob, op jouw schoorsteenmantel, wat zijn dat eigenlijk voor antieke spullen?"

"Willem, Opa Jacks vader, maakte zelf de houten klompen en in Delfsblauw schilderde met molens en tulpen als leuke motieven."

"Ik hoop dat je het niet erg vindt, maar die pendule...?"

"Ja. Ook de pendule uit Haarlem en de Win..."

"De Winchester 73," vulde Ward aan. "Ik dacht altijd, Toob, dat je het deed uit verzamelwoede, maar het zijn echte familie-erfstukken. – En met die Winchester 73 leerde Opa Jack jou schieten?"

"Ward, ongelogen, daar stond hij: zevenennegentig jaar oud. Zonder wiebelen, zonder bibberen. Verzekerd stevig met zijn beide benen op de grond, de kolf tegen zijn schouder, met zijn brilletje op de neus geconcentreerd gericht op de blikjes netjes op een rij, op een afstand van ongeveer honderdvijftig meter en dan de trigger herhaaldelijk achter elkaar overhalend schoot hij elk blikje ondersteboven, alles raak."

"Tsss", floot Ward tussen zijn tanden. "Ongelooflijk..."

In een korte stilte tussen ons beide, behalve de gasten, glunderden we nog even na van Opa Jacks momentum. Na enkele ogenblikken hervatte ik mijn verhaal.

"Nadat hij mij de kneepjes leerde, daagde ik mezelf uit. In de stad was kermis en wat denk je?"

"Natuurlijk de schietkraam."

"Ja, daar stond ik, de kleine snottebel tussen vier volwassen kerels. Het trok een heleboel aandacht. Dankzij Opa Jack kraakte ik de schiettent en kwam overladen thuis met een massa beertjes en andere knuffeldiertjes. Mijn ouders dachten dat ik op rooftocht was geweest. Met hulp van Opa Jacks bemoeienis deelde ik een hoop diertjes met mijn vriendjes. Trouwens, Ward er zit mij iets dwars", haakte ik plotseling eraan vast.

"Vertel."

"Ken jij misschien hier analfabeten in de buurt?"

"Oh jazeker. Er zijn volwassenen in de stad die niet of amper kunnen lezen en schrijven, maar ook laaggeletterden. Collins, mijn hulpsheriff, vertelde over Olivier, hij helpt hen na schooltijd. Niet iedere schooldag, maar zodra hij vroeg vrij heeft, fietst hij als een gek alsof zijn leven ervan afhangt naar het parochiegebouw, daar spreken ze met elkaar af. Hij heeft letterlijk bewogenheid voor onze gemeenschap. Waarom vraag je dat? Heeft Olivier jou niets verteld over zijn project?"

"Oppervlakkig", antwoordde ik bedenkelijk. " "Ik zal het eens met hem erover hebben."

Van school fietste Olivier meteen naar huis. Rond die tijd kookte ik ons avondeten en bezigde me deze keer met het dessert, chocoladepudding. Mijn eenpansgerecht macaroni sudderde in de oven. Behoedzaam liep hij groetend binnen en legde zijn tas naast de kast waar hij altijd aan tafel zat. Zwijgzaam waste

hij zijn handen en dekte de tafel. Tot nog toe had ik niets gezegd. Mijn zwijgen schiep in hem een oncomfortabele kalmte,
dankzij de voorstelling hoe mijn humeur gisteren kleurde van
het afzichtelijke rode cijfer van zijn proefwerk.

"Pa... moet ik nog iets doen?" vroeg hij met trillende stem.
Nog steeds vastgetimmerd in mijn zwijgen, legde ik de kom
chocoladepudding in de koelkast, zat op een stoel en keek hem
doordringend aan.

"Weet je waar ik mij zorgen over maak, Olivier. Zodra jij iets
doet zonder mij te verwittigen, dan pas maak ik me echt zorgen.
Nu heb ik van sheriff Preston moeten vernemen dat jij volwassen analfabeten leert lezen en schrijven. Hoe denk jij hoe dit bij
mij overkomt?" vroeg ik rustig.

Erg rot voelde hij zich, gewoon door en door rot.

"Sorry, pa", verontschuldigde hij beschaamd.

"Waarom vind je dat ik het niet mag weten?" vroeg ik kalm.

"Ik dacht, ik kon het doen zonder brokken te maken op school,
maar ik heb dat verkeerd ingeschat. Ik deed het om jou te laten
weten... ik kan iets", legde hij uit met bedremmeld gebogen hoofd.

"Waar komt dit vandaan? Heb ik jou ooit laten weten of merken dat je een domme jongen bent?"

"Nooit, pa." Onbedwingbaar overspoelden zijn tere tranen
ijverig zijn bloze wangen.

"Weet je, toen ik hoorde van Ward over jouw inzet voor de
analfabeten was ik erg trots op je. Je hebt het gedurfd iets te
ondernemen zonder kennisgeving. Dank je, Olivier, ik ben meer
dan tevreden over je inzet in onze gemeenschap. En wat veel
belangrijker is, het spijt me enorm van mijn ongeloof in jou...
mijn held..."

Bestuurd door ongekende vriendelijkheid omhelsde ik mijn
verdrietig jongsken. Zijn spanningen van de vorige nacht vonden
een vrije loop in diep gesnik. Voortaan behield ik mijn beider
lippen op elkaar en beter snuffelde ik naar gerechtigheid, dan
mijn jongsken ten onrechte op zo'n vaderloze wijze te overstel-
pen. Bewonderenswaardig prees de gemeenschap zijn overtui-
gende initiatief voor de ongeletterden en laaggeletterden en dat

raakte mijn hart. Die avond planden wij een rooster voor zijn school en zijn project voor de analfabeten. Na dit enerverende gesprek voldeed Olivier zijn huistaken tot grote tevredenheid van zijn onderwijzers en zonder twijfel overdacht ik: Olivier houdt van mij.

Dagboekje, soms overdreef ik een beetje in mijn fantasie over meereizende krekels. Grappig eigenlijk, hoe zij zich overal onzichtbaar opstelden terwijl hun aanwezigheid overduidelijk hoorbaar was. Spionnen, zo noemde ik hen, die rondom mijn huis overdag onverstoorbaar mijn leven bewaakten en strijdend in de stille nachtelijke uren getrouw hun krekelmelodie inzetten voor mijn nachtelijke rust. En hier op de open vlakte moesten ze me achtervolgd hebben, versterkt met een grotere groep. Noem het dwaas of avontuurlijk, maar hier zaten we rondom het kampvuur in ons jagerstenue: sheriff Ward, Olivier en ik.

"Ik heb mijn fototoestel meegenomen, mag dat wel?" vroeg Olivier aan Ward.

Een vluchtige blik over het apparaat deed Ward glimlachend nadenken.

"Jeetje, daar heb ik helemaal niet eens bij stilgestaan, tuurlijk, jongen, dan kun je ons morgen samen kieken met onze buit."

"Jaagt u allang, sheriff Ward?" Olivier rilde een beetje en trok de fleecedeken dichter naar zich toe. Ward moest even zijn herinneringen ophalen, het was toch weer een hele poos geleden. "Ik denk", antwoordde hij weifelend, "toch minstens...we leven nu in negentienzesenzeventig..."

"Klopt, heb je moeite met hoofdrekenen, Ward, we helpen jou wel effe, zeg het maar", grapte ik en Olivier gniffelde mee mee. Ward bromde.

"Nou, eerlijk gezegd", ... hij dacht nog even na. "Volgens mij achtendertig jaar. De eerste keer op mijn twaalfde namen mijn vader en oom mij mee naar Wyoming. Daar zijn de prachtigste exemplaren, majestueus, robuust, krachtig, hun volwassen gewei en koningsarrogantie..."

"Koningsarrogantie?" verrast trok Olivier zijn wenkbrauwen op.

"Die blik in zijn houding..." Ward strekte zich volledig uit, net als een fier edelhert. "Statig hoe hij zijn kudde en de gehele vlakte gadeslaat, alsof hij wilt zeggen, denk eraan, jongens, dit is mijn koninkrijk."

"Heeft dat niet elke roedel?" diende Olivier van repliek.

"Jij hebt zeker nog nooit een hert van dichtbij gezien, of wel?" vroeg Ward.

"Hopelijk morgen", blies Olivier tegen de lens die hij met een poetsdoekje afveegde.

"Gegarandeerd", voegde ik eraan toe.

"Oké. Jij hebt toch nooit gejaagd, pa?"

"O jazeker, met de Three Stooges." Ik gooide een stukje hout in het knapperend vuur, terwijl Ward en Olivier mij verrast aanstaarden, vooral Ward.

"De Three Stooges?" herhaalde hij vragend.

"Neen, zonder geintjes. Drie bijzondere vrienden op Fork Ranch waar ik werkte. Beau, Bincky en Earl groeiden op in hechte vriendschap met elkaar op. Letterlijk onafscheidelijke vrienden. Drie rakkers besloten hun leven toe te wijden op de stille, avontuurlijke prairie. Geloof het of niet, mijn schoonvader Will Fork leerde hun het ruige cowboyleven."

"Jouw schoonvader? Een rasechte cowboy?" vroeg Ward ongelovig.

"Neen, hij was geen cowboy, maar leerde het hun via een boekje."

"Pa, het wijst meer naar een sprookje", analyseerde Olivier wijs, maar niet helemaal.

"Luister, elke aanwijzing in dat leerboekje beleefde hijzelf samen met deze jongens..."

"Moet een afknapper zijn geweest voor die jongens", zei Ward lachend.

"Meneer Fork geen echte cowboy, maar een boekenwurm voor het cowboyleven", lachte Olivier om zijn eigen grapje ondersteund onder Wards gegiechel.

"Ja, lachen jullie maar. Mijn schoonvader Will presteerde het toch maar om deze jonge mannen te trainen als echte cowboys."

"En hoe weet jij of ze echte cowboys zijn geworden, hm?" vroeg Ward uitdagend.

"Toen ik op Fork Ranch werkte, zond Mr. Bob, onze voorman, mij naar de open vlakte waar ik de Three Stooges ontmoette, ook grijze Jonesy, smid en kok, was daar. En wat wist ik over het ruige prairieleven als cowboy, niets! Ondertussen was de Tweede Wereldoorlog reeds één jaar ten einde. Kun je nagaan hoe geïsoleerd het prairieleven kan zijn. Afgesloten van de buitenwereld. Ik zeg jullie, jongens, het cowboyleven is een keihard apart feit. Leven direct onder de blote hemel. Ongeacht welke weersomstandigheid ook plaatsvindt, niets weerhoudt deze cowboys van hun prairie. De wijd open prairie is hun thuis. In de heldere avond je vermoeide lichaam te ruste leggen. Dromen van je liefje terwijl je staarde naar een witte, melkachtige maan versierd tussen heldere sterren. Onbevreesd slapen onder het gehuil van wolven en prairievossen. Omringd door knijpgrage schorpioenen, slangen en andere gemene, giftige knijpers, dus daarom elke ochtend de inhoud van je beide laarzen goed nakijken. Eten wat de pot schaft, de natuur. Kruiden was het enige wat grijze Jonesy in zijn achterbroekzak droeg en in zijn zadeltas een pak meel en zijn onafscheidelijke steelpan bungelend aan zijn zadel. De opdracht van meneer Fork voor de Three Stooges was mustangs vangen en temmen. Daarnaast werden Will Forks runderen gebrandmerkt, gecastreerd en dergelijke. En toen kwam ik, een pasgeboren groentje te midden van hun ruige wereld. Hun thuis, de prairie kenden zij als hun broekzak, dus was ik telkens de klos. Het prairieleven, daarin ben je geboren of niet. Voor hun is de open vlakte een ontspanning en ze zagen heel veel kans geintjes uit te halen..."

"Zoals...?" vroeg Ward grinnikend alsof hij wist wat komen zou.

"Een adder onder mijn deken leggen... of een schorpioen in mijn laars... of kevertjes in mijn koffie, verschrikkelijk was het. Maar één geluk, de enige die barmhartigheid toonde was ouwe Jonesy. Hij was mijn hoeder..."

"Wel pa, als groentje heb je het overleefd, maar hoe zat het met jagen?" ginnegapte Olivier.

"Slimme, jongen, hoe zat dat dan?" vroeg Ward gniffelend.

"Nou", antwoordde ik, "zij besloten, zonder mijn goedkeuring met mij te jagen. De hele opzet was voor hun te koken..."

"Koken? Wie leerde jou koken, ouwe Jonesy?" vroeg Ward onderbrekend.

"Neen, Opa Jack, dat was mijn voordeel. Opa Jack leerde gastronomie van de listige Franse kok Arnaud in 1856 in New York..."

"Hoe oud stierf Opa Jack, Toob?" vroeg Ward ongelovig.

"Opa Jack was honderd en zes toen hij overleed. Hij heeft letterlijk drie oorlogen overleefd. De Amerikaanse Burgeroorlog, de Eerste en de Tweede Wereldoorlog. Mag ik verder vertellen?"

"Ja, ja, ja, ga maar door."

"Dus onder dwang reisde ik overal met hen mee. Mijn paard en zadel vol beladen met alle kookbenodigdheden. Ook werd ik verplicht mee te lopen over de vlakten, over de heuvels, mee turend op wat en waarheen wist ik niet, dus ik tuurde maar kinderlijk mee. Verbazingwekkend hoe deze jongens geruisloos over de aarde liepen. Ik daarentegen dramde als een olifant over de grond en werd meteen afgestraft door een mep op mijn achterhoofd. Jagen zonder woorden was spreken met de ogen. Fluisterend spraken zij met elkander..."

"O, jij mocht niet mee fluisteren?" onderbrak Olivier.

"Mocht het maar. Mijn duizend-en-één vragen over alles en nog wat, stelden zij een mond-kneveling voor, dus jaagde ik mond-gekneveld mee van begin tot eind..."

"De hele tijd mond-gekneveld?" vroegen Olivier en Ward lachend.

"Precies! Het enige wat ik leerde was leren kijken, leren luisteren en vooral zwijgen! Zo leerden zij mij jagen. Ach, ach... heerlijke tijden met de Three Stooges, onvergetelijk..."

"En jouw schoonvader, de cowboygids, leerde hij niets aan jou?" vroeg Ward.

"Oh, Will was een echte vader voor me, rechtvaardig en streng. Zijn overlijden liet me niet in de koude kleren zitten."

"En de rest? Wat is er van hen allen geworden, pa?"

"Op Fork Ranch? Helden...helden ter nagedachtenis."

Voor het ontwaken van de ochtend zette ik koffie boven het aangewakkerde kampvuur, bakte wat spekjes, eieren en belegde het brood met boter. We moesten een lange trek maken dus een stevig ontbijt was noodzakelijk. Ondertussen hadden Olivier en Ward zich verzorgd en aten we gezamenlijk ons ontbijt en dronken onze koffie. Nadat we alles hadden schoongemaakt en opgeruimd richtten we ons naar het jachtgebied wat Ward de vorige dag had uitgestippeld, waarvan hij zeker wist waar de herten zich bevonden. Sand Hills bestreek in het noorden van centraal Nebraska een groot gebied, toch minstens meer dan een kwart van de staat. Door het bos leidde hij ons naar de prachtige, laaggelegen valleien bekleed met gras, wat voor mij net leek op de kleur van verdord riet, dat kwam door het seizoen waarin wij ons bevonden. De bomen waren kaal, rijp lag op de bodem, zelfs op Wards snor. De natuur was een onuitsprekelijk fenomenaal prentje, met middenin een ouwe rot, een beginneling plus een groentje, die bijna geruisloos erdoorheen liepen. Op een hooggelegen heuvel tussen het gras kroop Ward naar boven, Olivier en ik bleven achter hem. Met zijn verrekijker zocht hij naar de kudde herten, die zich moeilijk lieten vinden door hun camouflage met de omgeving. Maar hoe goed een hert camoufleerde, de zwakke plek was zijn gewei en zijn wit achterwerk. Op een afstand van ongeveer 250 meter trok een hert plotseling Wards aandacht. Het bewoog zijn kop naar boven en keek in onze richting. Ward gebaarde naar me. Behoedzaam klommen Olivier en ik naar boven. Ward reikte zijn verrekijker aan Olivier. Ademloos genoot hij van het weergaloze exemplaar. Ik bestudeerde door mijn verrekijker het geweide dier en vond het niet het juiste dier om afgeschoten te worden, Ward was het daarmee eens. Fluisterend zei hij:

"Dit is 'm niet. We gaan richting het oosten, daar moet nog een kudde zijn."

Langzaam kropen we de heuvel af wat voor Olivier een teleurstelling was. Graag fotografeerde hij het excentrieke koningsexemplaar maar begrijpend gaf hij toe dat het verdachte geluid onraad zou veroorzaken en de hele kudde op de vlucht joeg. Wat heb ik Olivier toch goed opgevoed! Met zekerheid zou ik niet durven zeggen hoe lang we hadden gelopen of hoe ver. Maar regelmatig kropen we een heuvel op om te zien waar een kudde graasde. De vroege lentezon volgde ons onopgemerkt, dooide ook de rijp op de grond en op Wards gigantische knevel. Dan doemde uit het niets het meest verraderlijke op, de wind. "Ward, de wind trekt op", gaf ik fluisterend te kennen. Stellig kinkte hij en keerden we tegen de wind in. Op een ietwat lagere heuvel klommen we naar boven; daar zagen wij de herten die we ons eerder hadden voorgesteld. Twee jonge mannetjes vochten speels met elkaar, reeën graasden en een paar meter van hen vandaan zagen Ward en ik het uitverkoren hert. Met zijn koninklijk gewei stak hij sierlijk, pronkend boven de hele kudde uit. Robuust en tegelijkertijd gracieus prijkte hij majesteitelijk tussen zijn slanke reeën. Ik gunde Olivier mijn verrekijker, het maakte hem ademloos met open mond starend, lonkend naar het wonderschoon exemplaar wat hem plots verdrietig maakte. Ik begreep waarom. Ik tikte op zijn schouder, hij keek me vragend aan, maar ik gebaarde dat hij moest terugkeren naar beneden. Ondertussen stelde Ward zijn driepoot op, rustte de loop van zijn geweer erop, stelde zijn vizier bij en richtte de loop naar het hert. De afstand geschat was ongeveer 280 meter. Ik keerde mijn hoofd om naar Olivier die richting het verre bos in keek... wachtend op het fatale schot. Op het moment ik mijn hoofd terugkeerde richting de kudde hoorden wij enkel 'plop' en het hert viel onmiddellijk op de grond. De hele kudde keek verschrikt op in de richting van het geweerschot en verspreidde zich direct over de hele grazige vlakte.

"Yeah, riep Ward, dit is 'm, Toob."

We schudden elkander de hand.

"Dit is 'm, Ward, proficiat."

Dat zei ik wel, maar mijn hart huilde, want Olivier stond beneden in tranen.

"We wachten even voordat we erheen gaan", zei Ward.

"Oké, maar ik vrees dat je alleen moet gaan..."

"O?" vroeg Ward en zocht Olivier.

"Voor Olivier werd het een beetje te machtig, ik stuurde hem naar beneden."

"Natuurlijk, ik begrijp het."

De jongen was helemaal verstijfd toen ik naast hem stond. Ik sloeg mijn arm over hem heen. "Olivier, sorry, je had gelijk. Ik had je niet moeten meenemen", excuseerde ik me zo goed als ik kon.

"Neen, pa, het is niet jou schuld, want ik wilde uiteindelijk ook jouw avontuur mee beleven. Het was... toen ik hem door de verrekijker zag – zo schoon, zo puur, zo onschuldig, ik wenste, was ik maar nooit getuige van zijn dood. SSorry pa, dat ik zo ben", snikte hij en hij veegde zijn tranen.

"Hey, hey", bemoedigde ik hem, "dit geeft alleen maar aan dat je menselijk bent, gevoel voor schoonheid hebt. Kom hier, je bent eerlijk en goed van hart." Stevig drukte ik mijn jongsken tegen me aan.

"Is sheriff Ward boos?" vroeg hij teleurgesteld.

"Integendeel, hij is juist bezorgd", bemoedigde ik hem. Samen liepen wij Ward tegemoet aan de voet van de heuvel.

"Hoe is het met je?" vroeg hij verontrust.

"Het gaat wel. Bent u niet boos of teleurgesteld?"

"Jongen, weet jij wat mij zo verbaast? Dat jij mijlenver hebt gelopen zonder klagen, dat waardeer ik ten zeerste. Jou hoefde ik tenminste niet de mond te knevelen, zie je?" knipoogde hij.

"Zo is dat!" gebaarde ik achter Wards rug hoofdschuddend met mijn vinger in mijn mond. Olivier schudde opgetogen zijn hoofd. Even keek Ward over zijn schouder en ik deed alsof ik de lucht bestudeerde.

"Zie je, wat zeg ik je? Maar wat vind je ervan om een foto van ons te maken? Laten we de driepoot gebruiken."

"Oh cool, eindelijk een kiekje!"

Olivier plaatste zijn fototoestel op de driepoot, verscherpte de lens, wees ons de juiste plek aan, stelde de timer in en spurtte vliegensvlug tussen ons in. Daar plakten we pronkend op het papier gevangen in een gouden fotolijst lachend met onze geweide buit aan de muur boven de schoorsteenmantel...

Lief dagboekje

In mijn huwelijk met Elizabeth was zij de kostwinner en haar vlucht in boosheid verruilde ik mijn hobby in een baan. De garage naast ons huis verbouwde ik tot een ruime schrijnwerkersloods voor het opslaan van hout, gereedschappen en machines. Verbazingwekkend hoe mijn zaak vooruitliep. Boven media-advertenties verkoos ik mond-tot-mondreclame en verdiende daarmee royaal dan ik had gehoopt. Een van mijn trouwe klanten uit Washington, Seattle, bracht een stoel uit Victoriaanse tijd. Hij legde uit dat aan het hout niets gedaan hoefde te worden; alleen het stof moest worden vervangen. Professioneel haalde ik de versleten stof van de zitting eraf. De vulling was ook aan vervanging toe en de veren moesten bijgesteld worden door nieuwe koorden aan te spannen. De rugleuning aan de voorkant vereiste meer kracht, een of ander ondeskundige reparateur had verkeerde spijkers gebruikt. gebruikt. Later begreep ik waarom. Aan de binnenkant ontdekte ik aan de stofrand een mysterieus tinnen kokertje vastgenaaid met visgaren. Verrast maar ook nieuwsgierig tuurde ik naar het verborgen kleine object. Behendig met een tornmesje sneed ik het visgaren los. Een verborgen tinnenkokertje in de stoelzitting moest volgens de amateuristische reparateur toch wel iets belangrijks zijn. Aan de werktafel zat ik aandachtig tegenover het raadselachtig kokertje. Wat nu? Openen of niet? Mijn gedachte brak door, misschien met schroefdraad dichtgemaakt. Ik draaide aan het bovenste gedeelte en zonder enig forceren opende het kokertje. Een opgerold papiertje rolde over de tafel. Vertwijfeling bekroop me. Ben ik gemachtigd om het te lezen? Daarvoor is het nu te laat, Toob, het is open. Uit mijn werktafellade haalde ik een pincet. Voorzichtig ontrolde ik het papiertje. Het papier was nog een keer gevouwen, dan zag ik zwarte letters. Strak gericht op de zwarte letters las ik geconcentreerd vanaf de aanhef.

"Lieve Abigail, het spijt me verschrikkelijk wat ik je aandeed. Ik vraag je nogmaals vergeving. Wat ik deed was afschuwelijk. Nu leef ik met een diep schuldgevoel en kan niet meer met mezelf leven, tenzij jij mij persoonlijk vergeeft. Het is geen list om je in een valstrik te lokken... Bill had gelijk, ik had je nooit moeten bezoeken. Maar ik kon niet anders, Abbi, ik houd erg veel van je. Zoveel dat mijn emoties jou afschuwelijk overweldigden. Bill was gemeen. Zonder verbittering in zijn toon noch op zijn gezicht vertelde hij luchtig dat je ons kindje verloor. Achteraf gezien vond ik het beter, Abigail. Volgens Bill had het kind niet geboren mogen worden. Ook diende hij een klacht in bij de politie van verkrachting, maar zij wezen zijn aanklacht af. Vanwege de reputatie van mijn vader in de senaat. Ik hoop, Abigail, dat je me ooit kunt vergeven,
Carl-Jones Pines."

Dagboekje, dit briefje deed mij ontdekken wat het onbegrip was dat mij jaren vasthield betreffende de mysterieuze verdwijning van mijn moeder en de herkomst van haar depressies. Haar eigen neef verkrachte mijn moeder, haar naam was Pines. Met veel inspanning incasseerde ik mijn drift en om mijn gemengde emoties niet door te slaan, verborg ik deze bekentenis in Opa Jacks gelinieerde schrift van waargebeurde verhalen.

Dagboekje

"Olivier!" ik riep hem vanuit de hal en juist omdat ik wist dat hij haast had, wilde ik hem iets leren.

"Pa, ik heb haast... ik doe het vanavond als ik thuis kom." Nerveus stond hij voor mij.

"Oh, dus je weet wat er gaande is?" vroeg ik met gekruiste armen.

"Ja, ik weet het, pa. Het strijkwerk en vouwwerk."

"Je weet als het blijft liggen dan stapelt het zich alleen in bergen op en opeens moeten we zoeken naar schone broeken overhemden lakens kussenslopen..." somde ik op zonder punt of komma.

"Goed, goed, pa, ik doe het écht vanavond, toe..." zijn puppyogen onweerstaanbaar gewoon.

"Ik houd je daaraan, manneke."

"Dank je, pa, tot vanavond", beende hij subiet naar buiten. Deze ochtend verzaakte ik mezelf te verzorgen en had niet eens door dat ik nog steeds in mijn pyjama rondslenterde. Hoewel ik Oliviers ontbijt had klaargemaakt, verliep alles anders. Tijdens het scheren vroeg ik me af waarom ik nog steeds in mijn pyjama rondliep. Wat deed ik dan? Treuzelde ik, waarom dan? Ik poetste mijn tanden, waste mijn gezicht, droogde me af, kamde mijn kort donker haar en mijn grijsblauwe ogen staarden afwezig in de spiegel. Dan eindelijk glom heel vaag in mijn herinnering iets van een onherkenbaar object. Ik kon me amper herinneren of ik gisteravond dronken was geweest, daarvan schoot me niets te binnen. Ward en ik hadden bij hem thuis een gezellige mannenavond doorgebracht. Allereerst wilde ik van hem horen over zijn onderzoek naar Hanks overlijden, die ter plekke bezweek aan een dodelijk verkeersongeval. Hank, de echtgenoot van Marjorie Dobbs. Behalve zijn onderzoekingen boekte Ward grote vorderingen, dankzij vier getuigen waaruit bleek dat het Hanks eigen schuld was. Hijzelf veroorzaakte het ongeval door het rode licht te negeren en met hoge snelheid erdoorheen te jagen. Later vernam Ward persoonlijk van Marjorie over Hanks zelfmoordpogingen. Hank had last van stemmen en stond onder strenge medicatie. Een aantal weken vermoedde Marjorie dat Hank zijn medicatie niet gebruikte. Of hij het opzettelijk deed, zweeg ze koppig. bleef zij wars. Tegelijkertijd vond ik het opwindend, hoe plotseling het gesprek een vreemde wending nam naar Elizabeth. Ward was geen bemoeial met mijn privézaken, maar als goeie vriend benaderde hij me over mijn ietwat vreemde huwelijk, zoals iedereen het hele dorp met vraagtekens zat.

"Kun je je nog herinneren toen ik je vroeg naar jouw huwelijk en je moeite had erover te praten? Weet je, ik krijg hier geen vat op. We zien elkaar bijna dagelijks in Sally's Dining Room. Gaan samen uit. Hoe jij Olivier helemaal in je eentje opvoedt, is voor menigeen een groot voorbeeld. Wat opvalt is, dat ik nergens in jouw woning huwelijksfoto's of gezinsfoto's speur. Grof gezegd, ben je gescheiden of weduwnaar?"

We zaten buiten op zijn veranda. Hij in zijn schommelstoel en ik in de rieten hangstoel wiegden we zachtjes gemoedelijk tussen ons beiden in een ronde tafel met twee glazen vergezeld met de onvergetelijke Jim Beam. Op de grond een krat flessen bier waarvan we een paar reeds hadden leeggedronken. Ik dacht na hoe ik dit tactisch moest aanpakken, en voor sterke moed om de nodige waarheid te onthullen, dronk ik Jim Beam in één teug achter mijn keel.

"Elizabeth, zo heet ze. Toen wij pas onze intrek in deze plaats hadden genomen, kregen Elizabeth en ik woorden. Het was zover uiteen gelopen, dat ze woedend wegliep... haar leven ken ik van haver tot gort", dwaalde ik in mijn herinnering.

"Vertel, ik ben een en al oor", vroeg hij zo ontspannen als een uitgeleefde elastiek.

"Op achtjarige leeftijd overleed Elizabeths moeder aan een herseninfarct. Haar vader bouwde zijn leven rondom zijn vrouw, waarin Elizabeth weinig zeggenschap had, dus ook niet de aandacht kreeg die zij verdiende. Na het overlijden van haar moeder kreeg ze het zwaar te verduren met haar vaders afwijzing. Welke pogingen zij ook bedacht of zelfs maar bedelde om een beetje aandacht, negeerde hij haar gelijk een wildvreemde. Om haar vader te plezieren nam ze contact op met zijn paardentrainer, die iedere dag op de manege aanwezig was om de paarden het grondwerk aan te leren. Mitch, de paardentrainer, ontdekte haar talent en bemoedigde haar ermee door te gaan. Toen was Elizabeth tien jaar. Elke hengst, elke merrie, elke pony verdiende haar waardige aandacht. Verbazingwekkend getuigde iedere cliënt en de paardenknechten over de kwaliteit die Elizabeth instak in de paarden. Gedurende zeven jaar zwichtte Elizabeth niet. Ze geloofde dat ze haar vader kon gelukkig maken door zich verdienstelijk in te zetten in het trainen van paarden en tegelijkertijd haar schooldiploma te behalen. De lofprijzingen over zijn dochter ontgingen hem niet, dus verzwaarde hij zijn afwijzing door haar in bijzijn van de knechten en vooral Mitch, de paardentrainer, te vernederen. Toen was ze zeventien jaar..."

Ik stopte even, dronk uit een glas gevuld met bier en Ward wiegde luisterend met gesloten ogen en morde zo nu en dan afkeurend.

"...Mitch en de knechten keken stomverbaasd naar hun weerbarstige baas. Ze begrepen niets van zijn arrogantie tegen zijn eigen dochter. Elizabeth daarentegen begreep heel goed wat ze in werkelijkheid had gepresteerd. Ze vertelde me dat ze onbewust kwaad bloed zette bij haar vader. Na haar afstuderen als boekhoudster werkte ze bij een school in dezelfde stad. Daar ontmoette ze een jongeman van haar leeftijd ergens rond de twintig jaar. Toen ze een jaar verkering hadden, besloten ze te trouwen..."

Ward draaide ongelovig zijn hoofd naar me.

"Je vertelt nou toch geen onzin, Toob?"

"En ja, je raad het al. Haar vader eiste dat haar verloofde zeven jaar voor hem moest werken en pas na uitstekende evaluatie mocht hij met haar trouwen..."

"Is die kerel nou gek? Wacht 'es effe, praat jij nou over *die*zelfde Will Fork, die de Three Stooges het cowboy-vak leerde vanuit een boek?"

Hoofdschuddend in diep ongeloof wiegde hij verder en ik vervolgde mijn verhaal.

"Zonder een woord vluchtte haar verloofde. Geheel uit het veld geslagen verdween Elizabeth uit haar geboorteplaats, uit de aanwezigheid van haar vader en trok naar North Dakota."

"Wacht nou eens even. Waar was jij? Kon je dat arme kind dan niet redden, of zoiets?" vroeg hij opgewonden, alsof hij zelf ter plekke dit alles meebeleefde.

"Rustig, Ward, dat komt nu. Op slinkse wijze vroeg haar vader naar haar terugkomst en zij bezweek, och arme. Op mijn achttiende arriveerde ik op Fork Ranch en na een paar jaar eiste meneer Fork van Mitch dat hij voor mijn opleiding zou zorgen. Samenwerken met Mitch was erg lastig. Hij was een veeleisende trainer. Tot ik Elizabeth ontmoette in de stallen. Ik geef toe, Ward, ik heb vrouwen gezien, maar nog nooit zoiets, neen heus, zij was werkelijk iets aparts." Voor het eerst glimlachte Ward ondeugend. Dromend voor zich uitstarend over de perfecte vrouw met het zandloperfiguurtje. Wellicht zijn overleden vrouw, Mildred, verloor hij op dat moment door een stoute gedachte, dus verzon ik een sappig zinnetje.

"...die dag droeg Elizabeth een geruite damesoverhemd met met ietwat te diep decolleté, strakke jeansbroek, cowboylaarzen en haar bruine hoed..."
"Toob, jij beest!" lachte hij uitbundig en smeet zijn slof naar me. "En toen...?!"
"Voor een poosje werd mij gegund haar op afstand te bestuderen. Haar donkerblond haar hangend over haar schouders, haar rechte neus, die volle lippen, blosjes... alleen haar ogen daar was iets vreemds mee. Ik kon me niet voorstellen, zo'n prachtvrouw met starre, donkere ogen. Onwaardig keurde ze mij als een blik en veger. Buiten in het werkterrein sprak ze zeer kortaf en gaf mij koude rillingen. Haar boosheid kroonde haar van binnen en buiten, van hoofd tot voetzool. Toen het uit de hand liep, sprak ik haar onbewust streng toe:
"Luister, ik heb niets met jouw boosheid te maken, dus ga naar die desbetreffende persoon om je gal uit te spugen."
Geschokt, alsof ze onder een ijskoude douche stond, barstte ze in tranen uit. Echt waar, Ward, ik stond verbijsterd over Elizabeths jaren opgekropt verdriet. Alles in haar ziel deed pijn, zo pijn dat ze alleen maar kon huilen en dat was wat ze deed. In de tijd dat ik op de manege werkte, bouwde ik een vertrouwensband op met meneer Fork, ik stelde verzoening voor tussen hem en Elizabeth. Wonderlijk genoeg wilde hij dat ook."
"Hoe kan dat?" vroeg Ward met diep gefronste wenkbrauwen.

"Hij zag Elizabeths verandering door de manier hoe ik met haar omging."

"O?"

"Ik speelde twee rollen, als vriend en als vader, best moeilijk, Ward. Vraag me niet hoe ik het voor elkaar kreeg. Onze vriendschap ontketende tussen vader en dochter een vooruitgang. Ik geloof, Ward, de solide muren van Jericho waren niet opgewassen tegen de kracht van Israëls aanbidding tot God, zo haalt ook verzoening de hardnekkige bolwerken van ijdelheid neer. Mijn zaaiwerk was niet ten onnut, eerder was ik getuige van de vrucht, die vader en dochter in de eerste plaats deelden om het overlijden van hun geliefde voorgoed te begraven. Slechts vrede leefde voortaan op Fork Ranch tot grote opluchting van alle personeelsleden. Na drie jaar stelde Will aan mij voor om met Elizabeth te trouwen. Heus Ward, Elizabeth kreeg ik in mijn schoot geworpen! Met vreugde trouwden wij, daarbij verzocht haar vader op zijn terrein te willen verblijven. Een grandiozer huwelijkscadeau konden wij niet wensen. Niet lang in ons huwelijk ervoeren wij het overlijden van een zeer geliefd persoon en Elizabeth veranderde abrupt van koers. Zij volgde een cursus en behaalde haar diploma als bedrijfsmanager. Achteraf vertelde ze zonder blikken of blozen dat ze een contract ondertekende bij een oliemaatschappij in Austin, Texas, maar ze bewaarde het geheim dat ze overal heen en weer moest reizen en wonen... en ik kan je vertellen, Ward, ik heb alle windstreken van de wereld gezien. Als een slaafje volgde ik haar overal totdat ik het spuugzat was en weigerde haar verder te volgen. En ik deed het terecht, vanwege Olivier... onze enige zoon..."

Daar stond ik nog steeds voor de spiegel mijzelf aan te staren met de herinnering of ik wel of niet aangeschoten of lazarus naar huis reed, maar dat geloofde ik niet. Ward zou mij niet in zo'n dronken conditie naar huis laten rijden. Plotseling schoot het object me zuiver te binnen. De envelop. Natuurlijk! De brief! Ik had de brief vluchtig argeloos op mijn bureau gegooid en toen ik thuiskwam van Ward had ik er niet meer naar omgekeken, daarbij versliep ik deze ochtend. Hollend in mijn pyjama haastte ik me naar mijn bureau waar ik de brief vond op het bureaublad. Ik zette me neer op de bureaustoel, nam de brief in mijn hand en staarde nadenkend naar Elizabeths haar welbekende handschrift. Ik vreesde het ergste, ik vreesde voor echtscheiding. Een onsmakelijke vraag rees in mij op. Hoe lang leefden wij gescheiden? Ik rekende snel uit. Olivier was drie toen Elizabeth abrupt vertrok, nu is hij bijna zeventien, dus veertien jaar leefden wij gescheiden. Met de briefopener sneed ik de envelop voorzichtig open. Ze gebruikte een A4tje, dan glansde er nog hoop aan de horizon voor mij en Olivier. Ik zou niets anders willen. Ietwat bevend ontvouwde ik de brief met enkele gekriebelde regels. Teleurgesteld fluisterde ik, 'Nou, Ell, erg royaal ben je niet.'

Tobey,
Ik schrijf je deze brief maar direct op de man af. In werkelijk-
heid weet ik niet hoe te beginnen. Het enige wat ik van je wil
vragen of ik deze week langs mag komen?'
Elizabeth.

Daar zat ik dan, onbegrijpelijk, zoals altijd liet ze me achter in het ongewisse. Zuchtend wierp ik haar ongeïnteresseerde brief in de bureaulade en liep geprikkeld naar de slaapkamer om mij aan te kleden. Mijn kleren zette ik altijd de nacht van tevoren klaar, dan hoef ik niet meer na te denken wat ik moet aantrekken of nog zoeken, dat scheelde een hele hoop tijd. Vandaag trok ik een grijze pantalon aan, die ik al drie jaar niet meer had gedragen, maar die gelukkig nog paste. Zwarte sokken, witte T-shirt en daaroverheen een lichtblauw overhemd. De huishouding runde ik dagelijks consequent. Bedden opmaken en vandaag behoefde het geen schone lakens, die verwisselde ik om de twee weken. Afstoffen, badkamer en mr. wc schoonmaken, koken en boodschappen doen. De was draaien, ophangen, strijken en vouwwerk van de wasgoed leerde ik Olivier toen hij dertien was. Op een dag vertelde hij zo nonchalant mogelijk dat hij geen zin had om de wasgoed te draaien. Die rare babbel had ik hem direct afgeleerd.

"O, en overmorgen moet je toch op kamp? Heb je gedacht aan jouw favoriete T-shirts en jouw broeken, jouw zwembroeken, handdoeken? Wie moet daar voor zorgen? Ik toch niet, ofwel? En trouwens, jij houdt toch van schone, frisse kleding, vooral schone sokken en ondergoed elke dag? Of niet?"

Ik geloofde werkelijk: in de snelheid van een bliksemschicht kwam hij direct in beweging en ik hoorde hem rommelen in de waskamer. Daarna bleef hij trouw aan zijn eenvoudig klusje zonder tegenstribbelen. Toen was hij vijftien. Bij mijn koffieuurtje bij Sally's Dining Room zat ik deze keer alleen op mijn vaste plek. Ward vertelde mij gisteren over een onderzoek in een bedrijfsinbraak. Met het uitzicht over de straat tot aan de overkant kon ik duidelijk zien wie daar met hun hond wandelden of langs de etalages kuierden en tussen deze menigte verscheen Marjorie Dobbs. Ze droeg een ecru klokrok met een geruite blouse en sandalen. Ik dacht aan Elizabeth hoe zij de afgelopen veertien jaar had doorgebracht zonder Olivier en mij. Leefde ze met iemand? Had ze daar ook een kind? In mijn hart geloofde ik stellig van niet. Ik wist hoe Ell over kinderen dacht, haar duister verleden liet haar niet met rust, immers ik was erbij. In mijn laatste slok koffie stelde ik voor Marjorie tegemoet te komen. Ik legde het geld neer en liep groetend naar buiten, stak de straat over en begroette haar. Ik vond het een cliché om te vragen hoe het ging met haar, dus daarover stelde ik bewust geen vragen.

"Hallo Marjorie, gecondoleerd. Ward vertelde me over Hank. Mocht ik iets voor je kunnen doen, laat het me weten, goed?"

Dofheid, afwezigheid en vooral onbegrip scheen in haar verdrietige, vermoeide ogen.

"Weet je, Tobey, wat ik niet begrijp?" Ze hield even haar adem in en vervolgde:

"Hoe doe jij het eigenlijk? Jouw vrouw is ergens, je weet niet waar, leeft alleen met Olivier op wie iedereen trots is met zijn vrijwilligerswerk voor de analfabeten. Maar jij, jij leeft zonder vrouw. Hoe lang? Twintig jaar? Je draagt nog steeds haar trouwring. Ik begrijp het niet, Tobey! Waarom blijf jij trouw aan een vrouw die ontrouw is? Waarom gun jij jezelf niet het geluk met een andere vrouw? En hoe zit het met Olivier? Kent hij zijn moeder, dat kan toch niet? Zolang jij hier woont heb ik jou nog nooit met een vrouw zien rondlopen. Hoe komt dat?"

Verward stond ze voor me, ze eiste een verantwoordelijkheid van iemand die zij niet kent.

"Marjorie, hoe mensen over mij denken..."

"En Olivier dan? Stel, stel dat jouw vrouw terugkomt, accepteert Olivier haar zo gemakkelijk als zijn moeder?" dramde ze door.

"Marjorie, hoe lang ben je hier mee bezig geweest met deze gedachte over mij?" Tegen mijn wil in gooide ik een emmer ijswater over haar heen. Geschokt over de realiteit excuseerde ze zich.

"Ik leer het nooit af, Tobey, sorry, neem me niet kwalijk. Dat rotgeroddel ook, waar bemoei ik mij mee? Sorry, ik heb mijn eigen zorgen."

Nog mompelend in zichzelf liep ze door, maar na enkele stappen liep ze weer terug.

"Je hebt geen idee waarom het dorp jou accepteert, is het niet?" vroeg ze ietwat bitter.

"Jawel, dat weet ik wel. Mijn creaties voor de tegenprestaties voor Oliviers vriendjes op zijn verjaardagen, daarmee heb ik de harten van het dorp gewonnen, Marjorie. Maar ook Oliviers inzet voor de analfabeten, om die reden mogen de mensen mij", antwoordde ik uiterst geduldig.

Afgebluft, wat ik graag had willen voorkomen, liep ze terneergeslagen verder.

Bij het avondeten was ik stil. Ik had veel om over na te denken. Elizabeths thuiskomst, Marjories uitlatingen, Oliviers acceptatie met zijn moeder... en mezelf, hoe zou ik reageren met haar thuiskomst? Waar moest ze slapen? Dramatische gedachten overspoelden mij.

"Pa... pa..." hoorde ik Olivier in de verte zeggen, terwijl hij tegenover mij zat.

"Gaat het, pa, je bent zo afwezig?"

"Jazeker", zuchtte ik, amper met beide voeten in de echte wereld.

"Pa, mag ik iets vragen? Iets persoonlijks, mag dat?"

"Oké, laat maar los."

"Ik ken mijn moeder niet, ze is hoe lang weg, vijftien jaar? Mag ik vragen, pa, waarom jij nog jouw trouwring draagt?" Waarom bereidde ik mij hierop nooit voor? Nu zit ik hier tegenover mijn zoon die mij vraagt over mijn welzijn, wat moet ik antwoorden? Dus geraffineerd ontweek ik zijn vraag.

"Olivier... ik weet niet wanneer, zoon, maar jouw moeder komt een dezer dagen thuis."

Hij staarde me aan alsof ik iets vertelde wat nog moest worden uitgevonden.

"Vraag me niet waarom, want dat weet ik niet. Ik denk dat ze..."

"Van je wilt sch..."

"NEE! Dát woord is niet zeker. Ik weet niet waarom ze thuiskomt", antwoordde ik gefrustreerd.

"Pa... waarom geloof je er nog steeds in?" hield hij vol.

Zijn vraag stelde ik mezelf jarenlang, ik vroeg me af of ik mezelf niet kwelde. Vaak vroeg ik me af waarom ik mijn ring niet door de wc doorspoelde en een nieuwe relatie begon. Waarom schonk ik Olivier niet een mammie waar hij zo naar verlangde en toch, ik kon er niets aan doen. Ik hield van Elizabeth! Ik zou niet weten hoe lang ik op haar moest wachten. Het irriteerde me zo dat ik het vergold door mijn ongeoorloofde vragen waarvan ik pas echt schrok toen ik het uitsprak.

"Verlang je naar een andere moeder? Wil je even proberen wat een mammie is?" vroeg ik bits.

Dit was érg onprofessioneel van mij, héél erg onprofessioneel! Schuldgevoel rees in mijn keel.

"Sorry, Ollie, dat was niet mijn bedoeling. Sorry", zocht ik naar genade met een rotgevoel.

"Het geeft niet, pa. Maar wat doe ik als ze thuiskomt? Ik weet niet hoe of wat. Hoe noem ik haar?" Nadenkend speelde hij met zijn vork prikkend in zijn laatste spruit.

Beiden keken we elkaar hulpeloos aan. Inderdaad, wat doen we als Elizabeth thuiskomt?

Dagboekje

Ik was erg teleurgesteld toen Elizabeth niet kwam opdagen. kwam opdagen. Onderhand wachtte ik drie weken tevergeefs op haar. Gisternacht of beter gezegd, rond half vier 's ochtends werd ik opgeschrikt door Olivier. Ik ergerde me. Niet zijn gestommel irriteerde mij, eerder zijn te goedige hart waardoor hij zich weer omver liet praten door zijn zogenaamde vrienden. Mijn gemoedstoestand alarmeerde Olivier tijdig te waarschuwen, wat ik ook deed en hoe ik het hem ook in velerlei manieren uitlegde, het drong volgens mij niet tot hem door; óf hij liet zich door hen manipuleren óf hij beschermde iemand. Dus op mijn gewoonlijke tijd stond ik om om zes uur op en slofte naar de badkamer voor een bezoekje bij mijn trouw vriendje. Heerlijk, even de boel lossen. Nadat ik mijn handen had gewassen liep ik opgebeurd naar de keuken, zette water op voor koffie. Daarna in de badkamer tijdens het scheren overrompelde mij een briljant idee. Terdege bewust van de vervelende gevolgen; die nam ik maar op de koop toe. Snel boende ik de badkamer en kleedde me om in een jeansbroek, wit T-shirt met daaroverheen een blauw-rood-wit geruit overhemd, donkerblauwe sokken. Overmoedig slofte ik naar de keuken en viel bijna verbluft over mijn eigen schreden terwijl de fluitketel ongenadig door floot. Haastig liep ik naar de keuken, draaide het gas niet uit, maar zette een steelpannetje met water en twee eitjes op het vuur. Daarna voerde ik mijn gewaagd plan uit. De dweilemmer griste ik uit de poetskast, vulde die met ijsklontjes mengend met een beetje water. Voordat ik de keuken uitliep draaide ik het gasvuur op zijn laagst en liep naar Oliviers kamer. Bij zijn bed keek ik naar hem. De jongen lag er afgepeigerd bij, ik twijfelde, maar toch voelde ik: ik moest het doen. Eerst schudde ik hem... geen reactie. Weer schudde ik hem... geen reactie. Zachtjes sloeg ik hem op zijn beide wangen... kreunend met gesloten ogen weerde hij mijn hand af. Weer sloeg ik hem... kreunend hield hij mijn hand vast. Zijn wekker liet ik rinkelen, het duurde eer het schelle gerinkel tot hem doordrong. Zijn hand reikte naar de klok en sloeg hem stil, dan geen verdere reactie. Opnieuw liet ik de klok rinkelen, deze keer sloeg hij de klok stil en verstopte hem onder zijn kussen en sliep onverstoord verder. Ik greep de emmer en dacht waar o waar zullen de klontjes landen. Olivier sliep slechts in zijn ondergoed en lag op zijn rug, dus zo moeilijk was de keuze niet. Met een ruk hevelde ik de emmer met ijsklontjes met water over zijn buik. Meteen gilde hij: "Aaaaaah!!! Paaa! Wat doe je?" schreeuwde hij boos. Kreunend kermde hij op bed.

"Opstaan."

"Opstaan!?? Pa, het is zaterdag. Ik heb vrij!!!"

"Opstaan! NU!"

Kreunend, mopperend, mokkend allemaal in die vermetele toestanden hees hij zich op de rand van zijn bed. "Waarom moet ik opstaan?" jammerde hij zangerig. "Toe, pa, ik ben moe, toe."

"Hoe laat was je thuis?" vroeg ik. Alle ijsklontjes gooide ik weer terug in de emmer.

"Ik denk half vier", kreunde hij bibberend met zijn beide handen tussen zijn benen, immers het ijskoude water voerde verder dan ik had verwacht.

"Hoe vaak heb ik je gewaarschuwd *NIET* met die lui op stap te gaan? Hm?"

"Meer dan eens", antwoordde hij pruilend.

Waggelend stond hij op en haalde uit zijn garderobekast nieuwe ondergoed tevoorschijn.

"Laat deze letterlijk ijzige boodschap voor jou een waarschuwing zijn, Olivier. De volgende keer als je weer met die asociale lui omgaat zul je het voelen, is dat duidelijk?"

"Ja, pa", stond hij halfbevroren op zijn voeten te wippen.

"Kijk, ik zet jouw wekker op negen uur. Echt ongenadig ben ik niet... tot die tijd mag je slapen."

Onvoldaan, echter niet onder de indruk van mijn briljante ijsoplossing-idee vertoefde ik naar de keuken, draaide het gasvuur uit en bemerkte dat het water bijna was opgedroogd.

Misschien, wie weet, dacht ik, zijn de eieren nog te eten. Ik ledigde de emmer in de gootsteen en plaatste hem weer terug op zijn plekkie. Daarna maakte ik broodtrommel open en zag geen brood. Oh nee, brood vergeten te kopen, dat ook nog, zuchtte ik bijna ontmoedigd. Even later hoorde ik de schuifdeur van de hal. Onverhoeds verscheen Olivier in de keuken. Hij keek me verdrietig aan wat bijna mijn hart verscheurde.

"Waarom toch Olivier? Waarom?"

"Ik deed het voor Jennifer, pa."

"Jennifer? Bedoel je Jennifer die met jan en alleman naar bed gaat, die Jennifer? Hoeveel Jennifers kennen we..."

"Pa. Het is Jennifer Oaks", viel hij geprikkeld in de rede.

"Juist, dat is dezelfde Jennifer die ik in gedachten had. Waarom dan?"

"Ik ben bang dat ze haar afranselen", zei hij medelijdend. "Die jongens kennen geen genade, pa. Ze kruipen op alles wat los en vast zit."

Mijn opgewonden, misplaatste gedachten sloegen op hol, want opeens rinkelde in mij een naar belletje. "Wacht eens even, jongeman, heb jij jouw gulp dichtgehouden?"

"Pa, doe niet zo raar", gaf hij eerlijk te kennen.

En ik leek op een brutale merrie die ongetemd overdreven soms mijn bezorgdheid moest laten gelden tegen een onschuldige knaap, die ik wel degelijk vertrouwde. Onbenullige, nare redeneringen overwonnen soms mijn emoties over de gedachte dat mijn enige zoon ergens voor het huwelijk een kind had rondrennen. Voor anderen betekende het misschien zijn pleziertjes beroven, ik gunde het Olivier maar niet van harte, omdat ik wist:: er zijn mannen en vrouwen die alleen aan hun eigen seksuele behoeften wilden plezieren, maar weigerden dat verraderlijke woord – verantwoordelijkheid – voor ouderschap op zich te nemen, laat staan erkennen en accepteren. En ik vraag me af... hoe konden zij hun geweten het zwijgen opleggen door een ziel voor hun pleziertjes op te offeren? Waar is de strijd voor het leven? Waar is het dienen van het nageslacht? Is dood werkelijk de onschuldige en gemakkelijkste weg... abortus!?

"Oké, goed, ik geloof je. Waarom ben je opgestaan?" vroeg ik. "Van ijsklontjes op mijn lieve heertje kan ik niet meer slapen... en trouwens, we hebben geen brood meer. Gisteravond heb ik de laatste drie sneetjes opgegeten. Daarbij... sorry pa, van mijn ongehoorzaamheid. Ik wist je had gelijk, maar ik wist niet hoe... en ja, ja, ik had jou om hulp moeten vragen en misschien zijn ijsklontjes wel de beste oplossing. Je bent geen hardvochtige vader... ben je nooit geweest. Dank je, pa."

Ik omhelsde hem, omdat ik inzag hoe goed hij mij begreep, maar belangrijker, hij hield van mij.

"Ik ga brood kopen..."

"Pa, laten we samen ontbijten bij Sally's Dining Room", stelde hij voor.

"Je haalt me de woorden uit de mond, Olijfje", plaagde ik hem en hij gromde glimlachend.

Dagboek

Vooraleer Olivier mij bekendmaakte met zijn project voor laaggeletterden in Europa, ontwaakte in mij onverwachts de onvriendelijke eenzaamheid, alsof deze onaardige emotie van tevoren wist wat Olivier van plan was. Eenzaamheid is is een ongenadige vriend. Creperen liet hij mij, stevig vastgegrepen in zijn web van leugens. Waarom bereidde ik mezelf nooit voor op deze fragiele momenten? Elke keer dupeerde ik mezelf in dezelfde valstrik. In de woonkamer zaten we tegenover elkaar.

"Pa, mijn besluit staat vast, ik ga naar Europa..."

Oliviers bekendmaking knalde glashard de realiteit voor ogen. Elizabeths afwezigheid leerde ik met moeite accepteren, welke toekomst wachtte mij bij Oliviers naderende afwezigheid? Wanneer, dacht ik onthutst, terwijl ik zijn mond zag bewegen, maar hem in de verte hoorde. Ik deed zogenaamd geschokt en verborg mijn verdriet zo goed om mijn bezorgdheid op zijn schouders te besparen. Het was mijn last, niet de zijne. Ik hoorde hoe ontspannen hij in alle kleuren over zijn project verhaalde en genoot van zijn warme ambitie waar hij voor leefde.

"...Italië, Frankrijk, Nederland, Engeland zijn mijn favoriete landen die ik wil bezoeken. Ik zou graag meer willen weten over deze mensen, en waarom en wat hun achtergronden zijn van hun 'handicap'. Het klinkt misschien absurd, maar het zou me een flinke voorsprong geven op mijn studie. Denk je dat iemand het mij zal kwalijk nemen, pa?"

"Hoe bedoel je?" vroeg ik hees.

"Nou, misschien zullen ze zeggen, ja, je doet het over de rug van deze zielige mensen..."

"Olivier, niet zo negatief denken, jongen. Alsjeblieft, zet die gedachten van je af", bemoedigde ik hem, terwijl ik leed onder mijn eigen verdriet.

"Maar wacht eens effe, wat doe jij dan als ik er niet ben?" Eensklaps scheen hoop aan mijn horizon. Zou hij dan toch van gedachten veranderen? Fout! Egoïst!!

"Oh, je kent mij. Ik vermaak me wel met Ward... Weet je, ik heb dorst, wil je ook wat drinken?" Pijnen ontvluchten, zo ontwikkelde ik me voortreffelijk door situaties heen wat elke ellende alleen maar strakker aantrok en dieper in mijn ziel levend begroef.

"Lekker. Ik loop mee", zei Olivier opgewekt.

Frisse, zelfgemaakte citroenlimonade schonk ik in de glazen en eensgezind besloten we genietend in het aangename, warme weer op de veranda te zitten. Op zacht volume zette ik de transistorradio aan op de ronde tafel. Spontaan vroeg ik hem:

"Voordat je je project start in Europa, zou je oom Cedric en tante Mia niet willen bezoeken?"

"Sorry, pa, ik ken hen niet", dronk hij een sip van zijn glas.

"Oh en alle Europeanen ken je wel?" Wat een rotcliché. Ik zuchtte ergerlijk om mezelf.

"Sorry, Ollie, ram verkeerd gezegd. Sorry..." *Huichelaar.*

Iets verraderlijks dramde eensklaps in mijn geweten. Olivier zat tegenover mij, keek beteuterd en met lichte irritatie op zijn gezicht zette hij zijn glas op de ronde tafel.

"Je vertrouwt mij toch in Europa?" Volslagen fanatiek leefde zijn been onrustig mee.

"Ik wil Europa niet van jou beroven..."

"Eerlijk?"

"Ja, eerlijk. Ik had alleen de gedachten, voordat je aan jouw project begint, een beetje je oom en tante leert kennen..." *'Huichelaar, huichelaar!'* Ik snapte de drieste opstandigheid van mijn geweten niet waarom hij zo tekeer ging. Betaalde ik niet voldoende voor mijn verdriet?

"Neen, pa, ik wil het niet", antwoordde hij eerlijk en sloeg beschaamd zijn ogen neer.

"Oké, ik dwing jou niet."

"Ben je boos?"

"Helemaal niet." Mijn geweten suste enigszins.

Ik nam een slok en zette mijn glas weer neer. Prompt schoot een idee door me heen.

"Mag ik iets volslagen onzinnigs vragen?"

"O?" Zijn been bleef onrustig.

"Oom Cedric woont met zijn gezin in het gebied van de Indianen. Kun je toegeven dat daar ook laaggeletterden en analfabeten leven, net zo goed als hier en in Europa en waar dan maar ook. Kun je eerlijk toegeven, dat deze bevolking ook van jouw expertise zou willen genieten?" *'Huichelaar!'* "Denk je niet, dat er enkele tieners en volwassenen met heel hun hart willen doorstromen in hun droom, net als jij? Zou jij dan niet die persoon willen zijn die hen op weg wenst te helpen om hun droom te verwezenlijken?" *'Huichelaar!'* "Ik denk, Ollie, dat dit het geheim is van vriendschap." *'Huichelaar!!'* Juist van de degenen waarvan jij geen reden noch antwoord hebt om hen niet het voordeel van de twijfel te gunnen." *'Huichelaar!!'* Wat was dat toch elke keer met dat huichelaar-gedoe? – Elke keer stoorde mijn geweten met dat huiverig woord. Toch schenen mijn onzinnige vragen zijn onrustig been tot bedaren te brengen.

"Zou het voor je studie geen glansrijke ervaring zijn om erachter te komen wat de oorzaak zou kunnen betekenen waarom zij analfabetisch en of laaggeletterd zijn? Jijzelf weet dondersgoed waarom. Misschien geen goed onderwijs of gebrek aan onderwijs of door schulden van de ouders dat kinderen als tieners moeten bijspringen of door verslaving van de ouders of van de kinderen of wat dan ook, jij weet tot zover de antwoorden. Wellicht weet je niet of daar een stichting of vereniging is, die bereid zijn om hun de helpende hand te bieden? Is het om financiële redenen? En als daarvan sprake is, zou jij dan niet daar als vrijwilliger willen functioneren?'

Toen ik even mijn mond hield, klonken door de radio de volgende woorden van de presentator:

"...Wat heeft liefde ermee te maken?..."

"Hoor je die woorden? Heeft jouw hart werkelijk een warme passie voor al deze mensen? Of gaat jouw liefde uit naar bepaalde mensen?"

Olivier sloeg zijn ene been over de ander. Nadenkend plukte hij aan zijn sok. Ik zei niets en er kwam ook niets meer in me op. Ik spiekte op mijn horloge, half vijf, weer tijd om te koken. Vandaag was ik van plan gekookte aardappelen met kotelet en frisse witlofsalade te eten, een favoriet menu van Olivier. Eerst zette ik een pan met water op het vuur en schilde de aardappels. Even later liep Olivier binnen.

"Mag ik ze jassen?" vroeg hij uitnodigend.

"Ga je gang", overhandigde ik hem de aardappelschiller.

Als vanzelfsprekend jaste hij de aardappels en ik bekommerde me over de witlofsalade.

"Pa?" vroeg Olivier. Ik hoefde niet te gissen waarover hij wilde praten.

"Ik weet, je hebt gelijk. Ik hoor geen aanstoot te hebben noch te geven. Ik geloof in de rechten die deze bevolking draagt. Het is waar, ik héb liefde voor analfabeten en laaggeletterden niet enkel voor een bepaalde groep, maar voor iedereen... Alleen... ik stond er niet bij stil dat zij er ook bij hoorden... En oom en tante, sorry pa. Ik geef hun een kans. Daarbij, dank je, dat je me vertrouwt."

"Al ben je zeventien, in mijn ogen ben je een volwassen man. Ik ondervind, je maakt de juiste beslissingen. Het zou toch egoistisch van mijn zijn om jouw levendige ambitie te boycotten. Immers, maak je fouten, dan leer je om die niet weer te herhalen, hm?"

En mijn eenzaamheid? dacht ik heimelijk. *Huichelaar.*

'*En jouw broertje? Cedric? Kén jij jouw broertje? Huichelaar!*' *dramde mijn geweten.*

Tijdens de afwas vroeg Olivier of ik tijd had om met hem gezellig buiten op de veranda te zitten. Onmiddellijk antwoordde ik: "Ik zou niet anders willen." En toch, vreemd, een naar gevoel bekroop mij, waarom? Voor het gemak nam ik een karaf koel water met verse minttakjes mee, dat spaarde ons het heen en weer lopen.

"Jij bent altijd op alles voorbereid, pap", ginnegapte Olivier. Inderdaad, zo ben ik, op... nou ja, op bijna alles voorbereid. De radio, op verzoek van Olivier, had ik uitgezet. Ik vroeg waarom.

"Luister dan, pa. Hoor de vogels. Zoveel soorten gezang, de krekels komen op. Hoor je?" Ik zweeg en luisterde niet zo aandachtig als hij. Mijn gedachten spoorden een heel ander rail. Het idee Olivier te missen mangelde mij in bezorgdheid, niet de interesse van het vogel – en krekelorkest. Ongeoorloofde vragen stelden nutteloze barricades op hoe mijn dagelijks leven op te vullen tijdens Oliviers afwezigheid. Verzorgd zijn favoriete ontbijt en avondeten bereiden, onthand mij uitermate. Afdrogen, wel al dan niet opgewekt, mijn automatische piloot, tevens het wakend oog, verplichte mij op orde en netheid. Gemakshalve spaarde magnetronvoedsel meer tijd, doch de realiteit voorspiegelde de eer in het harde werken van mijn eigen moestuin. Tijd ja tijd, hoe vertrouwd ik geraakte met tijd, ondanks de ingebouwde prestatiegerichtheid. Ellendige slavendrijver! Het wasgoed, strijken, vouwen... gut, ook dat nog... maar zonder Olivier bezit ik toch oceanen van tijd? Nauwelijks een minuut over, daarover schreeuwen mijn krachtige schouders niet op de vermenigvuldiging van zijn taakovername... ik ben maar alleen. Uitslapen leerde mij tevergeefs kostbare uren te verslinden voor het opvullen van een dwaze, lege bestemming. Onverhoeds opende de muil van eenzaamheid om mij met huid en haar op te slokken.

Die rotzak! Een rotvijand die ik niemand gunde. Elke keer loerde hij om mij te strikken... Mijn God, ik mis Elizabeth. Ik hoopte nog steeds op haar komst, maar om welke reden wachtte ik eigenlijk op haar? Op wat? Voor haar gezelschap? Ik kon me niet eens meer heugen wanneer wij beiden serieus samen waren! Wanneer was dat dan? Wat tikte daar toch op mijn been? Opgeschrikt overvielen Oliviers ogen mijn diepe overpeinzingen.

"Pap, waar ben je met je gedachten? Hoor je me?"

"Sorry, Ollie, neen. Wat vroeg je?"

"Ik schenk mintwater, wil je ook?"

"Ja, ja, doe maar", stamelde ik afwezig.

Keurig serveerde hij het gevulde glas voor mij op tafel, zijn glas hield hij in zijn hand.

"Pa, mag ik iets persoonlijks vragen?" Zo was mijn Olivier altijd direct op de man af.

"En dat is?" Ik bevroedde het moment van openhartigheid.

"Ik weet, je zult mij missen." Ernstig doorboorden zijn grijze blikken de mijne. "Ik weet niet waarom, maar de afgelopen weken ligt me iets dwars. Mag ik iets vertellen wat mij als kind overkwam?"

"O, en ik weet dat niet? Wat is me dan ontgaan?" poogde ik grappig.

Stoutmoedig ontweek hij de waardeloze grap.

"Ik weet het valt jou niet eens meer op hoe steriel ons huis is, niet gewoon schoon zoals bij Billie thuis. Wist je dat Billie nooit bij ons durfde te plassen?"

Beduusd schudde ik mijn hoofd.

"Billie zei ooit aan mij: Ik durf bij jullie thuis niet te plassen. Ik zou niet weten hoe. Al staat de bril omhoog. Jullie wc is onberispelijk schoon, ik kán niet eens plassen.' Ik was geschokt over zijn specifiek woord 'onberispelijk'. Toen waren wij negen jaar."

Wat was er plotseling met de atmosfeer van het faunaorkest gebeurd? De harmonische dierenmelodieën veranderden in een radslag van nare klanken.

"Waar komt dit gesprek opeens vandaan, Ollie?"

Hij plaatste me toch niet voor een of ander vuurpeloton, ofwel?

"Sorry, pa. Ik wil deze last van het hart. Ik wil het graag opgeklaard hebben tussen jou en mij."

Pfff. Ontsnappen? Onmogelijk! Ik werd klaargestoomd voor het vuurpeloton. Hij dronk van zijn mintwater en wiegde ontspannen op de schommelstoel.

"Ik was vier jaar. Jij hield me altijd strak in het oog. Werkelijk, jouw ogen reageerden precies als een jagermeester in de lucht. Jij zou grandioos uitblinken als adelaar. Vanaf die leeftijd had je me zo gedrild, daar kon geen enkele commandant tegenop om zo zijn soldaten te drillen. Je leerde me precies hetzelfde in jouw w denkwijze hoe ik de huishoudelijke spullen en mijn speelgoed ordelijk moest neerleggen en plaatsen. Daarin voedde je mij op. Ik moet zeggen – en daar ben ik heel eerlijk in – je was erg streng. Het moment toen je afstofte en mij de opdracht gaf om mijn twee autootjes ordelijk op de plaats moest zetten, hing ik aan je been... Ik klampte me zo stevig vast aan je been voor een greintje genade met de nodige traantjes zodat je je bevel door de vingers zou zien. Je was gewoonweg niet te vermurwen. Ook de andere momenten toen je mij de opdracht gaf om mijn strijkwerk af te maken, smeekte ik met mijn ogen om genade, maar jouw diep doordringende ogen bombardeerden mijn verzoek."

Hij zweeg. Dronk weer aan zijn glas. Wiegde heen en weer. Hij bleef zo kalm... zo rustig. Het faunaorkest vervaagde in het geheel met Oliviers openhartigheid. Tijdens mijn 'berechting' luisterde ik aandachtig en tegelijkertijd probeerde ik het chronologisch terug te spoelen.

"Kort geleden nog viel een woord in mij op. Dwangmatig. Voorheen verzon ik voor mezelf een woord dat niet echt toepasselijk was voor jou, 'handicap'. Of misschien mag ik 'handicap' associëren met dwangmatig, dit vind ik een beetje moeilijk. Maar door dit woord opende voor mij een deur van medelijden. Je mag gerust weten, ik haat jou niet, integendeel, jij bent voor mij dé vader die zijn liefde uit. Jouw zorg, jouw opvoeding, jouw onderwijs, jouw bescherming aan deze taken als vaderrol, daarmee is niets aan de hand. Toen openbaarde zich het volgende in mij; jouw eerlijke liefde is onterecht verweven met jou dwangmatigheid. Overtuigd geloof ik, dat daarom jouw liefde voor mij niet tot zijn recht komt. Ik denk aan jouw redenatie over mijn gulp. Je vertrouwt mij en toch ook weer niet. Dwangmatigheid creëert onzekerheid en blokkeert de juiste liefde voor mij."

Olivier had me helemaal in de tang. Ik had geen betere psycholoog kunnen voorstellen hoe hij mij ontleedde. Ik walgde van mezelf. Was ik dat monster? Welke afschuwelijke, pijnlijke en verdrietige gevolgen had ik veroorzaakt? Mijn God, wat had ik mijn jongsken aangedaan, wat?? Ik voelde me verschrikkelijk rot! Ik kon amper geloven hoe ik hem werkelijk opvoedde!

"Er moeten momenten zijn geweest waarop je je rot moet hebben gevoeld, toen je mij ten onrechte berispte. En die momenten waren er geweest, daar twijfel ik niet over. Ik durf dit te beamen door de manier hoe jij, als vader, mij begeleidt. Jouw karakter in vaderschap getuigt van de vaderlijke liefde die in jou leeft, daarom geloof ik niet dat je een hardvochtig karakter hebt."

Weer zweeg hij. Rustig heen en weer wiegend pulkend aan zijn glas. En ik voelde me meer en meer ongemakkelijk in mijn vel. Want nu vermoedde ik de genadeslag.

"Of ik nu met een handicap of dwangmatigheid te maken heb; de gevolgen kan men niet voorkomen. Iets brak in mij. In mij leefde eens het onschuldige kind. Maar waar kon ik heen? Ik kon nergens vluchten met mijn stil verdriet. Mijn zwijgen droeg ik dag en nacht, jaren. Hoe zeer ik verlangde naar een moeder die mij beschermde tegen jouw dwangmatigheid, mij moederlijk kon koesteren en troosten tegen jouw onterechte berisping. Maar die moederlijke armen waren er nooit. Ik voelde me erg eenzaam en verdrietig... maar ook vaderloos. Ik heb een lieve vader, ongetwijfeld, en toch... ben ik vaderloos."

Terwijl Olivier nog sprak, kon ik onmogelijk mijn tranen inhouden, hartverscheurend was zijn ontleding. En ik maar jammeren over mijn eenzaamheid, mijn verdriet, mijn ellende, terwijl mijn eigen zoon, mijn eigen vlees en bloed crepeerde door mijn rotellende.

"Pap... ik weet zeker dat je je al deze gebeurtenissen herinnert. Is alles waar wat ik zei?"

Ik veegde mijn tranen af, schraapte mijn keel. Dronk een flinke slok van het frisse mintwater met licht trillende hand, alleen die rotkrop wilde maar niet doorzakken in mijn keel, van alle misère bleef hij daar vastplakken.

Voor het eerst werd ik in het hoekje gedrukt van bezinning waar onverzettelijkheid in de leugen aan de kaak werd gesteld. Olivier was degene die het lukte om mij in dat onvermijdelijke hoekje te drijven. En wat meer bijzonder was, ik hoorde in zijn stem vermaning, zachtmoedigheid en ongetwijfeld rechtvaardigheid. Voor het eerst werd iets wat voor mij onaantastbaar leek tastbaar. In dat onvermijdelijke hoekje zag ik geen enkele uitweg meer voor enige ontsnapping. Hoe berekenend werkte de leugen door mij heen en hoe was het toch mogelijk dat ik me aan die 'vriendschap' vasthield; wat was dit voor een web dat mij deed geloven dat het de waarheid was met alle gevolgen van dien? Ik was Olivier een antwoord schuldig. Ik moest verantwoording afleggen, al ben ik vader. Maar toch juist omdat ik vader ben, behoorde ik hem in waarheid op te voeden en toch niet in het web van verborgenheden. En niet dat alleen, zolang ik Olivier niet mijn verborgen leugens bekendmaakte, bleef hij mijn gevangene in dat plakkerige web van leugens en dat was wel het laatste wat ik wilde.

Dagboek

Vanaf de geboorte van mijn zoon ontfermde ik me over hem zonder vertwijfeling. De rijkdom van zijn bestaan overtrof al mijn wensen, met volle teugen smaakte en vervulde ik mijn vaderrol zonder klaagwaardige gezangen naar de hemel. Oliviers analyse over mijn 'handicap' gunde ik zonder enige weerstand zijn recht voor een pontificale confrontatie. In zijn openhartigheid ervoer ik geen motivatie van veroordeling noch straf noch dood, enkel een verklaring waar ik het recht vandaan haalde mijn eigen zoon gevangen te houden voor mijn ondenkbare gedrag, dat hij dwangmatig noemde. Tijdens mijn 'berechting' ontleedde hij alles haarfijn, niets sloeg hij over. Innerlijk erkende ik mijn dwangmatigheid, echter in zijn ontleding ontdekte ik een ander gevaar, manipulatie. Meneer Dwangmatigheid opende de deur voor zijn vriendje Manipulatie en samen spanden zij heel geraffineerd mijn jongsken absurde poets -en opruimopdrachten gedwongen uit te voeren. Dagboek, Olivier was pas vier jaar! Ja, ik herinnerde mij deze gebeurtenis glashelder.

De frontale waarheid verstrengelde mijn keel, mijn hart lag in complete puinhoop, mijn hersens volkomen gedesoriënteerd. Sterker, in mijn voorstellingsvermogen zie ik hem op de top van de hoogste berg met uitgespreide armen luidkeels roepen: 'Mijn papa houdt van mij!' Mijn verslagen hart schreeuwde: Wat voor liefde? Maar wat mij het meest bombardeerde kon ik nergens verbergen, iets verschrikkelijks, nog veel erger dan ik durfde te denken. Het ware doel van dwangmatigheid en manipulatie gaf ik hen het recht van...

een gebroken hart...

dát veroorzaakte ik bij mijn dierbare zoon...*een gebroken hart...*

"Pap...hoor je mij?" Hij zat opeens naast mij wat ik niet eens in de gaten had.

"Ja", zei ik zo hees dat mijn keel pijn deed, "ik herinner me me alles..."

"Pap, waarom vertel je niet wat jou werkelijk dwars zit? Wat leeft en schuilt er werkelijk in jou?"

In dit ware feit bundelden mijn overige krachten in mijn voeten om te vluchten, toch verzette iets weerbarstigs zich in mijn gedesoriënteerd brein: *blijf.* En het heeft gelijk, Olivier heeft recht op de waarheid. Schielijk zochten mijn ogen in onze omgeving naar een veilige kust, totaal absurd. Geen mens behalve ons was aanwezig, dan de schoonheid van de flora en fauna.

"Olivier...ik leef in onrust...en ik bood jou niet de bescherming waar jij recht op hebt..."

"Maar pap, weet je hoe trots ik op je ben? Heus, ik meen het. Jij bent mijn rots. Jij kunt je niet voorstellen hoe je het hebt gepresteerd mij in de gezonde moraal op te voeden zonder jouw vrouw, zonder mijn moeder. Je had totaal geen steun, dan van de Hemel."

Mijn jongsken, hoor hem, dagboekje, mijn jongsken vervuld met iets hemels wat hier op aarde onmogelijk te vinden is, nederigheid! Mijn God, wie is nu vader? Onmogelijk kon ik mijn tranen inhouden, met welke kracht?

"Olivier, alsjeblieft, vergeef mij... vergeef mij... Olivier..."

Zijn jeugdige armen behelsden een kracht van onnoemelijke liefde op het moment in zwakte.

"Alles... alles, papa, alles vergeef ik je... verleden, heden en toekomst."

God!!! schreeuwde in mij. Help mij toch! Help mij!! Ik heb Oliviers hart gebroken! Zeg toch wat ik moet doen! Alstublieft, Here, alstublieft... zeg het mij... Scherp hoorde ik de woorden van het verre verleden die ikzelf uit mijn eigen mond uitsprak:

"Vanaf heden zal ik altijd orde en netheid en respect handhaven... koste wat kost."

Elke dreigement, elke storm, elke dwarsligging alles lag eensklaps vlak en stil in mijn ziel... iets drong tot me door. In de verte, aan de horizon, rees een kraakheldere waarheid, *eed*. Slechts één woord openbaarde de *werkelijke* betekenis van Oliviers gebroken hart.

"Olivier, ik was zeventien toen ik onbewust iets zei, waarvan ik nu met zekerheid weet, dat ik als gevolg daarvan, jou een gebroken hart heb gegeven. Ik wist niet dat ik toen een eed uitsprak."

De waarheid kon soms oneerlijk uitbarsten, want op datzelfde ogenblik verhardde Oliviers zachte ogen. Zijn ontfermende armen trok hij terug en plots stonden we op ieders eiland.

"Dat is waar, pa...je *hebt* mijn hart gebroken...je was zo meedogenloos...zo hard, onverbiddelijk."

Nu klonken zijn woorden bitter als gal. Geloof mij, dagboekje, *dit* is mijn Olivier, de *echte* Olivier.

"Geloof mij, Olivier, ik deed het niet opzettelijk. De eed, bewust of onbewust uitgesproken doet niet ter zake, ikzelf ben schuldig. *Hierom* vraag ik je vergeving en ik begrijp, door jouw pijnen kun je niet vergeven... maar weet je, zoon, in werkelijkheid dragen wij beiden eenzelfde verdriet en pijn. Ik mijn dwang en jij een gebroken hart, ik geen vrouw en jij geen moeder. Voor mij rust een zwaardere verantwoordelijkheid, bij jou slechts een zandkorreltje, toch weegt onze pijn evenveel... daarbij, mij heb je niet als betrouwbare schuilplaats, evenmin jouw moeder. Toch verzoek ik... jouw hemelse Vader is jouw toevlucht, de *Enige Echte* Toevlucht"

Ach dagboekje, met hoeveel tranen moet ik nog de hemelen vullen? Heel behoedzaam, zo voorzichtig mogelijk, strekte ik mijn vaderlijke arm over Oliviers schokkende schouders. Dit moment was het ogenblik om die duivel te beschuldigen, maar wat was Gods beloning? Neen, dat krediet was voor hem te goed. Ik boog mijn hoofd naar de Almachtige en bad, bad voor mijn gebroken jongsken en voor mezelf.

"Hemelse Vader, U onze toevluchtsoord, U die ons gezegend heeft met Uw enige, geliefde, Zoon, Jezus Christus, onze Redder en Verlosser, hoor Uw knecht. U schonk mij de dierbaarste gave, die Uzelf bezit, het vaderschap. Het kostbaarste kleinood in deze vergankelijke wereld. In liefde schonk U mij een liefdevol kind, dat met alles wat in hem is, zijn liefde aan mij toevertrouwde. Met heel mijn ziel vertrouw en geloof ik in zijn liefde. U schonk mij iets teders, U vertrouwde mij een onvergankelijke ziel toe, U voorzag mij van autoriteit om mijn zoon te beschermen tegen mijn eigen vijandigheid. Nu, mijn hemelse Vader, verfoei ik mijn onverantwoordelijkheid, mijn slecht gedrag, het vernederen van het vaderschap dat U mij liefdevol toevertrouwde. Here, U vertrouwde mij dat ik Olivier kon beschermen, U vertrouwde mij dat ik Olivier kon opvoeden in de juiste maatstaven... mijn God, U vertrouwde mij. Uw vertrouwen heb ik geschonden door mijn leugens, mijn pijnen, mijn verdriet als iets kostelijks te bewaren, te verbergen voor Uw ogen. Maar bovenal, hemelse Vader, het verschrikkelijke moment dat ik die eed uitsprak, niet wetende dat ik mijn eigen nakomeling, Olivier, een gebroken hart bezorgde. Voor U is niet van belang bewust of onbewust... woorden vervuld met de onzichtbare dood is schuldig in Uw ogen. Hierbij, hemelse Vader, neem ik, Uw knecht Tobey, de verantwoordelijkheid voor de dodelijke eed die een vreselijk lijden, een gebroken hart, heeft toegebracht aan Olivier, die aan mij door U is toevertrouwd. Ook belijd ik de drie overtredingen van Uw belangrijkste gebod. Ik overtrad U lief te hebben, mijn naaste, Olivier, en mijzelf. Ik bid U, heilige God en Vader, voor vergeving van al mijn opgenoemde zonden en was mij rein met het bloed van het Lam, Jezus Christus... Met heel mijn hart draag ik Olivier aan U op. Het kind, dat U mij toevertrouwde. U kent zijn diepste pijnen. U doorgrondt zijn beschadigde delen in zijn hart dat ik in onwetendheid door een eed heb toegetakeld. Ontmoedig niet Uw kind, maar strek Uw doorboorde hand uit in zijn gebroken hart. Uzelf zei immers in het boek Jesaja ter genezing: '...Hij heeft Mij gezonden om een blijde boodschap te brengen aan ootmoedigen, om te verbinden gebrokenen van hart...' deze onverdiende gunst vraag ik U, Vader Here, genees het gebroken hart van Uw kind, Olivier..."

Dagboekje, hoe nabij was de aanwezigheid van onze hemelse Vader.

"Pap, ik heb pijn, maar weet je, ik zie het kruis van Jezus mijn Verlosser. Hij vraagt mij ondanks mijn pijnen, jou te vergeven. Vergeven is de sleutel voor mijn genezing... daarom... papa, *nu, nu* in Zijn kracht ondanks mijn pijnen, de zwakte, vergeef ik je... alles..."

Dagboekje

Heb je ooit een koolmees verfrissend in een fontein zien baden? Tot kliedernat toe verfrist hij met zijn snavel zijn beschermende veren van vuil en stof. Zie hoe hij zich helemaal in het koele water onderdompelt en daarna alles weer afschud. IJverig verfrist hij zijn prachtige vederdos. Wat een aandacht schenkt hij aan zichzelf. Met deze zelfde aandacht verfristen Olivier en ik ons hart. Genoodzaakt, weliswaar. Verzoening, een rijkdom, die elke verloochening te boven gaat. Verzoening, onbedwingbaar, beloont zij ons met een springende fontein van blijdschap en vreugde. Verzoening, krachtig is haar koord dat ons strakker naar elkander toebindt. Moeizaam gunde de slaap mijn nachtrust. Onophoudelijk prees mijn ziel tot zijn Verlosser. Uur na uur bleef mijn ziel klaarwakker, nog waakzamer dan een der helden van bewakers op zijn post. Barstensvol jubelde mijn ziel het uit van overwinning over de pijn van verdriet, dat Olivier en ik ongewenst meedroegen.

"De HERE geeft mij zijn kracht, Hij is het schild waarachter ik schuil. Mijn hart heeft op Hem vertrouwd en Hij heeft mij geholpen. Mijn hart juicht en ik prijs Hem met mijn lied... Maar ik vond mijn toevlucht bij de HERE, Hij was mij tot een burcht. Mijn God is mijn rots... Mijn hart kan weer helemaal tot rust komen, omdat de HERE voor mij heeft gezorgd..."

Zonder enig besef opende ik weer mijn ogen en volkomen uitgerust begroette ik de morgengloed.

Deze keer vergat ik het aangeslagen uur van de wekker. Een achteloze blik op de wijzers weerhield mij niet het bed te verlaten. Na mijn bezoek aan de wc vond ik de keukendeur open. Op mijn weg erheen ving ik de geur op van verse koffie. Olivier? Mijn makkertje, nu al wakker?

"Hey, goeiemorgen..."

Met een stralend, opgewekt gezicht genoot Olivier in zijn eentje met zijn mok thee op de verandabank. Zijn gelukkig glimlachend gelaat nodigde uit om naast hem te zitten.

"Stoor ik?" Ik begreep de stille momenten, maar zijn ogen, die mij aanschouwden, kon ik met geen woord beschrijven.

"De Here vervulde mijn ziel met Zijn eeuwig woord. Luister...

Ik zal U hartelijk liefhebben, HERE, mijn Sterkte! De HERE is mijn Steenrots en mijn Burcht, en mijn Uithelper. Mijn God, mijn Rots, op Welken ik betrouw. Mijn Schild en de Hoorn mijn heils, mijn Hoog Vertrek..."

Mijn adem stokte over de goddelijke citatie die hij uitsprak, nietigheid overrompelde mij.

"Pap?"

"Ja, Olivier?"

"Voor altijd ben ik jou dankbaar. Je bent een echte vader, dank je."

Zwijgend sloot ik mijn ogen.

"Ondanks jouw handicap volhardde je in jouw gave. Ik dank je voor jou warme genegenheid, jou vertrouwen, bescherming en ontferming."

"Olivier..."

"Neen, pap, dit is het juiste moment voor mijn dankbaarheid voor jou, neem het aan, alsjeblieft." Mijn verontrust gemoed veranderde door zijn welgemeend sprankelende ogen.

"Ik zegen je, Olivier, in Gods autoriteit zegen ik je met voorspoed en al jouw nageslachten."

"Dank je, pap. Mag ik zo vrij zijn iets persoonlijks te vragen?"

"Jazeker", antwoordde ik te vlug zonder nadenken.

"Vertel toch waarom ik geen moeder heb."

Zijn prachtige ogen hongerden prangend naar waarheid, dus waarom ontnam ik het hem? Zijn ongedwongen vraag overstelpte mijn gekalmeerde gedachten en plots bekroop de angst mij. Beducht voor een beangstigende, opkomende storm, bleef ik kalm vertwijfeld nadenken. Zal ik het hem vertellen? Ben ik er klaar voor? Is mijn wond genezen? Hoe kan ik het weten als ik zwijg? Mijn hart bonsde. Oké, ik doe het...

Op verzoek van Will Fork, Elizabeths vader, woonden Tobey en Elizabeth in zijn bungalow in een beboste omgeving. Met verweven gedachten schonk Will zijn riant huwelijkscadeau om van dichtbij de gezinsuitbreiding mee te beleven. Hij verzocht dit met het oog op het duister verleden van zijn enige dochter en verlangde zijn begrip te tonen. In goed vertrouwen willigde het jonge koppel zijn verzoek in. Omdat Elizabeth eerst verlangde twee jaar te wachten voor hun eerste kindje geboren zou worden, vroeg Tobey de reden daarvan. Nuchter vertelde ze eerst van het huwelijk te willen genieten. Bezorgd berekende Tobey zijn leeftijd, de voorgestelde twee jaren, dan de zwangerschap en geboorte, het resultaat van de eindkomst choqueerde hem enigszins, dus gaf hij direct tegensputterend zijn mening. "Lieverd, dan ben ik vijfentwintig jaar."

"Ja, en?"

"Dan ben ik best wel oud."

"Besef je wel hoelang Abraham en Sara verplicht moesten wachten?"

Haar donkere ogen wachtten n knipperend op antwoord.

"Precies, vijfentwintig jaar, Tobey! Aansteller!! Overigens, bekijk jezelf. Psychisch... lichamelijk zit je aardig goed in vorm."

Geen enkel protest hielp voor enige gedachtenverandering bij zijn kersverse vrouw. Ze gaf geen duimbreed toe en zag ook niet het belang van zijn leeftijd, dus:

"Leeftijd! Leeftijd! Leeftijd is slechts een getal, Tobey!"

Daar moest hij het mee doen. Met zijn zieltje onder de arm pushten zijn vrienden hem om zijn eerste kooltje te begroeten. De Three Stooges twijfelden aan Tobey's kunde en potentie en onder elkander keuvelden zij of Tobey wel of niet wist wat en hoe te doen. Ten slotte argumenteerden en dreigden zij: als Tobey de antieke ooievaar binnen een jaar geen zuigeling had bezorgd, beloofden ze hem op het dak van pa Fork vast te binden... ongetwijfeld geloofde hij hun! Ook pa Fork verlangde zo snel mogelijk een kleinkind in zijn armen te wiegen. Dan was er nog mevrouw Binghem, de huishoudster van pa Fork; die breide zo verwoed de sokjes en mutsjes, dat haar breinaalden er heet van werden. Ze wreef haar werkje trots over Tobey's behaarde wang waarbij het zachte wolgoed aan zijn stoppels bleef haken. En de hardnekkigste was zijn allerbeste vrienden, Miems, mevrouw Binghems dochter, geboren met downsyndroom wat amper aan haar was te zien. Zij vroeg: *"Waarom reizen er wollen wolkjes mee op jouw baard, Tobey?"*

Ze plukte een wollenplukje eraf en gaf het hem.

"Ach Miems, lieverd, iedereen achtervolgt mij en dwingt mij tot een kooltje. En van Elizabeth moet ik twee jaar wachten", zei hij beteuterd.

"Als je maar opschiet, Tobey", vervolgde Miems met ernstige blik.

Pfff, zuchtte hij, de gedachte alleen al, twee volle jaren wachten. Diezelfde avond deed hij alsnog een smekende poging.

"Waarom?" vroeg Elizabeth streng.

"De Three Stooges willen de antieke ooievaar zien opvliegen en gekrijs horen. Kijk dan naar mijn gescheurde overhemden. Ze dreigen mij!! Pa zeurt om zijn kleinkind in de armen te wiegen. Mevrouw Binghem be-

laagt mij met wollen wolkjes over mijn stoppels. Miems vraagt elke dag naar de geboorte alsof het vanzelf uit de lucht komt vallen. Daarom!"

Wanhoop rees aan zijn horizon. Aan Mr. Bob, de voorman, vroeg hij of de Three Stooges niet voor een langere tijd op de open vlakte konden verblijven, dat zou hem enigszins een beetje rust gunnen en een hoop overhemden sparen.

"Waarom zou ik dat doen, Tobey?" Dat klonk toch vanzelfsprekend. Geschokt vroeg hij zich af, bestaat ondersteuning wel?! Uiteindelijk riep hij radeloos naar de hemel: "Mijn lieve God in de hemel, Pa, U helpt mij toch wel?"

En God zou God niet zijn als Hij antwoordde: "Mijn genade is jou genoeg."

Twee volle jaren doorliep hij de molen. Bijna elke dag moest hij zichzelf veilig stellen. Hoe barmhartig hij ook smeekte. Het kind... het kind... allemachtig het kind moest komen!!! Hoe? Ellie!!! Zoals beloofd klonk op Fork Ranch gekrijs van nieuwgeboorte, een zoontje, Micky Johnson. Boven elk geluk wiegde papa Tobey eindeloos zijn zoontje.

Geen dag sloeg hij over zijn hemelse Vader te danken voor zijn gezonde kind en het genot van zijn gezinnetje. Te snel streefde Micky's eerste jaar voorbij en kregen sperzieboontjes op zijn babybordje de voorkeur. Spontaan rolde uit Elizabeths mond Micky's bijnaam, Beans.

Twee dagen na Micky's verjaardag werd prompt op hun voordeur geklopt en Tobey opende de voordeur. Zijn verblijde glimlach versmolt gelijk ijs. Het onmiskenbare gelaat van de tengere vrouw gekleed in een gebloemde jurk met zwarte schoenen, herkende hij onmiddellijk. Geschokt staarde hij in de vriendelijke, vragende ogen van de voor hem bekende vrouw.

"Hallo Tobey", begroette ze met een warme glimlach.

Elk woord haakte vast in zijn verstand, elke gelegenheid voor te spreken ontsnapte zijn mond.

Hoewel zijn lichaam als vanzelfsprekend bewoog, haperde zijn gebaar voor haar binnenkomst.

"Dank je", zei ze vriendelijk en galant binnenstapte.

Verbluft sloot hij de deur, keerde om en keek haar sprakeloos aan. Gedecideerd stond ze stevig op haar benen en vroeg: "Mag ik met je spreken?"

Bijna gehypnotiseerd knikte hij. Weer gebaarde hij deze keer om te zitten. Op de lichtgroene sofa opende ze zonder stamelen haar verhaal.

"Dankzij jouw vader hoorde ik van je huwelijk en je zoontje, maar in werkelijkheid ben ik gekomen voor uitleg van mijn afwezigheid. Jouw vader kende mijn diepe nood. Vanaf mijn puberteit leed ik aan depressies. Mijn ouders wisten geen raad met mij. Opa Jack en Oma Marieke raadden jouw vader en mij aan niet te trouwen. Tegen hun wil en dank trouwden we toch…"

"Was je zwanger?" interrumpeerde Tobey gekwetst en bijna onbeschoft.

"Neen. Jouw vader zocht hulp voor mij, maar ik verzekerde hem dat ik het aankon. Hij liet mij in mijn waarde. De ouders van jouw vriend Willie…"

"Ik weet het. Je had het te druk met jouw depressiviteit en als excuus werkte je al modiste voor een modezaak…," viel hij haar in de rede.

"Tobey, ik kon niet anders…" poogde ze ter verdediging.

"Wat had je gedacht over de waarheid? Was de waarheid te hard voor mij of voor jou?"

"Opa Jack wist hoe snel ons huwelijk zou stranden…"

"Laat Opa Jack erbuiten. Je hebt het recht niet. En Cedric? Mijn broertje leeft tot nu toe zonder zijn moeder. Wat dacht je, dat hij jou zomaar zou omarmen, geloof je dat?"

De vrouw stond op. Ze voelde zich opeens onzeker en handenwrijvend liep ze naar het raam.

"Opa Jack had ik uitgelegd wat mijn plan was. Hij verwierp mijn plan en zei nadrukkelijk dat ik behept was met een neerslachtige geest. Hij geloofde in goddelijke genezing. Toch koos ik wederom voor ongehoorzaamheid. Hardnekkig hing ik trots vast aan mijn betweterigheid. Ik geloofde hem niet. Ondanks de liefde, heeft de zorg van jouw lieve vader mij niet geholpen en de bezorgdheid van Opa Jack en Oma Marieke sloeg ik in de wind. Uiteindelijk zocht ik hulp in een kliniek. Daar werd ik goed opgevangen en professioneel beleid behandeld. Ze schrijven mij een medicatie voor maar of het werkelijk helpt, is mij een vraag. Kort geleden twijfelde ik aan mijn ongeloof en besefte te laat hoe gelijk Opa Jack had…"

Met haar zakdoekje veegde ze haar tranen af, draaide zich om en liep naar Tobey, die machteloos toehoorde. Voorzichtig nam ze naast hem plaats en raakte zijn hand.

"Tobey lieverd, ik ben erg trots op je wat je allemaal in je leven hebt bereikt. Ook dank ik Opa Jack voor zijn ontferming over jou en Cedric. Ik vraag je..."

"Sorry, mam, ik moet alles verwerken, sorry..."

Abrupt stond hij op. Verward, tomeloos in verdriet liet hij haar alleen in de bungalow. Opgejaagd vluchtte hij voor zijn verleden door het bos. Zijn gedachten, driest opgezweept gelijk woeste golven dreunend tegen rotsen, plaagden herinneringen van Elizabeths en Wills vete. 'Vergeef je ouders, Tobey,' klonk Opa Jacks verzoek ertussen door. Opeens kleurde verzoening in een onopgelost vraagstuk, iets wat zich uit het niets ontvouwde, iets vreemds iets onbekends klopte in zijn tollende gedachten en in zijn hollen had hij niet eens in de gaten hoe hij over een uitstekende boomwortel struikelde en enkele meters over de aarde rolde. Hijgend huilde hij.

"Waarom? Waarom?" schreeuwde hij boos regelrecht de hemel in. Onbegrijpelijk hoe ontastbare pijnen zijn ziel prikkelden. Onbeschrijfelijk zijn pijn van verdriet, pijn van verlatenheid, pijn van vaderloosheid, pijn van eenzaamheid, pijn in het verlies van zijn broertje. Op de aarde kreunde hij van alle pijn, heersend in zijn binnenste. God bood hem een helpende hand. Hij toonde hem in zijn geest een waargebeurd feit.

Er wandelde eens een rechtschapen man op aarde. Alles wat hij zei en deed baseerde hij op genade en waarheid. Veel mensen volgden hem en deden en spraken precies als hij. Maar jaloerse mensen zochten en vonden de oplossing hoe deze rechtvaardige man op te ruimen. Met veel listen en sluwheid besloten zij succesvol de goede man te vermoorden. Maar waar zij geen rekening mee hielden, waren zijn onvergankelijke laatste woorden:

"Vader, vergeef het hun, want zij weten niet wat zij doen."

"Maar ik heb pijn, Vader", schreeuwde Tobey huilend tot de hemel.

"Pijn is maar voor even, zoon, met het oog op de eeuwigheid. Vergeef met een oprecht hart. Want die Rechtvaardige Man, Mijn Zoon, Die geen zonden met Zich meedroeg, zag jou als zijn vreugde en bidt voor jou dag en nacht."

Tegen het vallen van de avond kwam hij thuis. Elizabeth keek bezorgd.

"Tobey, waar was je?"

Zoekende naar ontferming greep hij haar stevig in zijn armen.

"Mijn moeder was hier, Ell."

"Jouw moeder Abigail?"

"Ja, ze heeft alles opgebiecht. Nu begrijp ik de reden van haar mysterieus vertrek. Ze had last van depressies tijdens haar puberteit. Ze heeft zich bewust laten opnemen. Waar is Beans?"

"In bed. Lieverd, wat nu?"

"Ik weet het niet. Het enige wat ik kan doen is haar vergeven. Ze geloofde het beste te doen."

Vertwijfeld knikte Elizabeth en ze keek haar verslagen man na die droevig de trappen opliep. In de slaapkamer zat hij naast Beans' bed. Het kind sliep rustig op zijn buik. Zachtjes wreef Tobey over zijn donkerblonde hoofdje en snikte, terwijl Elizabeth in stilte haar snikkende echtgenoot bij de deur aanschouwde. Tot de ochtend sliep Tobey bij zijn zoontje. Zonder zijn jongsken te wekken verliet hij de kamer en nam een douche. Uit de keuken hoorde hij gerommel van kopjes en bestek. Verrast keek hij hoe Elizabeth bezig was met het ontbijt.

"Hey, goedemorgen, vroege vogel", begroette hij haar en kuste haar hartstochtelijk.

"Dit noem ik nou eens een goedemorgen. Ik heb je gemist vannacht", ze legde haar hoofd op zijn borst.

"Ja", zuchtte hij, "ik ben in slaap gevallen."

Ze vulde twee mokken met koffie en beiden namen plaats aan tafel.

"Waar is ze?" vroeg ze bezorgd, terwijl ze een schepje suiker in haar mok deed en roerde.

"Misschien is ze bij jouw vader op logee. Heb je niets gehoord?"

Ze schudde vastberaden haar hoofd. Diep in gedachten stond hij op, maar zij weerhield hem.

"Niets daarvan, je gaat eerst ontbijten. Ik rooster brood en bak eieren."

"Eh, schat, ik wil jou herinneren..."

"Wat?"

"Jouw brood eindigt alt..."

"Wat?"

In haar hand hield ze vlak voor zijn neus een houten spatel en met
grote moeite hield ze haar lach in.

"*Lieverd*", *lachte hij ontspannen,* "*vanavond gaan we stoeien, niet*
nu. Ik maak het ontbijt klaar."

Pets!! "*O... gaat vanzelf...*"

Moedig klopte Abigail de volgende dag opnieuw op Tobey's voordeur.

"*Mam, vanwaar kom je?*" *vroeg hij verbaasd en Abigail stapte*
vrolijk binnen.

"*Ik mocht van Will bij hem logeren*", *lachte ze haar tanden bloot.*

"*Hoe ben je hier?*"

"*Het wandelpad. Prachtige omgeving. Waar is Elizabeth?*"

"*Paarden trainen. Ben je haar niet tegengekomen?*"

"*Neen, en kooltje?*"

"*Zijn middagdutje.*"

"*Elizabeth is een mooie dame, Tobey en ook jullie zoontje.*"

Glimlachend gleden haar ogen over de opgewekte gezinsfoto's op
de schouwmantel, terwijl Tobey een onbegrijpelijk vreemd gevoel
bekroop. Haar aangrijpende zachte ogen doordrongen hem en hij
een verhard gelaat niet kon weerhouden dat Gods woorden zijn hart
overspoelden:

'*...pijn is maar voor even, zoon, met het oog op de eeuwigheid...*
vergeef met een oprecht hart...'

Het pijnigde zijn leedgevoel in zijn ongestadig hart, zijn verstokt
verstand, het onbegrip van onbeschrijfelijke pijnen, doch voor zijn
Meester koos hij gewillig voor gehoorzaamheid.

"*Vergeef mij, mam, voor mijn onbegrip... ik vergeef je,...*" *verklaar-*
de hij oprecht menens.

Onverwacht van zijn mededogen en vergiffenis omsloot zij haar
moederlijke armen om zijn hals; haar teder kussen op zijn stoppel-
wangen brachten hem terug naar zijn prille kinderjaren, een jaren-
lang gemis in koestering, ontlook nu een innige omhelzing dan ooit.

"*Mam, mam, ik heb je zo verschrikkelijk gemist... ik vergeef je,*
mam... ik vergeef je..."

"*Dank je, Tobey lieverd, dank je... ik vergeef jou ook, lieverd...*"

'*Verzoening, ach verzoening, wonderbaarlijk is uw pad naar het*
Heil gegrepen, omringd door het gouden kleinood vergiffenis geschon-

ken voor de vrijheid van het gevangen hart en ziel,' leerde Opa Young Jack aan al zijn nageslachten.

"Weet je, mam, geen dag ben ik je vergeten", prees Tobey zijn moeder.

Abigail zuchtte. Het dramatische gevolg van de tragische catastrofe die zij en Bill veroorzaakten in hun gezin, besefte ze de lijn van verdriet in haar kinderen.

"Heeft Cedrics en mijn leeftijdsverschil met jouw depressies te maken?" vroeg Tobey spontaan.

"Tobey na jouw geboorte wenste ik geen kinderen meer. Ik besloot voor sterilisatie en het verloop daarvan ging erg goed. Jouw vader, Opa Jack en Oma Marieke vonden het geen goed idee. Maar welke keus had ik? Ik moest wat doen. Twaalf jaar verliep alles goed... tot ik weer zwanger werd. Ik meende toch de procedure goed te hebben begrepen. Hoe kon ik dan weer zwanger zijn?" Nadenkend staarde Abigail voor zich uit.

"Mam, hoe ontstond jouw depressiviteit?" vroeg Tobey zonder erg te hebben in de gevolgen.

Benauwd keerde Abigail haar hoofd om. Haar sprankelende ogen veranderden plots in een donkere waas. Haar naargeestige blik deed Tobey huiveren over zijn hele lichaam.

"Waarom vraag je dat?" klonk ze erg achterdochtig.

"Misschien heeft Opa Jack gelijk, dat je een neerslachtige geest meedraagt", zei hij in vrees.

"Neen, ik pleegde abortus..." antwoordde ze verward.

"O?" schrok Tobey.

"Neen, ik zeg het verkeerd", corrigeerde Abigail zichzelf direct. "Ik bedoel, abortus plegen vond ik onterecht toen ik bemerkte dat ik opnieuw zwanger was van Cedric. Cedrics eerste verjaardag organiseerde ik als afscheidsfeest en besloot in stilte weg te gaan. Ik heb jouw vader niets verteld. Ik moest weg voor professionele hulp, maar ook om zwangerschap te voorkomen."

Storend rinkelde plots de telefoon in de keuken. Excuserend nam Tobey aan. Abigail luisterde niet mee. Ze had het druk met het bestuderen van de fotogenieke Micky. Even later verscheen Tobey weer.

"Mam, mag ik jou om hulp vragen?"

"Zeker, Tobey."

"Ik moet met spoed naar de buren. Hun paard weigert in de trailer te stappen. Zou jij Micky willen opvangen als hij wakker is? Mocht er iets zijn: Wills nummer is bij de telefoon. Kan het?" "Ga maar." Onmiddellijk verliet Tobey de woning, stapte in zijn pick-up en reed weg. Een beetje onwennig keek Abigail rond in de woonkamer. Haar ogen haakten bij de trap. Nieuwsgierig besloot ze een kijkje te nemen op de overloop. In de netjes opgeruimde slaapkamer beloonde ze haar ogen de kost. Op één nachtkastje stond het boordevol met Micky's foto's. Op elke foto werd Micky door iemand anders gedragen, waarschijnlijk Tobey's kant, dacht Abigail. Deze ruige mannen leken geen vriendenkeuze voor Elizabeth, vond ze. Nog even keek ze tevreden rond en ging naar Micky's kamer. In zijn bedje bemerkte ze iets vreemds. Aandachtig luisterde ze, maar hoorde niets. Ze boog over hem heen en plaatste haar oor op zijn rugje. Haastig draaide ze het kind om en zonder nadenken paste ze reanimatie toe. Dat mocht ze leren in het kliniek. Keer op keer blies ze in zijn mond, niets. Weer matig drukken op zijn borst, dan weer blazen. Niets. Drukken, blazen, luisteren, ze vocht voor het leven van Tobey's zoontje, weer blazen, niets. Niets. Vermoeid haalde ze het kind uit bed. Rende naar beneden, stoofde naar buiten, maar zag geen enkel transport. Met Micky in haar armen rende ze radeloos het wandelpad op. Panisch rende ze in een verkeerd pad. Geheel ontredderd drong het tot haar door: deze omgeving herkende ze niet. Betraand ervoer ze het levenloze gezichtje van haar kleinkind. 'Alstublieft, lieve God, neen, niet Tobey's kind, neen.' Verbeten rende ze door en hoorde kabbelend water. Machteloos gilde ze om hulp. Niemand antwoordde, behalve zingende vogels. Weer gilde ze keer op keer. Dan opeens een ondraaglijke pijnscheut overviel in haar borst. Uitgeput en kreunend van de pijn viel Micky uit haar armen op de aarde. Hulpeloos zag ze hem, bewegingsloos. Abigail snakte naar adem en strompelde enkele stappen van haar kleinzoon vandaan en zakte ineen dicht aan de oever van het meer. Tegelijkertijd arriveerden Tobey en Elizabeth bij de bungalow en bemerkten de openstaande deur. Onbegrijpelijk keken ze elkaar aan. Tobey voorop liep als eerste naar binnen en speurde rond in de woning. "Ma?" riep hij. Niemand antwoordde.

"Jouw moeder is hier? Alleen met Beans?" vroeg Elizabeth huiverig.

"Ja, ik moest dringend naar de buren. Ik kijk bij Beans."

Samen holden ze naar boven. In zijn slaapkamer vonden ze een leeg bed.

"Tobey!!!" gilde Elizabeth angstig. "Tobey, jouw moeder... waar is Beans, Tobey?"

Tobey rende naar beneden. Draaide het nummer van Will. Zijn hand beefde en zijn stem trilde.

"Hallo?"

"Pa, is mijn moeder bij u?"

"Neen, jongen, ze is naar jou."

"Pa, ma en Beans zijn weg."

"Luister, Tobey, ik waarschuw de Three Stooges en zend hun naar het bos. Bel jij de politie."

Tobey legde neer en alarmeerde de politie. Ondertussen holde Elizabeth halsoverkop naar buiten en gilde onbeheerst: "Abigail!! Abigail, waar ben je?"

Elizabeths lichaam trilde van de angst. Ze gilde en merkte niet eens Tobey's sussende omhelzing op. Kortstondig bedaarde ze, dan priemde ze met verwilderde ogen in zijn gezicht. Woedend sloeg ze hem waar ze hem maar kon raken.

"Waarom heb je papa niet gevraagd om op Beans te passen!! Hoe kun je jouw moeder zo blindelings vertrouwen? Ze neemt wraak op Micky", krijste ze hysterisch.

Haar beschuldigingen en hardvochtig sneren vermeed Tobey wijs. Zijn hart brak over zijn buitenzinnige vrouw, welke vreselijke insinuaties zij uitte, die niemand kende.

"Blijf jij hier, als de politie komt, zeg dan dat ik in het bos ben."

"Tobey", riep Elizabeth hartverscheurend, "breng Beans levend terug..."

Zwijgend griste Tobey zijn mantel uit de laadbak van zijn pick-up en de zaklamp uit de dashboardlade, want het naderen van de avond liet niet lang op zich wachten...

"Mijn God, ik heb vrees. Ik vrees voor het leven van mijn zoontje. Alstublieft God, als mijn zoontje niet meer leeft..." bad hij gefrustreerd.

Worstelend tegen zijn eigen angstige gedachten scheen hij met zijn zaklamp op de niet al te vochtige aardbodem, zoekende naar verse sporen. 'Here, zeg mij toch waar... waar moet ik zoeken?' Zijn hart bonsde in deze benarde ogenblikken. In zijn diepste benauwdheid zocht hij naarstig tussen de ontelbare bomen en struiken naar zijn kleine Beans en lieve moeder. Dan keerde voor hem het tij, eindelijk verried een lichtstraal een verse, diepe voetafdruk. 'Oké, dus moeder draagt Beans.' Eindelijk een sprankje hoop. De afdrukken zijn dicht bij elkaar. Ze had dus haast. Waarom? Wat had ze dan in zinnen met Beans? Oh, mijn God, zou Elizabeth dan toch gelijk hebben? Boven de harmonie van krekels in gezelschap van uilengeroep, doemden de slechtste scenario's in zijn angstige hoofd. En ondanks dat hij de kou niet bemerkte, vormden uit zijn mond nevelige wolkjes. Zijn scherp gehoor ving in de verte duidelijke stemmen op. De Three Stooges, dacht hij hoopvol, met hen oogsten we meer kans. De lichtbundel van zijn zaklamp hield hij op de aardbodem gericht en hij hoorde dichtbij kabbelend water. 'Is ze daarheen gegaan? Waarom? Wilde ze met Micky dan in het water? Dat kan toch niet! Ze kan niet eens zwemmen!' Plots doemde Elizabeths scene... wraak op Micky!! 'Neen,' stampte hij dieper in de aarde, 'mijn moeder is niet wraaklustig!' Plotseling hield hij zijn stap in. Over de aarde scheen de krachtige lichtstraal op een roerloos lichaam en even verderop nog één. Verlamd in zijn gedachte liep hij met bonzend hart erheen. Omringd door bijna tastbare vuurvliegjes hurkte hij bij het lichaampje en herkende zijn zoontje, dood. Het andere lichaam herkende hij zijn moeder, ook dood. Volledig verslagen door de dood trok hij zijn jas uit, legde het over het dode lichaam van zijn zoontje en zat naast hem... verdoofd. Rusteloos. Dwaas. En tranen waren er niet meer. Resterend... onbegrip.

Met lege handen en gebogen hoofd stond hij voor Elizabeth. Zij vroeg niets meer. Haar enige gedachten wurmden naar een oplossing voor het bereik van Micky. Ze geloofde haar eigen man niet, toen hij de diagnose doorgaf van de patholoog bij de politie. Het kind vertoonde blauwe plekken op de borst door het te hard drukken voor reanimeren. Eigenlijk was het kind reeds dood. Doodsoorzaak wiegendood. De grootmoeder trachtte het kind te redden, voor reanimatie was het echter te laat.

Abigail overleed aan hartstilstand door extreme inspanning, wellicht om het kind te redden. En als vreemdeling in dit gebied moest ze verdwaald zijn geraakt. De vraag waarom zij niet direct belde, moest onder panische omstandigheden zijn gebeurd. Dit scenario kon de politie in logica slechts aan Tobey weergeven. Voor Tobey was er slechts één verzachtende omstandigheid, zijn moeder was onschuldig. Maar Elizabeths oren weigerden de waarheid te aanvaarden en krijsend gilde door het hele huis. Haar kind was vermoord door haar schoonmoeder... en schoonmoeders zijn krengen!! zweepte ze in Tobey's gezicht.

Niet één jaar verstreek en Elizabeth stortte zich in een geheel onbekende cursus: economie. Tobey en Will verzuchtten over Elizabeths verwaarlozing in de paardentraining en rekenden des te meer op de onmisbare hulp van paardentrainer Mitch Rains en zijn zoon Junior. Tot ieders grote verbazing slaagde Elizabeth en vond ze een baan bij een oliemaatschappij. De vriendelijke manager William Steel beloofde een carrièrevrouw van haar te maken en vroeg of zij bereid was regelmatig te verkassen. Elizabeth beloofde zichzelf niet te rusten eer ze bereikt had over de oneervolle dood van haar zoontje. Bedroefd nam Tobey afscheid van Will en al zijn vrienden. Miems vroeg: "Kom je ooit op bezoek, Tobey?"

"Als de mogelijkheid het toelaat," zei hij bedroefd, "want beloftes niet nakomen, kent een griezelig gevolg." Fork Ranch beleefde een diepere rouw, dan Mick's en Abigails overlijden, want zo sprak Will Fork: "Een levende gentleman wordt op Fork Ranch gemist."

Dagboek

"Nu begrijp ik haar motief, pa. Micky is haar meer dierbaarder dan ik, een levende ziel. Gek eigenlijk, vind je niet? Maar zoals jij het vertelt, is mijn moeder een liefhebber van wraak. Ze beschuldigde niet alleen Oma Abigail, maar stelde jou ook nog eens verantwoordelijk voor Micky's overlijden."

"Een liefhebber voor wraak? Wat is dat voor een uitlating voor jouw moeder, zoon?"

"Pa, jongen, en dat zeg ik met respect, wordt wakker. Waar is mijn moeder nu? Wat spookt ze uit in al die jaren? Je hoort niets van haar. Geen telefoon, geen kaart, niets!"

Olivier had altijd al een luisterend oor. Altijd doelgericht op rechtvaardigheid.

"Oké, ik geef toe. Je hebt gelijk. Elizabeth domineerde mijn leven. Ik zeg domineerde."

Zonder schroom, fronsend en met bedenkelijk voorhoofd bekende hij zijn vragende oplossing.

"Toch raar, pa. Weet je wat ik denk? Ze blijft getrouwd om jou te krenken."

"Dat klinkt nogal hardvochtig, Ollie. Maar je mocht weleens gelijk hebben."

Hoewel ik vertwijfeld antwoordde, sneed Olivier de wonde haarscherp open. Was Elizabeth's wraak werkelijk een verlustiging, maar op wat? Of beter gezegd, op wie?

"Ben jij van Micky's overlijden genezen, pa?" gooide hij het roer om.

Ik dacht na en realiseerde hoe vloeiend het hele verhaal mijn mond verliet, zonder haperen.

"Je hebt gelijk. Ik ervaar geen greintje pijn", zei ik volkomen onthutst over mezelf.

"Fijn dat te horen. Dus ik heb een broertje, Beans... Hée, wacht eens effe..."

Opeens zat Olivier op het puntje van de bank.

"Pa... waarom heb je de naam van Micky niet op onze familiestamboom geschreven?"

Eerlijk gezegd, wist ik niet wat te antwoorden.

"Ik weet het niet, Olivier, maar eens komt die dag... "

De abrupte stilte wist Olivier op te vullen met een grap.

"Waarom heb je geen bijnaam voor mij, pa?"

"Wat had je gedacht van Olijfje?" lachte ik.

"Tsss, Olijfje!... Overigens, heb jij nooit kattenkwaad uitgehaald, pa?"

"Zoals dat jij bij Juf Rosie stiekem twee eieren mee naar huis nam? Wie kwamen plots tevoorschijn? Lina en Tina. En ik maar geloven dat het kuikentjes waren van Margie, hm?"

"Nou, nou, pa, niet zeuren, want je hebt ook de eieren van Lina en Tina gegeten."

"O, lekker vergoelijken. Toe maar."

"Kom op, pa, vertel, kattenkwaad."

In het vrolijke zonnelicht aan de strakke blauwe lucht bemerkte ik plotseling mijn outfit. Ik zat nog steeds in mijn pyjama.

"Oké, ik vertel je mijn kattenkwaadstreken, maar dan nadat ik me heb aangekleed..."

"Eerst beloven, pa..."

"Je weet, ik beloof nooit..."

"Pa..."

"Neen..."

"Pa... slof niet weg zonder jou belofte..."

"Neen..."

"Pa..."

Dagboek

"Oké, strek je oortjes, makkertje.

Willie Brown, de jongste zoon van Zack en Agnes Brown, komt uit een gezin van vijf kinderen. Willie en ik zijn letterlijk als broertjes opgegroeid, dankzij mijn moeder, waarvan ik niets wist van haar depressies. Zij werkte als coupeuse voor een modezaak en Agnes paste op mij. Willie en ik haalden altijd kattenkwaad uit, eigenlijk onschuldig. Ouwe Jones, de eigenaar van ik weet niet hoeveel scharrelkippen, ontdekte eindelijk pas na een jaar hoe Willie en ik stiekem de schuurdeur op een kier zette en zijn scharrelkippen hun woning ontglipten en olijk over zijn erf rondscharrelden. Scheldend, mopperend dreef hij, samen met zijn lieve vrouw Rose, alle kippen weer bijeen..."

"Hoe kwam hij daar dan achter, pa?" vroeg Olivier onge-duldig.

"Enkele meters van zijn hek stond een eikenboom. Soms verveelden Willie en ik ons. Dus klommen we in de boom en loerden of er enige kans bestond om de schuurdeur te openen. Ouwe Jones had zijn vaste routine en dat wisten we. Maar op die bewuste dag veranderde Ouwe Jones zijn koers. Het moment wij uit de eikenboom klommen en sluipend richting kippenschuur snelden, verscheen Ouwe Jones op het toneel. Strak oog in oog had hij eindelijk zijn daders te pakken. Willie en ik begrepen, vluchten had geen zin, als buren kenden wij elkaar, dus gaven we ons over. We moesten uitleggen hoe we hem één jaar lang in de maling konden houden. Mijn vader en Willies vader hoorden over onze ondeugende streek, dus voor straf moesten we alle kippen tellen, daar was natuurlijk geen houden aan. Maar Ouwe Jones had ons flink in de tang en we moesten zijn tien koeien melken terwijl hij wist dat wij er geen kaas van hadden gegeten. Van 's morgens vroeg tot 's avonds laat konden we toch minstens twee koeien melken, ongenadig waren zijn koeien. Telkens renden ze van ons weg en moesten we hen achterna rennen. Nu was het Ouwe Jones' beurt om zich een kriek te lachen."

"Jullie straf is toch niet zwaar, pa, wel leuk."

"Dat is waar, jongen, onze vaders en Ouwe Jones waren erg mild."

"Toe, pa, nog meer."

"Toen ik zestien was en Cedric vier, was het in de zomervakantie dat ik me weer een beetje verveelde. Ik vroeg Opa Jack of ik mocht vissen met Willie en Cedric.

"Jammer," zei Opa Jack, "als ik geen belangrijke afspraak had, was ik meegegaan. Maar goed, gaan jullie maar en trek Cedrics El Cid outfit aan, dat is leuk."

Ik sloeg de rode cape over Cedrics schouders en knoopte die aan de bovenkant vast, om zijn middel een heupgordel waarin zijn houtenzwaard bungelde en zijn Romeinshelmpje op zijn blonde bolletje. Naar aanleiding van Cedrics naam vertelde Opa Jack een waar verhaal over El Cid Compeador, geboren in 1040 te Vivar, Spanje en overleden in 1099. Deze outfit creeerde hij speciaal voor Cedric. Met Cedric in het trekkarretje wandelden Willie en ik over het veld naar de rivier waar het water licht stroomde en prettig lauw aanvoelde. We boorden onze hengel in de aarde, spietsten een wurm aan de haak en gooiden die in het water. Springend en spetterend tegen elkaar in het licht stromend water leerden we ook Cedric zwemmen, die kleine waterrat leerde het snel. Dan hoorden wij Willies belletje rinkelen aan zijn hengel. Snel liepen we erheen. Behendig bevrijdde Willie de zwarte katvis van de haak en legde hem in de emmer met water. Rondom de witte emmer sloegen wij de gevangen zwarte vis gade. Plots schemerde in mijn gedachte een stout idee.

"Wat doe je met de vis, Willie?" vroeg ik.

"Opeten!!" schaterde Cedric huppelend met zijn zwaardje in de lucht.

"Nou, ik dacht eerder, barmhartig in zijn rivier terugleggen" krabde hij over zijn kroezig hoofd.

"Kom", zei ik, "laten we naar de stad gaan"

"De stad?" vroegen de jongens in koor.

"Kom maar" gebaarde ik met mijn hoofd.

Cedric klom in zijn trekkarretje en ik zette de emmer naast hem. Verheugd en van geen enkele schuld bewust over de gevolgen die ik later op mijn hals haalde, wandelden we naar de stad. Bij de kerk hielden we aan. Willie keek verontrust naar mij.

"De kerk?" vroeg hij schielijk om zich heen kijkend.

Ik greep de witte emmer, maar Willie hield me tegen.

"Toob, hier krijgen we zware problemen mee, doe het niet."

Willie begreep onmiddellijk mijn plan, maar ik stelde hem gerust.

"Ik doe het niet ín de kerk, alleen in de hal. Niets bijzonders aan, toch?"

Willie argumenteerde niet meer. In zijn uiterste best knikte hij goedkeurend. Door het voorportaal verdween ik. Een flinke bron van licht omringde mij in de grote hal die mij met wijd open mond forceerde te zien welke kracht marmer bezat. Alle wanden, het plafond, de vloer, de pilaren volledig in marmer wat veel licht uitstraalde. Behoedzaam, dat zelfs mijn diepe verbazing voor het hele spookachtig interieur me bijna duizelde, voelde de hele atmosfeer koud aan. Een paar meter van de zware kerkdeur hing eveneens een marmeren bak gevuld met water en waarom deze mysterieuze waterbak aan de muur vasthing, was mij een raadsel. Maar het opende wel een briljant idee. Dus goot ik voorzichtig de zwarte katvis in de marmeren waterbak. Haastig keek ik rond of iemand mijn stout idee had ontdekt. Snel rende ik naar buiten met de lege emmer zwierend aan mijn hand. Als een stelletje dieven renden we weg. Cedric had de pret van zijn leven. Door ons dolle geren hief hij schaterend zijn houtenzwaardje in de lucht. We bleven maar rennen dwars door het bos, alsof we achterna werden gezeten door een stelletje schimmen. Plotseling botste het karretje over een uitstekende boomwortel en Cedric vloog er met een gil uit. Willie en ik zagen hem over de aarde rollen en eensklaps lag hij stil. Wij hoorden niets meer. In paniek holden we terug.

"Cedric! Cedric!" riep ik angstig.

Ik tikte op zijn bloze wangetjes en gelukkig ontwaakte hij. Hij kreunde, och arme. Hij opende zijn ogen en vroeg: "Zijn we alweer thuis?" Willie en ik slaakten een diepe zucht van opluchting. Ziienderogen zagen we een dikke buil op Cedrics voorhoofd groeien, maar voor de rest was hij ongedeerd. Bij Willie thuis aangekomen zei hij:

"Toob, jij schelm, met jou valt altijd wel wat te beleven en die vis?"

"Geen paniek, Will, daar draai ik voor op."

"Zij noemen zoiets heiligschennis," antwoordde Willie verzekerd. "Maar goed, ik zie je."

Onderweg naar huis vroeg ik Cedric niets aan Opa Jack en Juf Hilda te verklappen. Hij strekte zijn koddig handje uit en met de andere wees hij naar zijn dikke rode buil en zei:

"Dat kost je 50 cent, makker." Dat eiste hij met vastberaden gebuild, gefronst voorhoofd!

50 cent moest ik hem zwijggeld betalen, die vierjarige afzetter!!..."

Dagboek

Niet met onze tent Hemeltje trokken Olivier en ik het welover-
dadige groene bos in, eerder besloten we een weekend in een
bungalowpark te vertoeven aan de rand van het bos. Nauwelijks gearriveerd daagde Olivier mij uit voor een sprint naar het
meer. Vorig jaar versloeg hij mij met gemak, al gaf hij mij een
flinke voorsprong. Wat een kind heb ik toch! Ik miste hem nu
al, laat staan een heel jaar. In het maanschemerlicht lagen we
heerlijk onder de wol.

"Pap, je zou het kattenkwaadverhaal nog afmaken."

"Jouw geheugen is te jeugdig fris, zoon."

"Het zijn jouw genen vadertje. Je moest Cedric vijftig cent
zwijggeld betalen."

"Werkelijk Olivier, vadertje?? Trouwens, iets zit me dwars."

"Wat?"

"Jouw intelligentie is nogal hoogbegaafd. Ik vind, je stelt je
koud op tegen je moeder, niet?"

Olivier zuchtte, keerde op zijn rug en staarde naar het hou-
tenplafond.

"Je hebt gelijk, pa. Mijn intelligentie tegen mijn vreemde
moeder. Vind je dat raar?"

"Neen, ik begrijp het. Ik wil je alleen erop attent maken: wis
het uit je geweten, zoon."

"Is van Opa Jack, niet?"

"Hm. Wil je erop acht slaan, jongen? Een rein geweten is meer
dan goud." In speurende blikken zochten wij elkanders ogen in
het maanschemerlicht.

"Herhaal Opa Jacks wijsheid, pa."

"De Heilige Geest troont op ons geweten. Voor de ontmoeting van de Allerhoogste als een reine maagd, onberispelijk,
zonder vlek of rimpel."

"Ik zal er aandacht aan schenken. Zonder dollen, pa, het
vervolg?" Enthousiasme alom.

"Tsss, zonder dollen, zegt het kind tegen z'n vader. Luister..."

Mededogend boog Opa Jack over Cedrics dikke, rode bult. Ongerust vroeg hij de gebeurtenis ervan. Zo nonchalant mogelijk antwoordde ik:

"Oh, we waren een beetje te wild met het rennen in het bos en over een boomwortel viel Cedric uit zijn karretje."

"Ja, Opa Jack, ik zag overal sterretjes", antwoordde hij zielig naar waarheid.

Voor mijn onoplettendheid ontving ik eerder genade en Cedric bemoedigde hoe snel de buil zou verdwijnen. Uiteraard wilde Opa Jack, tijdens ons avondeten, wel eens even weten over de visvangst. Vanuit een halve waarheid bekleedde ik in alle kleuren van de regenboog hoe we de vis bestudeerden en barmhartig weer netjes terug in zijn rivier hadden gelegd. Met een zachte streel over Cedrics wang prees Opa Jack glimlachend onze barmhartigheid. De volgende dag arriveerde mijn vader thuis van zijn werk. Hij was treinmachinist en vaak niet thuis. Rondom zijn ogen tekenden donkere kringen van vermoeidheid en ik zou liegen dat het ook een oorzaak was van verdriet, sinds het abrupte vertrek van mijn moeder. Zijn eens sprankelend gelaat verholen onder een korte baard, die mijn moeder altijd verafschuwde, verheugden wij ons op zijn thuiskomst en samen met Opa Jack en Juf Hilda babbelden we gezellig aan de keukentafel over onze dagelijkse belevenissen. Plots onthulde mijn vader een waargebeurd verhaal..."

"Pa, wacht even", stoorde Olivier mijn verhaal. "Wie is Juf Hilda?"

"Na Oma Mariekes overlijden nam Opa Jack Juf Hilda in dienst voor de huishouding, een pittige negerin. Later, na de mysterieuze verdwijning van mijn moeder, werd zij onze oppas. Mag ik nu verder vertellen of zijn er nog andere vragen?"

"Alsjeblieft, ga verder, vadertje."

"Dus opeens veranderde mijn vader van onderwerp. Hij zei: "Deze morgen naar huisgaande hoorde ik tijdens de busrit van een medereiziger een hilarische gebeurtenis."

"O?" nieuwsgierig en ontzet richtten we onze ogen naar hem.

"Ja, dat was me toch een verhaal. Het gebeurde hier in de stad. Hebben jullie niets erover gehoord?" vroeg hij met een geheel ontspannen, stralend gezicht.

Iedereen aan tafel schudde eensgezind het hoofd.

"Frappant. Ik kom van her en einde en jullie wonen hier het dichtst..." plaagde hij.

"Kom op, Bill, hou ons nou niet in de spanning", porde Juf Hilda uit haar slof.

"Oké, luister. De pastoor van de kerk in onze stad heet, Jim Montgomery. Iedere avond rond negen uur sluit hij zijn kerk. Toen hij zijn wijwaterbak voorbij liep, ontdekte hij daarin een zwarte katvis."

Cedric hief behoedzaam zijn gebuilde hoofd naar mij en ik zat meer en meer op hete kolen.

"Een zwarte katvis in de wijwaterbak?" vroeg Opa Jack onthutst. "Een kreet naar heiligschennis."

"Hm, hm, hm", klonk Juf Hilda ongenoeglijk.

Cedric en ik zaten onbeweeglijk muisstil, doch mijn vader vertelde enthousiast verder.

"Een getuige die de dader had opgemerkt, zat buiten op een bankje in de schaduw onder een boom. Hij zag een blanke tiener met een witte emmer zwaaiend in zijn hand de kerk uitrennen. Op de stoep wachtte zijn negervriendje op hem. De blanke jongen gooide zijn emmer in het trekkarretje waarin een peutertje zat. Gekleed in een rode cape, een Romeinshelmpje zwaaide hij met zijn houten zwaardje schaterend in de lucht. Als een stelletje dieven holden ze de stad uit. En laat me nou toch eens even raden. Héél toevallig... héél toevallig: was jij dat niet?"

Als een kettingbotsing keerden alle hoofden naar mij. Schenkt de waarheid geen vrijheid? O ja, zeker, maar ik voelde mij enorm klein... ach zo klein. Het ergste vond ik, ik bedroog Opa Jack met gladde spekwoorden. Een heremietkreeft draagt tenminste nog een schulp, ik droeg niets op mijn knalrood geworden hoofd dan mijn donkere haardos. De stilte sneed vlijmscherp een haar in twee, zo verschrikkelijk stil, men kon een speld horen vallen.

"Wel?" drukte mijn vader rustig door.

Ik schraapte al mijn moed bijeen. Boog zo diep ik kon mijn warm rood hoofd.

"Komt er nog wat van, jongen?" porde mijn vader in kalmte. Afranselen of welke kastijding dan ook leerde hij geenszins van betovergrootvader Jack, ook niet van zijn eigen vader.

"Ja, pa", klonk mijn stem erg ver weg met daarachter Cedrics overeenstemmend geknik.

"Harder!" verhief hij lichtelijk voor het eerst zijn vertrouwde stem.

"Ja, pa", perste ik het beschaamd eruit met gesloten ogen.

"Kijk me eens aan, jongen", gebood hij streng met gedempte stem.

Trillend hief ik mijn hoofd op. Voor het eerst zag ik toen een diepe verontwaardiging in zijn ogen. "Natuurlijk heb jij totaal geen idee wat jij ons boven ons hoofd hebt gehaald! Schande, schaamte, nog niet te spreken over ketterij. Ging Willie hiermee akkoord?"

Beangstigd sloeg ik mijn ogen neer. "Neen, pa, ik haalde hem over", bekende ik eerlijk.

"Je hebt geen rekening gehouden met Opa Jack, Juf Hilda, Willies ouders en mij. Ben jij verantwoordelijk voor Cedrics buil?"

"Ja, pa", antwoordde ik onmiddellijk knikkend.

Met gefronste wenkbrauwen tastte Cedric zijn dikke, rode bult. Opa Jack en Juf Hilda bogen letterlijk hun hoofd om hun lach in te houden, tijdens mijn vaders trachtende strenge optreden.

"Zeg mij, dacht je werkelijk buiten mij om dingen te doen en Opa Jack in de maling te nemen? Nou, dan heb je je goed vergist. Vijftig uien schillen en snijden is te goed voor jou. Morgen zul je ervan lusten!' Abrupt veerde hij van zijn stoel en stevende regelrecht naar boven naar zijn slaapkamer. Tot mijn grote verbazing schokschouderden Opa Jack en Juf Hild lachend over mijn kwajongensstreek. Maar ik zweeg stil. Mijn luchtige opvatting over de zwarte katvis bleek veel ernstiger dan ik mezelf en Willie deed geloven. Erger nog, onbewust vernederde ik mijn vader in de gemeenschap van de stad en de kerk. Terwijl

Opa Jack en Juf Hilda geen enkel spoor van enige ernst was te vinden, bekende ik:

"Het spijt me, Opa Jack, dat ik u heb voorgelogen, dat meen ik."

"Kom, kom, het is al goed. Je hebt flink op je donder gekregen van je vader, dat is voor mij voldoende. Daarbij, ik ken pastor Jim Montgomery, hij is een zeer goede vriend van me."

"Misschien heeft pastor Jim de vis geroosterd en heerlijk opgepeuzeld. Wat voor vis was het ook weer? Paste die wel in de wijwaterbak?" schertste Juf Hilda schaterend.

Opa Jack gebaarde giebelend met zijn vinger op de mond voor stilte uit respect voor mijn vaders beleid, maar de komische geschiedenis van de katvis in de wijwaterbak viel best wel lastig. Twee dingen moest ik de volgende zondag uitvoeren. Om zes uur 's morgens wekte mijn vader mij bruut uit mijn slaap. Voor straf moest ik me aanmelden bij kippenboer Ouwe Jones. Alle scharrelkippen moest ik tellen, geen één uitgezonderd met haan erbij. Ouwe Jones' verbijsterd gelaat ontging mijn serieuze gezichtsuitdrukking niet.

"Heb je duidelijk gehoord wat jouw vader zei, jongen?" wilde hij voor alle zekerheid weten.

"Ja, Ouwe Jones, voor straf moet ik al uw scharrelende kippen tellen, geen één uitgezonderd."

"Scharrelende kippen, hé?" herhaalde hij cynisch.

"Welaan, jongen, ik weet hoeveel scharrelkippen ik heb. Maar ik heb een veel beter idee. Straf, zei je, hé, waarom?" vroeg hij nieuwsgierig zonder enige onderdrukking van een ironisch lachje.

"Mijn broertje heb ik een flinke buil op zijn voorhoofd bezorgd", bekende ik naar halve waarheid.

"Oké, daar is een kruiwagen. Je kunt de kippenpoep daarin scheppen en op die mesthoop gooien, dat spaart je een hele hoop frustratie. Wat zeg jij?"

"Mijn vader verwacht kippen tellen, Ouwe Jones, hij zal het navragen", sprak ik zakelijk.

"Laat dat maar aan mij over. Aan het werk maar."

Gniffelend liet hij me achter en ik weet niet hoeveel poep ik heb lopen schuiven en scheppen en hoeveel kruiwagens ik heb weggereden, maar tegen tien uur moest ik weer thuis zijn. Meteen moest ik van mijn vader een bad nemen en schone kleren aantrekken. Op de veranda trok ik mijn zondagse schoenen aan en we stapten in de pick-up. Zwijgzaam reden we de stad in richting de kerk. Vlak voor de kerk parkeerde hij. Zonder enkele plooi of rimpel over zijn blank behaard gezicht... zo strak keek hij me aan.

"Je gaat naar binnen, bied je verontschuldigingen aan voor de menigte, daarna ga je naar huis."

Een hoge, sterke verbouwereerde golf raasde door me heen op dat onverschrokken vraagstuk. Uit protest zocht ik verdediging, doch hield wijs mijn mond. Op bevel van mijn niet te stuiten vader, gehoorzaamde ik en onder zijn toezicht wachtte hij geduldig totdat ik braaf verdween in het kerkvoorportaal. Haastig dicteerde ik mijn gedachten wat ik moest bekennen, maar niets schoot me te binnen. Met kloppend hart stapte ik in een barstensvolle zaal. Wellicht door de zielige katvis?! Ergens op de achterbank vond ik een onopvallend geschikt plekje. Een ietwat grijze man, vermoedelijk pastor Jim Montgomery sprak bij de kansel.

"Weet u, geliefden van Christus, helaas zijn wij niet gezegend met een goudvis, maar met een zwarte katvis. God, ja u hoort God heeft ook kattenkwaadkinderen lief, ziel en al..." hij zuchtte erbarmelijk en de onrustige gemeenschap mompelde verre van eensgezind."

"Is wijwater belangrijker dan Gods liefde? Als pastor was ik geïrriteerd over deze ongenadige kwajongensstreek. Een vis in ons wijwater, ons wijwater, nota bene!!..."

De menigte begon luider te mompelen over deze ketterende schande.

"Maar... maar," bedaarde hij de menigte. 'Maar God, ja ónze onveranderlijke God corrigeert mij! Mij', nota bene. Heel eenvoudig corrigeert Hij mij: "Heb Ik jou ook niet vergeven, Jim?" Meer zei Hij niet. Met geoefende nederigheid leer ik iedereen voor God op de knieën te krijgen, dus voldoe ik aan Zijn gebod. Ik wil graag deze persoon ontmoeten en van harte vergeven..."

Iemand gilde: "Waarom?" Anderen mompelden grammoedig mee.

"...om die persoon voor Christus te winnen..."

Direct op datzelfde ogenblik hield het zwaar bonken van mijn hart op, het leek of iemand mijn benen bestuurde en mijn echoënde voetstappen op de marmerentegels verried, zodat alle nieuwsgierige hoofden volgden mijn krachtdadige schreden. Op een armlengte van pastor Jim stond ik van hem verwijderd. Onder zijn diepe onthutsing opende ik mijn mond en zei: "Mijn naam is Tobey. Tobey Johnson. Ik... ben de dader van de zwarte katvis."

De hele kerkgemeenschap slaakte een zware zucht. Niet-nadenkend gleden mijn ogen over de onrustige menigte en op de derde rij bemoedigde Opa Jack mij met fonkelende ogen.

"Deze morgen overrompelde mijn vader met de meest ongekende straf. Terecht bracht hij mij hierheen. Hij eiste mijn schuld bij u te belijden. Hij heeft gelijk. Ik zag de ernst niet van mijn onschuldig kattenkwaad. Ik stond niet stil bij de ernstige gevolgen bij u, als evenwel mijn familie. Ik hield geen rekening met uw gevoelens, met uw traditie. Het enige wat ik kan zeggen is, het spijt me. Mijn verontschuldiging zal weinig opwegen ten aanzien van uw kerkelijke traditie, uw wijwater..."

Onopgemerkt sloeg pastor Jim zijn arm over mijn schouders. "Tobey, ik ben trots op je, ik vergeef je, vergeef ook mij."

"U? U moet ik toch niet vergeven?" vroeg ik geschokt.

"Ik ben niet beter dan jij, Tobey Johnson. Wil je mij vergeven?"

Stamelend en niet-begrijpend zei ik: "Ik. Ik vergeef u..."

"Weet dit, Tobey, je bent altijd van harte welkom met of zonder katvis", grapte hij ongedwongen.

Voor de menigte viel het zwaar hun pastors verontschuldiging te accepteren, op enkelen na. Toch bleef er een vraag in mij hangen, waar haalde ik de woorden en de moed vandaan om te belijden? Thuisgekomen straalde mijn gezicht van blijdschap, mijn bevrijding van een zware last. Mijn vader riep mij bij hem op de veranda.

"Wel?" wilde hij weten.

"Pa, ik dank u. Dank voor uw straf", bekende ik welgemeend kordaat. Mijn vaders gelaat geheel omhuld in diepe verontwaardiging voldeed als antwoord op mijn bevrijdend gezicht.

"Vanaf heden eis ik over jou geen enkele klacht meer te horen, geen schade, geen rotstreken. Ik eis respect voor mensen en hun bezittingen... wee jouw gebeente als ik weer klachten over jou hoor... als is het maar jouw slordige kamer, begrepen?" Mijn vaders keel zat vol gal.

Eer ik kon antwoorden liet hij mij alleen achter, maar dan deed ik binnensmonds een uitspraak:

"Vanaf heden zal ik altijd orde en netheid en respect handhaven... koste wat kost..."

"Opa Bill was ongenadig streng, pap..."

"Precies, Ollie, en uit angst sprak ik onbewust een eed met gevolg jouw gebroken hart."

"Pap, wees getroost, ons geweten is daarvan gezuiverd, niet?"

"Zeker weten. Opa Jack zou trots op ons zijn geweest."

"Hoe wist Opa Jack van jouw belijdenis in de kerk?"

"De hardheid van ketterij en het oordeel van mijn vader."

"En Willie? Trouwens, pa, wat is er van Willie geworden?"

"Globetrotter. De laatste keer ontmoette ik mijn goeie vriend in Kaapstad... Dolle pret hadden we daar."

"Kreeg Willie ook straf?"

"Arme Willie. Van zijn moeder moest hij vier Carolina Reapers eten..."

"Vier stuks?? Achter elkaar?"

"Non-stop, onder haar hoogst eigen toezicht, de pittigste chili's ter wereld."

"Eigenlijk, pa, was Willie er beter vanaf... jij daarentegen moest je persoonlijk vernederen."

"Oh, Ollie, dat was pas écht de moeite waard. Zie wie ik ermee gewonnen heb..."

Ik sloeg mijn kussen op zijn hoofd en toen... toen was het kussenfeest...

De volgende dag daagde Olivier mij weer uit om als eerste bij het meer te sprinten.

"Jongen, Ollie, hoe moet ik nou tegen jou rennen... ik draag een picknickmand en een deken!!"

"Luister, pa, jij bent mijn vader... jij kan alles. Vaders zijn helden, heus."

"Wil jij eens ophouden met jouw rot-gevlei, dat slaat nergens op. Ik ren niet, zie je me wandelen?"

"Ja, pappie", tipte hij mijn mijn Stetson over mijn neus.

"Heer, wat moet ik met dit kind!?" riep ik uit.

"Pak me dan als je kan!" Als een speer stevende hij vooruit en ik ik hoorde hem even later gillend in het water plonsen. Intussen zocht ik een plekje in de zon dicht bij de bomen. Ik spreidde de deken uit, legde de picknickmand erop en liep voorzichtig in het water. Natuurlijk verstopte Olivier zich in het water om streken met me uit te halen. Geheel onverwachts greep ik hem bij de arm en gierend rees hij boven water. Heerlijk speelden we even in het lauwe water en legden ons daarna neer op de deken.

"Pap?"

"Hé?"

"Ik heb vannacht nagedacht."

"O, kan je dat dan?"

"Dankzij jouw intelligentie."

"Tuurlijk, afschuifsysteem."

"Is goed, geen interesse."

"Nou ben ik echt geïnteresseerd."

"Neen, hoef niet, hoor." Ik kriebelde op zijn buik tot hij eindelijk toegaf.

"Oké, oké. Hoe eindigde het eigenlijk met pastor Jim Montgomery?"

"Weet je, Ollie, jij bent echt een doordenker, weet je dat?"

"Wat zei ik net, dankzij jouw intelligentie! Jim Montgomery?"

Ik ontspande op mijn rug en tuurde naar de voorbijdrijvende luchtige wolkjes.

"De kerkelijk bestuursraad betwistte pastor Jims beslissing met het oog op de zwarte katvis. Door mijn 'onschuldige' kwajongensstreek belandde pastor Jim in diepe problemen. De raad eiste van hem een betere, krachtdadige reprimande. Ze eisten niet alleen van mij, maar ook van mijn vader een serieuze verontschuldiging voor deze verschrikkelijke belediging. Pastor Jim daarentegen weigerde deze voorstelling in elke vorm. Voor hem betekende mijn moedige, openlijke belijdenis niet dé prioriteit, eerder mijn gehoorzaamheid en welwillendheid voor God.

"De Kerk dient God en God is Wie Hij is en aan Hem onderwerp ik mij!" verklaarde pastor Jim voor de raad. Zijn uitspraak deed veel stof opwaaien. Diezelfde dag laat in de namiddag ontving pastor Jim mondeling zijn ontslag. Per direct moest hij zonder enige uitleg aan zijn kudde de kerk verlaten. Kennelijk was de God van pastor Jim niet tevreden met de beslissing van de kerkelijke bestuursraad en kreeg met Zijn humor te maken. Een aantal dagen later ontving pastor Jim een gebouw ter beschikking als cadeau en nog wel enkele meters schuin tegenover de kerk. Hoe hij het wenste in te richten mocht hijzelf beslissen. Maar Gods humor stroomde verder. Meer dan de helft van de kudde schaarde zich achter pastor Jim. Onaardige blikken verwikkeld met onsmakelijke uitspraken door de kerkelijke bestuursraad zelf hield de oren van de stad voor enige tijd gevangen. Mijn vader luisterde naar dit onaangename bericht van Willies vader, Zack Williams. 'Weet wel, Bill, ik vertel jou dit niet omwille van Tobey. Wat de raad veroorzaakt heeft, heeft niets met de jongen te maken. De raad zelf is verantwoordelijk voor kerkscheuring.' Mijn vader riep mij en ik verscheen huiverig voor hem. Ik herkende mijn vader nauwelijks. De glansrijke sprankeling in zijn vertrouwde ogen was volkomen verdwenen.

"Als Zack mij niets had uitgelegd weerhield ik mijn handen niet, Tobey", in zijn stem klonk de wrange bitterheid zelve."

Aangegrepen door mijn verhaal zat Olivier rechtop en bekende met doordringende blikken:

"Pa, nederigheid leerde je onbewust. Niemand moet zoiets op jouw tienerleeftijd pontificaal in de kerk belijden, niet eens volwassenen. Beseft de de bestuursraad dit wel? Neen, natuurlijk, omdat zijzelf het niet hebben geleerd, maar jij wel. Dank je, pa. Dank je voor jouw openheid."

Dagboek, 1980 lente-zomer

Vooraleer Olivier zijn reis boekte naar Northwest Territories, belde hij mijn broer Cedric voor een jaarverblijf bij hem en Mia voor zijn vrijwilligerswerk bij analfabeten en laaggeletterden. Miraculeus, zonder protest willigden Cedric en Mia zijn verzoek in. Een week na Oliviers achttiende verjaardag namen we afscheid op de vlieghaven, Lincoln Airport. Als een grote kerel hield ik moedig mijn tranen in bij de gedachte Olivier één heel jaar te moeten missen. Zo nu en dan zijn vertrouwde stem door de telefoon te horen, geleek ik op een gevangene die zijn geliefde op afspraak mocht horen. Bijna beschuldigde ik de laaggeletterden en analfabeten in het beroven van mijn lieve zoon van wie ik achttien jaar lang mijzelf afhankelijk maakte of beter gezegd, ik maakte mij van hem afhankelijk. Vreselijk, een ontwenning als straf, zo zag en voelde ik het. Bij onze omhelzing beloofde hij ook regelmatig ansichtkaarten te sturen. Ik vertelde hem hoe tof ik dat vond. Bij zijn instappen in het vliegtuig vermande ik mezelf, waarbij het besef in mij ontketende van Oliviers volwassenheid, maar ook van zijn strijd die hij met zich meedroeg, zijn onbekende oom Cedric en tante Mia, een verre afstammeling van de Crowstam. Het berouwde mij hoe weinig interesse ik ondernam van Mia's achtergrond om Olivier enigszins op gelijke hoogte te krijgen voor sociaal contact. Waarom Olivier afstand bewaarde voor zijn oom en tante was mijn schuld door mijn kop in het zand te steken. Het enige contact dat ik vasthield met Cedric was er nauwelijks. Bewust vermeed ik elk persoonlijk contact met hem en ik verweet dit met het oog op het verdriet over de plotselinge verdwijning van mijn moeder, die niemand kon verklaren. Toen was ik dertien en Cedric één. Door haar plotse verdwijning verwaarloosde mijn vader zijn aandacht op ons en droeg ons over aan Opa Jack totdat mijn held overleed op mijn achttiende. Beroofd van al mijn troostende geliefden in mijn puberteit stond ik eensklaps verlaten in een verloren wereld en zesjarige Cedric besloot ik ontroostbaar met diepe pijn in mijn hart aan Juf Hilda over te dragen. In mijn baan bij Fork Ranch koos ik er bewust voor Cedric bezoeken opzettelijk te verwaarlozen en dankzij de tussenkomst van Juf Hilda's goed bericht, vertroostte mijn gemoed over mijn vaders definitieve thuiskomst voor Cedrics zorg. Zijn trouwdag werd volgens mij opzettelijk verholen, dagboekje, wat alles te danken was aan mijn afstandelijkheid. Dankzij Juf Hilda vernam ik over Cedrics kordate beslissing, dat hij samen met Mia en hun eerstgeborene naar Northwest Territories verhuisde en sindsdien, halsstarrig, zette hij geen voet meer op Amerikaanse bodem. Begrijpelijk, ik verknoeide het recht op broederlijke liefde voor hem en mijn definitieve, domme beslissing had voor ons beiden een desastreus gevolg. Toen ik die avond huiswaarts keerde, was het huis donker. Vreemd. Op de oprit stopte ik en zag hoe Olijfje als een donker silhouet in al haar weligheid pronkte in de voortuin. Even staarde ik naar het lege donkere huis. Een tintje nostalgie rees in mij, ik glimlachte, ik miste Olivier. Weer gaf ik lichtjes gas en reed naar de achterkant van het huis. Toen ik uitstapte, hoorde ik de begroeting van de krekels, de bamboewindvanger bij Oliviers slaapkamerraam verried de aanwezigheid van een lichte bries. In de keuken schakelde ik het licht aan. Wat een contrast met de donkere wereld van de nacht. Ik besloot niets meer te doen, dan meteen te douchen en naar bed. Voor mij was het een zeer enerverende dag geweest. Nog even lonkte ik in bed naar Oliviers foto waar hij als kleine jongen op zijn fietsje leerde fietsen. Teder streek ik met mijn duim over zijn papierhoofd en viel onverhoeds in slaap. Voor het krieken van de ochtend ontwaakte ik met een vreemd gevoel. Mijn gedachten spoorden regelrecht naar Olivier, hoewel ik met zekerheid wist: bij Cedric en Mia was hij volkomen in goede handen. Ook de vliegreis zou zonder problemen verlopen, daar was ik van overtuigd. Zuchtend gleed ik in mijn sloffen en terwijl ik mijn vriendje de wc bezocht, haakte het vreemde gevoel aan mij vast. Nadenkend liep ik regelrecht naar de keuken en zette water op voor koffie. Het steelpannetje voor mijn gekookt eitje zette ik op zacht vuur, dan verdween ik naar de badkamer. Alles was zo vreemd, zonder mijn makker Olivier ruiste de stilte onaangenaam door onze vertrouwde woning. Deze keer zat ik niet op mijn eigen plekkie, maar op Oliviers stoel die meer uitzicht bood naar buiten. Na mijn ontbijt kleedde ik me aan. Gisteren vergat ik mijn kleren klaar te leggen, dus graaide ik maar wat uit de kast waar ik altijd zo fel tegen ben. Mijn automatische piloot van orde beheerste mijn leven, het werd dan ook deerlijk verstoord door mijn eigen stomme vergetelheid en daar was ikzelf debet aan. Verstoord of niet, mijn ademtocht leefde voort met de strijd Oliviers afwezigheid te leren accepteren. Vandaag werd mijn automatische piloot flink geschud door veranderingen in mijn strakke huishoudelijke rooster. Een down gevoel weerhield mij ervan aandacht te schenken aan Opa Jacks geschiedenis. In de loods moest ik nog achterstallig werk inhalen, maar zulke dingen waren niet mijn probleem. Ik voel me alleen! Echt alleen! Iets beroofde mij voor Olivier te zorgen en Ward was zo vriendelijk mij te vergezellen als een puppy bij zijn moeke, dat vond ik erg tof. Plots hoorde ik buiten een ronkend geluid. Een auto. Ward? op dit uur? Verwachtingsvol keek ik uit het keukenraam. Een Ford. Ik kon mij niemand herinneren met een Ford. Met gefronste wenkbrauwen wachtte ik op de persoon die zou uitstappen. Een vrouw met donkerblond haar tot over haar schouders. Ze droeg een blauwe pantalon, een model van de jaren '70 met een gebloemde blouse. Toen ze zich omkeerde en het het portier sloot, stokte mijn adem. "Elizabeth!" fluisterde ik. Verlangend stapte ik naar buiten en zij bleef voor de verandatrap staan.

"Elizabeth", verwelkomde ik haar ongelovig.

"Hallo Tobey, mag ik binnenkomen?" haar eens bekend zacht gezicht was nu veranderd met een gereserveerde uitstraling, iets zakelijks.

"Natuurlijk, kom binnen", gebaarde ik stuntelig, hoe gek toch, ik ben haar echtgenoot!

Bij haar binnenkomst moest ik op een luchtig vitrage hebben geleken. Zonder omhelzing, zonder kus, zonder interesse wandelde ze mij ijskoud voorbij. Noch een belangstellende blik gleed in de keuken noch voor het interieur van de woonkamer. Waarschijnlijk ontgoocheld door het te mannelijk ingericht interieur liep Elizabeth regelrecht naar de schoorsteenmantel waar Opa Jacks erfstukken prijkten met daarboven de foto's aan de wand.

"Ik had je eerder verwacht", opende ik het gesprek.

"Ja", zuchtte ze. Wellicht was ze vermoeid van de reis, dus ik vroeg of ze iets wilde drinken.

"Neen, dat komt wel..."

"Vanwaar kom je, Ell?" hiermee wilde ik haar eigenlijk niet bombarderen, het was de schuld van mijn opwinding die zomaar de kop op stak met mijn ongeloofwaardigheid voorop, want... Elizabeth is thuis! Ze antwoordde niet, in plaats daarvan zweefden haar ogen doelloos door de woonkamer.

"Je hebt me een onbegrijpelijke brief gestuurd..." herinnerde ik.

"Ja, dat was de verkeerde brief. Ik had een andere geschreven. Nadat ik de verkeerde brief had opgestuurd ontdekte ik de goeie. Dom."

Weer keek ze naar de fotogalerij boven de schoorsteenmantel. Misschien zocht ze een foto van haar zelf, die ik niet aan de muur durfde te hangen omwille van Olivier.

"Ell, wat is er? Je begrijpt natuurlijk wel dat ik een hele ho..."

"Onzekerheid. Ik weet niet precies wat ik wil, wat ik zoek", dramde ze over me heen.

"Waarom blijf je niet voor een poosje? We kunnen de dingen uitpraten", stelde ik voor.

"Jij? Meen je dat? Uitpraten?" vroeg ze cynisch.

Ik zei niets. Ik weigerde oude koeien uit de sloot te halen, ik verlangde verzoening.

"Vijftien jaar, Ell, leefde ik met een verwachting ooit iets van jou te mogen vernemen. Wat deed je in al die tijd?" vroeg ik rustig.

"Heb je me gezocht?"

"Neen! Natuurlijk niet. Jijzelf bent met jouw koffer vertrokken, waarom moet ik jou zoeken?"

Ze zuchtte en knikte toegevend. Daar stonden we man en vrouw, recht tegenover elkaar, ieder op zijn eigen eiland. Haar onzekerheid overschaduwde haar alom en eerlijk gezegd, dagboekje, ik was het kat-en-muisspel een beetje spuugzat.

"Weet je, Ell, ik doe mijn ding. Mocht je bereid zijn te praten, ik sta ervoor ervoor open."

Doch één vraag brandde op mijn tong, dagboekje.

"Je vraagt niet naar jouw zoon, Olivier."

Toen ik Oliviers naam uitsprak flakkerden haar donkere ogen om zijn bestaan te vernietigen.

'Dat is het dus...Olivier...' Plots overweldigde het nare gevoel van deze ochtend rillend over me heen. Elizabeth was het nare gevoel! Haar flakkerende ogen doorkliefden mijn zelfvertrouwen en volkomen van slag vluchtte ik het huis uit. Overrompeld door een reeks vragen en onbegrip wist ik plots niet meer wat te doen.

"Mijn God, Heer, help mij. Zeg mij wat te doen", vroeg ik bezorgd. Van Opa Jack leerde ik, vraag God niets in kritieke toestand van bezorgdheid, daarin leeft geen geloof. Gut, dat ook nog! Verontrust spiekte ik op mijn horloge voor Sally's koffiebezoekje, helaas nog te vroeg, dan maar mijn moestuin nakijken. Mijn tred daarheen werd verhinderd door Elizabeths roep. Ik draaide me om en op dit verschrikt moment openbaarde mij haar onterecht oud geworden gelaat. Haar vluchten eiste een onbarmhartige tol.

"Tobey, kan ik hier overnachten? Ik weet anders niet waar ik heen moet."

"Ja...ja, natuurlijk. Heb je bagage in de auto?"

Ze knikte alleen. Ik liep naar de auto en haalde haar koffer uit de kofferbak, droeg die direct naar de logeerkamer waar mijn begeerlijke familiestamboom pontificaal aan de muur hing. Ik wist anders niet waar ze kon lo... Gek toch, mijn eigen vrouw logeerde in mijn, ons, huis...wat gebeurde er toch allemaal met ons? Toen ik omdraaide had ik geen idee dat ze vlak achter me stond en zag hoe haar doffe blik over de familiestamboom gleed... zo levenloos, geen plezier, geen interesse... niets.

"Ik hoop dat ik de juiste beslissing neem om jou hier te laten slapen", zei ik ongemakkelijk.

Ze knikte alleen en stapte naar binnen. Direct maakte ik aanstalten naar de hal en haalde uit de linnenkast lakens en kussensloop en maakte haar bed op. In een mum van tijd bekleedde ik haar bed en was er een klein teken, een teken van levende verbazing op haar gezicht te zien.

"Wat doe je dit snel", zei ze, toegevoegd met de goedkeuring van een heel zwak glimlachje.

"Routine", antwoordde ik als vanzelfsprekend.

Onbehaaglijk liet ik haar met rust en met de deur op een kier bezocht ik mijn moestuin. De kroppen sla moest ik binnenkort oogsten, wortelen, radijsjes, tomaten. Pfff, ik had handenvol werk. In huis hield ik alles schoon en netjes op orde, zo oogde ook mijn hofje. Strak gelijnd. Het kruidentuintje, de verleidelijke trekpleister voor ijverige, zoemende bijtjes en hommels boven de lavendelbloemen, dan over de dille, tijm, oregano. Fladderende witkooltjes dwarrelden vrolijk mee. Op mijn knieën trok ik hier en daar wat onkruid uit en per ongeluk een jong takje koriander. Opeens barstte ik in tranen uit. Ik kon niet geloven hoe mijn huwelijk opeens veranderde in een chaos... in een ruïne... in een, een... woorden bleven in het verschiet... ik miste Olivier opeens zo vreselijk. Ik had niemand meer om te omhelzen, iedereen was weg... ik was helemaal alleen. Was dat het? Was dat de reden waarop ik wachtte... op Elizabeth en toch ben ik alleen. Ik huilde... ja, ik huilde... en het kon me allemaal niets meer schelen... ik huilde... tot ik niet meer kon...

Dagboek, Elizabeth ontwaakt

Opgewekt presenteerde Ward zijn voorstelling of ik met hem wilde vissen. Hij had nog enkele dagen vrij en, meelevend in Oliviers afwezigheid, toonde hij meer dan genereus zijn vriendschap. Gretig aanvaardde ik zijn aanbod, want intussen logeerde Elizabeth al bijna vier dagen bij mij, buiten medeweten van Ward. Om erachter te komen of Elizabeth haar kamer verliet, bemerkte ik niets van een gebruikte badkamer. De handdoeken noch de washandjes, die ik voor haar klaarlegde waren aangeraakt. Bij haar op een kier openstaande deur gluurde ik regelmatig naar binnen, maar was ook bezorgd of ze ooit uit bed kwam. Ik hoorde haar rustige ademhaling. Hiervoor kwam ze dus, uitslapen, rust... zonder Olivier.

"En? Ouwe makker, hoe is die even zonder Olivier?" vroeg Ward in zijn vissersstoel in het gras. Zonder enige afspraak hoe we gekleed zouden gaan vissen, droegen we allebei een short, gympies, hij een donkerblauwe T-shirt en ik een witte en op onze hoofd de onafscheidelijke Stetson. We boorden onze vishengel in de aarde en lieten de dobber vlotten op het water met daaraan een belletje. Voor de gein verraste ik Ward met een picknickmandje. Het weer was aangenaam, het groene riet ruiste gestadig door de wind, zangvogels zorgden voor een luisterrijk orkest, beter dan de radio, het water kabbelde heerlijk aan de oever en samen zaten we te genieten met uitgestrekte benen en blote voeten rustend op ons viskoffer onder de schaduw van de eikenbomen. Zo nu en dan laafden we ons aan een biertje of dronken koffie uit de thermos.

"Eerlijk? Ik mis mijn manneke", antwoordde ik met mijn Stetson over mijn gesloten ogen.

"Iemand gebeld?"

"Ja, Olivier. Hij klonk zeer opgewonden."

"En?"

"Cedric, Mia en de kinderen hebben hem direct een rondleiding gegeven..."

Even glimlachte ik en vervolgde: "Olivier voelt zich thuis, Ward. Hij is een volwassen kereltje."

"Bang dat hij niet meer terugkomt?"

"Je haalt me de woorden uit de mond..."

"En jij?"

"Ik weet het niet..." zuchtte ik. "Heremietkreeft", klonk het onder zijn hoed half over zijn gezicht.

"Goeie schuilplaats..."

"Toob, Toob, vrouwen loeren op jou, wist je dat?"

"De schulp blijft goed, Ward",

"Fout!, jongen, helemaal fout!"

"Waarom fout? Vrijgezellen?"

"Ja, kijk maar naar mij, maar dat is even wat anders."

"Hoezo? Waarom anders?"

"Jij hebt meer te bieden..."

"Ach nonsens. Waarin dan? Heb jij mijn grijze sprieten zien lonken?"

"Kun je verven..."

Verbaasd opende ik mijn ogen en graaide hoofdschuddend een sandwich uit de picknickmand.

"Verven, mijn laars", hapte ik bruut in de de zachte, heerlijk belegde sandwich.

"Blijf je wachten op iemand die onbetrouwbaar is?"

Ward sloeg de spijker op zijn kop. Ik zweeg, hij had me behoorlijk in de tang. Verdedigen? waarvoor? Ward had gelijk, maar wat moest ik nu met Elizabeth in ons huis?

"Weet je wat ik niet snap?"

"Dat is?"

"Hoe houdt jij dat vol...jij een volwassen man...weet je, ik heb, ik weet niet hoelang, ik heb zitten uit te puzzelen hóe jij dat volhoudt. Een volwassen kerel zonder seks... kun je mij dat uitleggen? Ik word best wel moe van al dat gepuzzel." Typisch Ward.

Daar heb je het! Seks. Wat is er toch gaande met al die seks?

"Toob? Ben je er nog?" vroeg hij zonder op te kijken.

"Seks", zuchtte ik met mijn laatste hap tussen mijn tanden.

"Eerlijk gezegd? Opa Jack..."

"Kom op nou, Toob. Alsjeblieft. Met alle respect, jongen, we zijn makkers. Ik wil graag van jou horen hoe je het volhoudt!"

"Eerlijk gezegd, dankzij Opa Jack", hield ik koppig vol. "Hij leerde mij hoe het moest."

Ongelovig schoof Ward zijn hoed naar boven en keek me aan.

"Hij leerde mij 'Seks op zich is geen zonde, maar zelfbevrediging is iets anders..."

"Toob, ik heb het niet over zelfbevrediging, jongen..."

"Luister, mijn kameraad en val me niet in de rede, luister. Wij mannen dragen het zaad van onze nakomelingen, dus het zaad wat op de aarde wordt verspild, dat is zonde. Waarom zonde? In ons mannelijk zaad leeft bloed wat niet te vinden is in de eicel. Het is goed om God voor genade te roepen, mocht ooit deze drift bij jou te boven komen.' Trouwens, Ward, is zelfbevrediging of seks werkelijk dé oplossing? De leegte, de eenzaamheid eist steeds meer en meer voor deze brandende begeerten, terwijl de conditie onveranderlijk blijft. Is het terecht mijn lichaam aan een leugen te onderwerpen? Zelfbevrediging of vrije seks; wat voor oplossing geeft het voor mijn ongelukkig huwelijksleven..."

"Toob, wees eerlijk, je bent maar een mens."

"Dan is Christus mijn sterkte."

"Wat bedoel je daar nou weer mee?"

"Je zegt het zelf, Ward, ik ben maar een mens. Dat betekent, ik ben kwetsbaar en omdat ik als mens zwak ben, vlucht ik naar Hem. In de Psalmen zegt Hij 'U bent mijn Toevlucht.'"

"Dus God laat jou creperen?"

"Integendeel, door te vluchten naar Hem ben ik juist sterk, Hij redt mij van mijn zwakte."

"Waarom zeg je dat?"

"Simpel, Ward, God zegt duidelijk in zijn Woord: "Christus, Gods Zoon, heeft Zich voor mij aan het kruis overgegeven en mij duur gekocht en betaald." Begrijp je dan niet, Ward, hoe kostbaar God mij acht in Zijn ogen? Olivier is mijn zaad, mijn zaad, hij is mij kostbaar."

Ward zweeg. Kennelijk dacht hij na, want zijn volgende vraag bewees het.

"Dus God is jouw Eigenaar."

"Je slaat de spijker op z'n kop. In mijn diepste besef dat ik duur gekocht en betaald ben, hoe kan ik dan doen alsof mijn neus bloedt? Ward jij koopt een auto die voor jou een vermogen heeft gekost. Bijna jouw hele spaargeld. Je bent de eigenaar van jouw auto. Zou jij jouw dure kostbare auto zomaar in iemands handen overleveren, die jij in werkelijkheid niet eens kent?" Dagboek, werkelijk, op dit moment geloofde ik hoeveel dit gesprek voor Ward betekende. Hoe wist ik dat? Hij zweeg en dacht serieus na.

"Dit bedoel ik, Ward, mijn lichaam behoort toe aan Hem Die in mij woont, Hij is de Eigenaar en daarom kan en wil ik geen hoererij plegen op mijn lichaam, dat een tempel is van de Heilige Geest. En om deze strijd te overwinnen, vlucht ik naar Hem, dankzij Hem bescherm ik mijn lichaam en Hij Zijn tempel."

Ik hield even mijn mond, staarde voor me uit, hoorde de wind door de ritselende bladeren, het rustige kabbelende water, vogels klonken vrolijk.

"Ik heb nooit beweerd geen gevoel te hebben, soms verlang ik zeker naar een vrouw. Maar dan in die zin om met haar te praten, dingen die ik niet met Olivier kan bespreken. Ook hierin heb ik grenzen te onderhouden."

"Je bent dus streng voor jezelf. En Olivier?" vroeg hij belangstellend.

"Het heeft niets met wantrouwen te maken, maar met Olivier ben ik soms streng en soms ook onterecht. Hij vertelde ooit over Jennifer Oaks om haar te beschermen tegen die asociale kerels, die op alles los en vast springen. Mijn onrechtvaardigheid naar Olivier is mijn overbodig bezorgd geweten, dat mij te machtig werd en ik vroeg hem of hij zijn gulp had dicht gehouden, terwijl ik hem met zekerheid vertrouwde. Mijn jongen, waar ik trots op ben, doet geen roekeloze dingen..."

"O?"

"Neen, Ward, weet je hoe dat komt?"

"Nou?"

"Hij toont zijn liefde in zijn daden. Ook hij erkent aan mij zijn strijd om zijn maagd-zijn vast te houden voor degene die hem waardig is."

Ward zei even niets, ik kon hem horen nadenken. Ten slotte zei hij:

"Nu hoef ik niet meer te puzzelen. Dank je, dat je het mij meedeelt, dat apprecieer ik."

Toen ik thuiskwam was het half vijf, dit was mijn kooktijd voor Oliviers avondeten. Spijtig genoeg hield ik me daaraan. Ik kon me moeilijk losmaken van mijn automatische piloot in mijn dagelijkse routine. Maar ook vond ik een ander excuus, Elizabeth, eigenlijk best gemeen van mij. Hoe dan ook, Ward ving een flinke baars van bijna twee kilo. Ik ving twee dikke forellen. Kwam goed van pas dacht ik, eentje voor Elizabeth en eentje voor mij. Nadat ik het visgerei had opgeruimd maakte ik de forellen schoon in de bijkeuken, daarna nam ik een douche en trok andere kleren aan. In de badkamer was Elizabeth nog steeds niet geweest, toch nam ik tersluiks een kijkje in haar kamer. Ze sliep nog steeds, maar nu lag ze in een andere houding, op haar zij met haar gezicht naar de muur. Stilletjes verdween ik naar de keuken. Schilde aardappels en zette ze op het vuur, waste kropslablaadjes, sneed radijsjes in schijfjes, verse augurken, lekker zoet, een gesnipperd rood uitje, en dan de kroon van de frisse salade, het sausje. Na het mengen bakte ik de forellen. Tevergeefs kookte ik de afgelopen dagen ook voor Elizabeth, daarom hoopte ik dat ze vanavond iets zou eten.

"Waarom maak je haar niet wakker?" vroeg mijn geweten.

"Neen, dat doe ik niet", beantwoordde ik mezelf.

"Wat doe je niet?" hoorde ik achter me zeggen en schrok.

"Ell!! Je bent wakker", riep ik verbaasd. Ze droeg een roze duster over haar nachtjapon.

"Ja, eindelijk. Ik voel me zo moe... zo verschrikkelijk moe..." gapend rekte ze zich voldaan uit, net gelijk een uitgeslapen kat.

"Kom. Ga hier zitten." Ik trok een stoel voor haar en zij zat zat vermoeid neer aan tafel.

"Waarom zei je, dat doe ik niet?" vroeg ze.

"O... peper... je weet wel... peper voor de vis", probeerde ik haar wijs te maken.

"Tobey, je bent een verschrikkelijke leugenaar." Vervelend, zij kent mij door en door.

"Jou wakker maken", bekende ik. "Sheriff Ward en ik hebben vandaag gevist. We hadden geluk. Hij een baars en ik twee forellen. Eentje voor jou en eentje voor mij", walste ik over het gesprek. Ze knikte. "Je hebt veel van Opa Jack geleerd, is het niet?" vroeg ze monotoon. "Ja, wat wil je, hij was zelf kok. Het eten is zo klaar."

Tijdens het tafel dekken, schonk ik haar een glas met water. Met flinke teugen dronk ze haar glas leeg en vulde het het glas bij.

"Door het slapen heb ik een behoorlijke dorst. En eigenlijk heb ik best wel trek", zei ze.

"Dat hoor ik graag", lachte ik.

Tijdens ons avondeten zaten we nerveus gereserveerd tegenover elkaar. Moeizaam zochten we speurend naar een geschikt onderwerp. Onze olijfboom herinnerde haar aan Olivier, foto's werkten te intimiderend. Uiteindelijk vond ik de oplossing, haar veeleisende grootmoeder.

"Jaja, Nana. Ze moest je wel hebben. Hoe ze jou overstelpte met het universum, moest volgens haar in het Hebreeuws door God zijn uitgesproken. En onze vrienden, weet je nog, hoe ze onze overtuiging wilden saboteren over ons ongeboren zoontje en wij maar koppig vasthielden..."

"Neen, we krijgen een zoontje", lachten we ontspannen.

"Ook de Three Stooges bemoeide zich ermee", lachte ze uitgelaten.

Dan maakte ik een domme fout. Als vanzelfsprekend raakte ik haar hand aan, maar Elizabeth trok haar hand meteen weer terug.

"Ik neem een douche...", zei ze kalm.

Onopgemerkt knikte ik verdrietig. Ze stond onmiddellijk op en wederom zat ik alleen aan tafel. Treurig eigenlijk hoe ons huwelijksleven is gestrand. Wat zou Opa Jack ervan denken? De tijd verliep moeizaam. Samen met Elizabeth in huis verliep alles anders. Tegendraads. Stress saboteerde mijn automatische piloot. Ik geraakte gefrustreerd, ik vergat mijn kleren een dag van tevoren klaar te leggen. In het washok zag ik nog geen halfvolle wasmand. Niet eens de moeite waard voor een wasbeurt. Met Doggie, de stofzuiger, achter me aan ontdekte ik in de hal geen spoortje vuil, niet in de woonkamer, niet in Oliviers slaapkamer. Nogal logisch, Olivier was ook niet thuis, hij draaide geen was, hij vergezelde me niet in de keuken tijdens de afwas, in huis schuilde amper een wolkje stof, zelfs niet onder het bed. Mijn vast patroon in mijn dagelijkse routine raakte helemaal gedesoriënteerd. Uit ellende smeet ik Doggie terug in zijn kast en gefrustreerd liep ik naar de veranda waar ik Elizabeth vond.

"Ell, ik ben het spuugzat! Zeg mij wat je wilt. Praat met mij, alsjeblieft, praat. Ik kan niet leven in deze toestand, ik kan het niet", flapte ik eruit.

Elizabeth staarde onbeweeglijk voor zich uit.

"Ik ga dood", hoorde ik haar duidelijk zeggen. Dat zei ze, ik ga dood!

Geschokt zakte ik met open mond naast haar. Dood? Waarom? Wat had ze dan? Ziek?

"Ell, vroeg ik bezorgd, ben je ziek? Draag je een ziekte?"

Ze schudde lichtjes haar hoofd, terwijl haar handen wringend een toevlucht zochten.

"Toen ik jullie verliet en onderweg was naar Texas besloot ik mijn ontslag bij William in te dienen. Ik wilde terug naar mijn huwelijk en onze zoon. Doch William eigende mij volgens het contract, dat ik overeenstemmend met mijn verward hart ondertekende. Opnieuw aangevuurd in mijn loyaliteit reisde ik betrouwbaar met de laatste loodjes de hele wereld rond. Letterlijk, Toob, ik heb alle continenten bewandeld tot in de ruigste rimboe. Nergens was ik gelukkig, hoe lief en aardig en vriendelijk de mensen ook waren. Ik voelde helemaal niets. Psychisch uitgeput keerde ik terug naar Williams bureau en voor zijn ogen verscheurde ik persoonlijk mijn contract. Eindelijk erkende hij mijn benarde situatie en gunde mij mijn vrijheid. Vijftien jaar leef ik afgezonderd op Fork Ranch. Daar run ik papa's manege..."

"Maar waarom keerde je dan niet meteen terug?" vroeg ik als iets vanzelfsprekend.

"Ik schaamde me, Toob..."

"Maar, dat is toch nog geen reden om dood te willen, Ell", fluisterde ik.

"Ik kan niet meer, Toob, ik kan niet meer. Begrijp je waarom Olivier is geboren?"

Ze spreekt de naam van haar zoon! Dat schonk hoop.

"Ik wilde niet dat je zonder een kind door het leven moest. In mijn hart geloofde ik hoezeer jij naar een kind verlangde. Ook wist ik, eens hield je op mij na te volgen in deze hopeloze wereld. Het enige beeld bleef me altijd bij: hoe jij ons pasgeboren zoon in jouw armen wiegde, zo ontdekte ik jou liefde voor hem", diep snikkend boog ze haar hoofd en veegde haar neus met een zakdoek.

"Ik wist hoe spuugzat je het was om telkens voor mij te verhuizen, daarom gaf ik jou een kind."

Ik slikte. Dat rotte, diepe schuldgevoel gooide mij voor de leeuwen, maar ik vocht terug.

"Ell, ik geloof in een offer van verzoening, ik geloof in het onmogelijke. Toe, Ell, ik smeek je: geef ons huwelijk een kans..."

"Overigens, waar is onze zoon?" gooide ze opeens de boeg om.

"Ell, doe dit niet..."

"Wat niet?"

"Ik weet wat je doet..."

"Wat dan?"

"Zodra ik te dicht bij je ben, ervaar je mij als een dreigement", zuchtte ik hoofdschuddend.

"Ik vraag alleen waar hij is", zei ze met haar ogen knipperend.

"Geef toe, Ell, Je voelt je in het nauw gedreven. Jouw liefde voor Olivier bestaat niet..."

Ineens, dagboekje, veranderde haar 'goedige' houding in een starre koppigheid, zodat ze zelfs de wakende bruine lijster op de waterpomp niet eens bemerkte.

"Geef mij één goede reden waarom Olivier opeens belangrijk is, hm? Heb je niet even stiekem in zijn kamer gekeken? Aan zijn kleren geroken? Zijn foto's bewonderd? Je mag trots zijn, Ell, op onze zoon. Weet je wat jou kapotmaakt? Het meedansen in de dood."

"Dood? Wat weet jij nou over de dood?" sneerde ze giftig.

"Ben je misschien vergeten hoe *jij* de dood in mij doorkneedt" antwoordde ik bot.

Kinderachtig klampten we ons vast in een niets oplopend gesprek.

"Waarom vertel je niet je ware reden van jouw komst?" Je vlijt over gevoelens, Oliviers geboorte, mijn liefde voor hem. Meende je het echt over ons huwelijk en Olivier?" schimpte ik.

Ze betaalde me terug met een enge, verzekerde koele blik waarmee ze mijn ogen doorboorde.

"Kom met mij naar Texas..."

Heftig protesteerde ik tegen haar onbarmhartig verzoek.

"Ell, ik heb daar niets meer te zoeken. Het is voorbij. Jij hebt alles van me afgepakt."

"We kunnen nog altijd paarden trainen voor gehandicapte kinderen", dramde ze door.

"En waar past Olivier in?"

"Waar is hij dan?"

"Als zijn naam voor jou zo moeilijk is uit te spreken, dan kan ik toch onmogelijk met je meegaan naar Texas, hoe moet het dan...waar plaats je hem?"

"Waarom maak je je zo druk, Toob? Dramatiseren was altijd iets oorspronkelijks bij jou."

"Ell, we spreken over een jongeman van vlees en bloed; ons nageslacht, ons vlees en bloed..."

Mijn krachtige verdediging veroorzaakte een golvende, ijskoude rilling over mijn rug.

"Overigens, hoe wist je van Oliviers afwezigheid? Ell, zeg me de waarheid! Hoe wist je het?"

Elizabeth werkte koppiger dan een gesloten oester en sluwer dan een vos. Ik timmerde haar mond dicht door de verkeerde vragen te stellen. Ik ben dan ook geen professionele rechercheur en overhoringstactieken waren meer Wards afdeling.

"Vluchten, Ell, jouw zwijgen is jouw vluchtroute." Hier stookte ik opnieuw haar verdedigingsvuur.

"Ik? Vluchten? Heb jij *jouw* lieve zoon verteld over jouw moeders onverantwoordelijkheid? De *ware* reden waarom wij de hele aardbol afreisden voor rust, hm? Geef niet mij alleen de schuld!"

Eindelijk opende voor mij de poort van waarheid.

"Ik beantwoord graag jouw vraag over mijn moeders verantwoordelijkheid en ons vluchten. Alles maar dan ook alles heb ik aan Olivier, *onze zoon*, onthuld. *Niets* is nog voor hem verborgen. *Niets*. Van mijn wond van Micky's overlijden en verdriet en rouw ben ik *genezen*."

Woest kruiste ze haar armen, waarschijnlijk in het bedenken van een nieuwe aanval.

"Weet je, Olivier is een briljante jongen. Hoor zijn onthulling over jou: 'Mijn moeder zint op wraak. Zij beschuldigt jou, pa, van Micky's dood...'"

"Ik? Wraak? *Jij* hebt hem de woorden in de mond gelegd. Wraak, tsss, wat weet zo'n snotneus nou over wraak?" Een brok gal spuwde ze met als bekrachtiging een flinke boze zwier van haar ene been over het andere, heftiger dan een oliejaknikker.

"Luister wat ik ontdekte over jouw verkeerde beslissing..." vuurde ik terug.

"Wat dan?" siste ze.

"Jouw vergiftigde bolwerken drukken je in jouw eigen hoekje. Jij verzint hier ter plekke over mijn verlangen naar een kind, maar niets is ervan waar."

"O... geen verlangen naar een kind...?"

"Neen, omdat ik wist hoe jij je hechtte aan Micky's dood. Hoe kon ik in hemelsnaam verlangen naar een kind? Jij gunde mij geen kind voor vertroosting, integendeel, ik verlangde geen kind, maar hier is mijn ontdekking. Luister goed, Ell. Niet *wij* maar *God* wilde Olivier geboren hebben!! *Hij besloot voor Oliviers geboorte!!* Dát is de enige reden waarom jíj Olivier aan mij schonk!"

Hoe hardnekkig de leugen vastklampte in haar hart, werkelijk onbeschrijfelijk.

"God...God...God... Jij met jouw Opa Jack en God... jij ondankbare kerel die je bent! God vermeed niets aan Micky's dood!

Waarom antwoord je *dat* niet? Zeg eerlijk, je weet het niet. Maar *ik* zeg jou de waarheid, *jouw* moeder heeft Micky vermoord!!" Haar laatste zin klonk als de scherpte van een mes. IIk echter bleef rustig en kalm onder al het zinloze bubbel leugengekrijs; alsjeblieft, dagboekje vraag me niets, dit bedenk ik nu vanuit mijn laatste strohalm.

"God kent de waarheid. God vertroostte ons met Olivier. Jij hebt Olivier bewust afgewezen om te kleven in Micky's dood. Ik aanvaardde Olivier en ben genezen van Micky's rouw. Ik leef verder met de zoon, die God ons heeft geschonken. Tot nu toe draag ik geen pijn noch krop in mijn keel in het uitspreken van Micky's naam. Ik leef in het land der levenden..."

"Tsss, in het land der levenden... hoor de levende... jij hebt jouw dierbare zoon opgestookt..."

"...jij daarentegen offerde Olivier bewust in Micky's plaats. Weet je wat Oliviers kleuterleidster tegen mij zei? Ik vraag me af of alle ouders wel geschikt zijn voor ouderschap? Voor jou is haar vraag terecht. Als moeder van een dode ben je geschikt, niet voor een levende."

Dagboek, ik weet, ik was erg onbeschoft en grof, het spijt me, maar zo zag ik het en raad eens mijn ontdekking? Het liet haar ijskoud. Heel gemakkelijk sloeg ze geraffineerd de boeg om, wellicht één van haar laatste waardeloze wapens.

"Waarom heb je geen vriendin?"

Tja, dat was toch de gewoonste zaak van de wereld. Gewoon van de ene bloem op de andere. Zonder gevoel, zonder liefde. Daar weigerde ik antwoord op te geven. Hoofdschuddend leunde ik met mijn ellebogen op mijn knieën en vouwde mijn handen.

"Olivier waarschuwde mij voor echtscheiding. Dom hechtte ik mij tevergeefs aan valse hoop."

"Dus jouw kind wenst mij niet als zijn moeder..."

"Domme conclusie, Ell. Jij vlucht voor hem... *ons* kind!"

Prompt vielen we wederom in de oude cyclus van onvolwassenheid. Ik richtte me weer op en leunde ietwat moedeloos tegen de bankleuning.

"Is dit de reden van jouw komst? Dat ik met je meega naar Fork Ranch? Na Micky's overlijden vluchtten we samen, weet je voor wie? Niemand... niets. Totdat ik besloot jou niet nog verder te volgen, toen hield mijn rennen op. Jij, daarentegen vlucht voor een schaduw, die niet eens bestaat."

Nerveus sloeg Elizabeth haar ene been over de andere en eerlijk gezegd, Dagboekje, viel me nu pas op wat ze aan had. Ze droeg een mouwloze, gebloemde groene jurk, een kleur die goed bij haar paste en door het warme weer liep ze blootsvoets.

"Heb jij een fotootje van Olivier?" vroeg ik onbewust in de goede zin van onnozelheid.

"Maak je een grapje, of zo?" vroeg ze spottend. "Natuurlijk niet! *Micky* siert mijn portemonnee. Alle foto's die jij van Micky maakte bewaar ik met hartstocht, Tobey, *met hartstocht.* Zelfs met onze tent, Dakje, in Oostenrijk of ben je dat vergeten?" Voor het eerst hoorde ik Micky's naam uit haar mond, wat ik opzettelijk verzweeg, maar hoe professioneel Elizabeth mij jaren pookte, ook nu met een heet brandijzer in mijn geweten, wat een lol!

"Jazeker, ik herinner me me Dakje, onze tent, die wij vaak meenamen op de bonnefooi. We gebruikten hem tot hij letterlijk helemaal uit elkaar viel. Maar dat Olivier niet in jouw portemonnee paste, neen, daar stond ik niet bij stil."

"Doe niet zo neerbuigend, Tobey...", voor een ogenblik zweeg ze, staarde strak voor zich uit, dromend in haar nostalgisch verleden.

"En waarin past de dood?" onderbrak ik haar overpeinzingen en tegelijkertijd overspoelde Gods waarachtige woorden over *'Dood en leven...'* mijn gedachten.

"Ell, mag ik iets uitleggen over de dood wat ik hierover heb geleerd?"

"Je gaat me toch niet beleren, of wel?" vroeg ze ironisch.

Wijs ontweek ik dit bekgevecht.

"Dood en leven zijn in de macht der tong, wie aan haar toegeeft, zal haar vrucht eten. Ik leerde als ik toegeef in het uitspreken van de dood over mijn of iemands leven en ik klamp me daaraan vast, dan

zal dat ook in mijn of iemands leven worden verwezenlijkt. Verwezenlijkt is de vrucht eten van het leven en dat geldt precies hetzelfde voor de dood. Onze tong heeft macht over deze twee uitspraken, Ell. Alsjeblieft, wees zorgvuldig met jouw woorden. Wens en spreek niet de dood uit, kies liever voor het leven. Je zult de vrucht ervan moeten eten. Ondanks dat jij de dood kiest boven het leven en weigert Oliviers moeder te zijn vergeef ik je en ik meen het."

"Ik aanvaard de vergeving als je met mij meegaat naar Fork Ranch", zei ze onbeweeglijk. Weerzinwekkend. Griezelig hoe zij eensklaps van de een op het ander onderwerp kon overstappen. Elizabeth kon met niets meer vergeleken worden, het verloren schaap leefde letterlijk in het koninkrijk der doden.

"Blijf jij alleen?" vroeg ze kil.

"Heb je erover nagedacht, stel, ik zeg stel, jij bent in Texas en ik ontmoet hier een vrouw en wij willen trouwen, hoe doe ik dat met jou, Ell? Ik moet toch gescheiden of weduwnaar zijn?"

"Jij moet ook altijd bijdehand doen, niet?"

"Ell, ik leef in een reële wereld. Niet in *die* wereld waarin *jij* leeft. Ik houd mij vast aan het morele leven waar nog waarheid heerst, de *echte* waarheid."

"En wat is de *echte* waarheid, Toob?" viel ze mij mij bijna snibbig aan met stevig gevouwen armen.

"Dat jij de keuze maakt voor een nieuw begin met mij en Olivier. Hem de kans gunt om zijn moeder te leren kennen, *dat* is de echte waarheid! Ik blijf nuchter, Ell!!"

Verachtend draaide ze haar hoofd om. Een onverzettelijk besef moest wel in haar hebben plaatsgevonden; hoe armoedig haar verdediging werkte in een verloren strijd.

"Jouw komst is tevergeefs, Ell, je haat Olivier en mij. Laten wij eensgezind van elkaar scheiden", besloot ik kordaat.

"Nooit! Die kans geef ik je nooit! Tot mijn dood, Tobey!" klonk definitief haar antwoord. Zonder mededogen sloeg ze haar laatste slag om mij te krenken.

"Verlang je in jouw eenzaamheid nou niet naar een vrouw?"

"Wat is er toch van jou geworden, Ell? Wat toch doet de dood met je?" Mijn goedigheid hield abrupt op, wat had het ook allemaal voor zin?! Met lede ogen aan wal zonk ons veelbelovend schip in de diepte, elke geslingerde schimpscheut naar het hoofd gesmeten leverde niets dan lucht op, meer niet. Elke vrees ontsnapte voor Elizabeths ontzag in haar wens naar de dood. Vastberaden hield ze haar lippen stijf opeen. Wellicht erkende ze de moeizaamheid in dit op niets uitlopende gesprek zoals ze hoopte. Sinds deze dag voerden Elizabeth en ik geen enkel gesprek meer. Eigenlijk had ik, als twee intelligente mensen, meer verwacht van ons gesprek. En toch was ik gedeeltelijk tevreden naar het antwoord op mijn vraag. Waarschijnlijk, beantwoordde het niet aan mijn verwachtingen, toch respecteerde ik Elizabeths verklaring, hoe vreemd het ook in mijn oren klonk. Intussen belde Olivier regelmatig en wij gezamenlijk gezellige gesprekken voerden. Ik zweeg over Elizabeths bezoek. Ik wilde haar en Olivier niet krenken. Elizabeth vroeg niets, ze wilde ook niets weten. Ze was meer dan afstandelijk, zo koud. Dagen verstreken, niets veranderde. We leefden ieder in onze eigen wereld. Mijn automatische piloot vond zijn oude koers terug, alles herstelde weer in mijn dagelijks routineleven. Voor het krieken van de ochtend hoorde ik Elizabeth in de keuken.

"Goedemorgen, Ell."

"Oh, morgen, Toob." Ze keek op van haar handtasje, ze zocht waarschijnlijk iets.

Ontgoocheld keek ik naar de koffer bij de tafel. Dit was het dus. Het einde. Voorgoed voorbij. Zij aangekleed in een grijze pantalon met een lichtgele blouse en zwarte lakschoenen en ik in mijn pyjama op sloffen. In enkele stappen liep ik rustig naar haar toe, sloeg mijn arm om haar middel en mijn andere hand lieflijk op haar wang en kuste haar. Ze ontweek me niet. Wellicht gunde ze het mij, ik weet het niet. Maar mijn kus deed niets, ik voelde niets, geen prikkeling van opwinding, geen verlangen, niets, het enige wat ik proefde, waren rillingen... koude rillingen...

Dagboek

In vol pyjama-ornaat overviel machteloosheid mij toen ik de koffer van Elizabeth in de kofferbak plaatste. Teleurgesteld in ons onvruchtbaar gesprek vertrok Elizabeth terug naar Fork Ranch in Texas. Mijn hart bevestigde het met zekerheid: de opdwarrelende stofwolk achter Elizabeths auto was haar laatste groet. De moeite in nawuiven was volstrekt zinloos, want net als ik was Elizabeth beladen met verdriet. Tegen de middag kreeg ik onverwachts bezoek van Ward. Dat deed hij vaker, vond ik leuk.

"Hey makker, en?" Hij was in dienst en droeg dus zijn uniform. Boven de verandatrap zette hij zijn hoed af. "Drinken?" vroeg ik. "Heerlijk!"

Ik kwam terug met twee glazen zelfgemaakte citroenlimonade. "Ah, zalig. Lekker met ijsklontjes." Hij dronk, terwijl hij zachtjes wiegde op de schommelstoel.

"Wat zit je dwars, Toob?" Ward was werkelijk een goede vriend met zuivere mensenkennis.

"Dominee Arnold Swift is geweest", griste ik willekeurig naar een antwoord.

"Arnold? Waarom?"

"Waarom ik niet in zijn kerk wilde komen."

"Is geen gek idee..."

"Ward, Ward, heb je zijn schapen gezien? Een roddelmenigte, onverklaarbaar ziekelijk. Zeg mij wat het verschil is met de heidense roddelaars en huichelaars?"

Ward wilde antwoorden, maar ik torpedeerde hem.

"Ik legde Arnold uit wat voor nut het heeft in zijn kerk te zitten als hijzelf niet kneedbaar is voor God..." Mijn mond ratelde gelijk een onvermoeibare mitrailleur. Elke opening perste ik dicht voor Wards wurmende inmenging.

"Daarbij Ward, in zijn ambt als dominee is hij een aanfluiting. Niemand van zijn leden verandert, niet één... hoe lang zitten ze hun stoel te verwarmen...?

"Toob, Toob, Toob, jongen…, er is iets anders met jou aan de hand… vertel… wat is loos, hm?"

Wist ik het niet! Nu beet de sheriff met zijn gloeiende, hete tang in in mijn tong.

"Elizabeth was bij mij", flapte ik droevig uit.

Ward keek me zwijgend aan, dit zag hij niet aankomen.

"Oh", was zijn enige reactie.

"Ik heb opzettelijk niets gezegd, Ward. Ik wilde… ik dacht… werkelijk, ik geloofde werkelijk dat ze thuiskwam voor mij en Olivier…"

"En?" vroeg hij belangstellend en nam een slok. Een ijsklontje slibberde onder zijn snor rechtstreeks in zijn mond. Voor het eerst zat ik sprakeloos. Mijn gedachten wipten onrustig op en neer over Elizabeths ongemakkelijke doodswens. Eerst wilde ze dood, dan wilde ze mij op Fork Ranch, in mijn nuchter verstand begroef Elizabeth zichzelf in een uitzichtloze doolhof.

"Ik weet niet eens waarvoor ze kwam… ze zei alleen dat ze dood wilde…"

Dit nam Ward zeer ernstig. "Zelfmoord?"

"Neen, zeker niet, dan had ik je allang gewaarschuwd…"

"Toob, weet je dat zeker?" vroeg hij ernstig.

"Ja, dat weet ik zeker."

"Waarom vraagt ze geen echtscheiding? Waarom vraag je het niet aan haar? Moet ik dan alles voorschrijven, jongen?" Ward klonk boos, opgewonden, alles gebundeld in een glaasje storm.

"Ward, ik heb het haar voorgesteld tegen mijn principes in, zie je?"

"En?"

"Nooit! Die kans geef ik je nooit! Tot mijn dood, Tobey!" sneerde ze recht in mijn gezicht! Ze vroeg me mee te gaan naar Texas…"

"En… doe je het?"

"Neen, zeker niet. Ik zei haar dat ze geen liefde heeft voor Olivier, waar plaatst zij hem?"

"Geen liefde voor Olivier? Waarom niet, Tobey?" vroeg hij streng.

Ik pulkte nadenkend onder mijn duimnagel alsof daar het antwoord verscheen. Ik zuchtte diep en besloot Ward het verdere deel van Elizabeth en mijn huwelijk bloot te leggen… als vriend.

"Toen ik met Elizabeth, gedwongen, de wereld rondreisde dwaalde ikzelf in een labyrint. In het begin van deze uitputtende dwaling keurde ik alles goed tot Elizabeth bekendmaakte over haar zwangerschap. Eerst was ik er niet gelukkig mee, omwille het verlies van ons eerste kind, Micky. Hij overleed aan wiegendood, hij was twee jaar. Het kind sliep altijd op zijn buikje, hoe vaak ik hem omkeerde..." Vluchtig zweeg ik. Voor de derde keer realiseerde ik mijn echte genezing van Micky's rouw. De ellendige rotkrop in mijn keel samen met Micky's verdriet lagen ergens op de vuilnishoop. "... Oliviers geboorte opende mijn ogen. Eerlijk gezegd, ik houd meer van dit kind dan van Micky, begrijp me niet verkeerd, ik hield erg veel van Micky. Maar door mijn liefde voor Olivier begreep ik mettertijd waarom. God... God schonk mij Olivier en ik aanvaardde hem als mijn troost in Micky's plaats. Hoe meer ik Olivier leerde kennen, genas mijn wond van Micky's verdriet. Helaas, Elizabeth weigerde Olivier. Tot op heden beschuldigt zij mijn moeder van moord op ons kind, terwijl mijn moeder haar gaf leven voor Micky. Ik vond hun lichamen aan de oever van het meer. De politie had grondig onderzoek gedaan en het hele scenario afgelopen. Elizabeth weigerde de waarheid te aanvaarden, dat juist mijn moeder trachtte ons kind te redden, maar te laat kwam. Net als de dood wrekend rondzwerft, zo trok Elizabeth uit wraak mij in voorbedachte rade overal mee."

"En heb je openlijk met je zoon hierover gesproken?" klonk Ward vaderlijk.

"Alles. Olivier is werkelijk een uniek kind. Hoe snel hij ontdekte over Elizabeths wraak op mij. Kun je nagaan, hij was het die mij confronteerde op mijn automatische piloot..."

"Jouw Olivier?" vroeg Ward met recht onthutst.

"Olivier zou meer dan cum laude geslaagd zijn in psychologie, Ward. Werkelijk, fantastisch hoe hij mijn dwangmatigheid ontleedde. Hij opende mijn besef van orde, netheid en respect. Iets wat ik op zestienjarige leeftijd als eed onbewust uitsprak, met als gevolg ik onbedoeld Oliviers hart brak... onbegrijpelijk hoeveel hij van mij is blijven houden!"

Eén prangende vraag lag brandend op mijn tong. "Ward, waarom heb jezelf geen onderzoek gedaan naar Elizabeth en mij?"

Ward legde zijn leeg glas neer op tafel. Bij de verandatrap zei hij iets heel opmerkelijks:

"Niet nodig. Eén ding staat bij mij vast, Tobey jongen, in Gods ogen is Olivier, jouw enige zoon, niet tevergeefs geboren... hij is geboren met een doel."

Dagboek

Wards vriendschappelijke, doordringende woorden, knaagden in mijn gedachten. "Olivier geboren met een doel.' Hoe ik het draaide en keerde, ik kreeg er geen vat op, dus stelde ik voor het eenvoudig te laten rusten. Na mijn koffieuurtje bij Sally's Dining Room reed ik niet meteen naar huis. Ik besloot mijn boodschappen te halen bij Marjories kruidenierswinkel. De laatste tijd deed ik dit vaker met de bedoeling haar te helpen als kleine middenstandster na het overlijden van haar man, Hank. Bovendien verliep ons gesprek, boven mijn verwachtingen, zeer goed. Oliviers reis naar Canada klonk voor Marjorie geheel onverwachts. Zij ervoer een ridicule beslissing, waarmee ze volgens mij een verkeerd woord gebruikte. Maar goed, om geen melodrama ervan te maken, maakte ik voor haar een uitzondering en overigens, ikzelf had behoefte aan een gesprek. Toen ik thuis mijn boodschappen had opgeruimd deed ik iets wat zelden in mij opkwam. Rustig zitten op de voorveranda; dat deed ik eigenlijk nooit. Waarom, was mij nooit opgekomen. Ik stelde voor vandaag niets over Opa Jack te lezen noch in de schrijnwerkerij te werken, maar simpelweg de krant van deze ochtend te lezen. Even ontspannend genieten met een waterkaraf gevuld met ijsklontjes, water en verse mint uit mijn kruidentuin geplaatst op het ronde bijzettafeltje naast me. Oliviers welige olijfboom in de voortuin trok in grote tevredenheid mijn aandacht. Ik lachte in mezelf als ik bedenk hoe ik hoge dorpsfunctionarissen flink de mond snoerde door hen allen een deel van Olijfjes zijn oogst te schenken. Verleden jaar verdiende ik zo'n grote oogst om het hele dorp te voorzien. Met de krant op mijn schoot staarde ik naar Olijfje. De zachte bries veroorzaakte net genoeg geritsel van haar groene bladertakken. Het leek bijna op een hypnose, iets wat ik op dat moment niet begreep wat er in mijn gedachten afspeelde, maar ik werd teruggevoerd naar mijn tijd met Cedric, mijn twaalf jaar jonger broertje. Het gebeurde thuis op 7 december 1946 op dezelfde dag van Opa Jacks begrafenis.

Juf Hilda liep op de overloop en bij Tobey's slaapkamerdeur zag ze hem zijn koffer inpakken. Ze klopte. "Tobey, wat doe je?
Verschrikt door haar stem gooide hij alles uit handen.
"Juf Hilda, nu Opa Jack is overleden heb ik niemand meer. Ik ga werk zoeken..."
"Tobey, vluchten voor verdriet is geen optie, jongen. Het vraagt slechts tijd."
"Ach, werken is nu voor mij belangrijker, studeren doet mij alleen maar aan Opa Jack denken."
Onverwachts verscheen Cedric in de kamer. Tobey's koffer op bed verraadde alles.
"Tobey, wat doe je? Waarom ga je weg?"
Angstig haakte hij zichzelf stevig vast aan zijn oudere broer.
"Ga niet weg! Ik wil niet dat je weggaat!! Als je weggaat wie heb ik dan?? Neen, ga niet!"
Cedrics huilende smeekbede sloeg hem om het hart en wekte tranen in hem op. Al zijn goed geordende plannen om weg te gaan, vielen nu in duigen.
"Oké, oké, ik blijf... ik blijf."
"Alsjeblieft, Tobey, verlaat me niet, toe, verlaat me niet", snikte Cedric, zelfs Juf Hilda snikte gedwongen mee.
"Is goed, ik blijf."
Zonder Opa Jack was het huis volledig stil, geen gelach, behalve het trouwe getik van de pendule uit Haarlem. Hun vader, Bill, riep Tobey bij zich in Opa Jacks studiekamer, waar Cedric intussen in stilte achter de canapé verstopte, zijn enige vertrouwde rouwplekje.

"U riep, pa", vroeg Tobey nerveus.

"Nu Opa Jack overleden is, wil ik dat je het huis verlaat. Nu!"

Rillend geschokt staarde Tobey zijn vijandige vader aan.

"Waarom? Wat heb ik misdaan? Ik begrijp het niet!?"

"Jij hebt mij in de stad zo diep vernederd door die rotkatvis. Jouw rotstreek heeft mij helemaal achtervolgd tot in Minneapolis. En nu eruit!..."

"Papa, alstublieft... vergeef mij..." smeekte Tobey.

"Eruit, zeg ik je!" Bills ogen brandden van woede.

Cedric, opgeschrikt door zijn vaders commando, verscheen uit zijn schuilplekje. Hij rende naar zijn vader en schreeuwde:

"Neen, papa, neen!! Tobey mag niet weg, papa. Als Tobey weggaat, heb ik niemand meer. Niet doen, papa. Tobey, niet weggaan!!!"

"Ga!!" gebood Bill streng en droeg Cedric stevig in zijn armen, die uit alle macht tegen zijn vader worstelde. Met gebogen hoofd gehoorzaamde Tobey zwijgzaam zijn vader. Vernederd verliet hij de studiekamer van zijn geliefde betovergrootvader, hij hoorde hoe Cedric zijn vader smeekte. Zelfs met de gesloten deur hoorde hij achter hem Cedric wanhopig gillen.

"Tobeyyyyy!!, neen papa, neen Tobeyyy, niet weggaan... blijf bij mij... Tobeyyy!!!..."

Ongelukkig, ongewild, rolden mijn tranen over mijn wangen. Deze hartverscheurende scene begroef ik jarenlang levend in mijn ziel. Zolang, zodat ik het me niet eens meer herinnerde. De diepe pijn van Cedrics smekend gegil begroef ik zo diep tot ik het niet meer hoorde. Hoezeer ik toen mijzelf verweet van mijn eigen domme kattenkwaadstreek. Mijn God, wat miste ik Olivier verschrikkelijk. Ik verlang hem in mijn armen te wiegen, waarom hoor ik toch niets van hem... hoelang al niet?

Dagboekje, net toen ik een punt achter deze gedachte zette, rinkelde de telefoon. En sterker nog, ongelooflijk hoe sneller mijn benen vooruitsnelden dan mijn gedachten in de hoop Oliviers vertrouwelijke stem te horen.

"Tobey Johnson."

"Hoi, pa, met Olivier hier!"

Mijn hart sprong op!

"Jongen, eindelijk hoor ik je stem!"

"Je mist me, pap", plaagde hij als vanzelfsprekend.

"Je weet niet half, jongen!" wilde ik bijna huilen.

"Gaat het goed met je? Je klinkt een beetje dipperig."

"Neen, jongen, alles is oké", wilde ik hem mijn leed besparen.

"Pa, je doet je best om te jokken, hoor ik."

"Neen, jongen, echt, het gaat met me. Maak je geen zorgen."

Ik ben ook zo transparant als ik weet niet wat, dit noem ik nu mijn vastgeroest individualistisch onevenwichtig patroon. Hoe sterk mijn geloofwaardigheid kleefde in een wurgende isolatie. Een 'waarheid' verwelkomde waar geen werkelijkheid van bestond.

"Oké, als je het echt meent, dan wil ik je vertellen waarheen ik reisde met een sherpa, een goede vriend van oom Cedric. We moesten een flinke berg beklimmen op zoek naar een verborgen dorp. Daar aangekomen volgde het hele dorp nieuwsgierig ons op de voet. De leider vroeg naar onze insteek. Voorzichtig haalde ik de kinderboeken uit mijn rugtas. Zijn dochtertje bladerde met plezierige oogjes in het boekje, waarmee ze het hart van haar vader wist te vermurwen. Prachtig toch, pa?"

"Zeker, jongen, zeker. Ik ben zo blij voor je..."

"En weet je, pa, ik werk samen met een jonge dame, die precies dezelfde gedachte draagt als ik. Tof, vind je niet?"

Ik glunderde van zijn opgewektheid.

"Absoluut, jongen. Jullie hebben bergen te verzetten."

"Ongetwijfeld. Wil je de naam van de jonge dame weten?"

Toen wist ik het.

"Nou, ik ben benieuwd. Steek van wal."

"Melanie Stubbs. Melanie is de nicht van sheriff Ward Perkins, zijn zus heet Maryline en getrouwd met Archie Stubbs."

"Werkelijk? Wat een kleine wereld, jongen."

"Ik voel me helemaal thuis, pa. Overigens, pap, mag ik even serieus praten?" sloeg hij het roer om, typisch Olivier van pret naar serieus.

"Ga je gang."

"Waarom vraag je niet naar oom Cedric, pa?"

Deze onverwachtse vraag knalde harder dan de oorlogskanonnen in Gettysburg. Wat moest ik antwoorden na wat ik daarnet ervoer over mijn levend begraven verdriet?

"Zoon, oom Cedric wilt geen contact meer met mij."

"Pa, ik ken jou. Jij bent een man met intriges. En je zult niet rusten eer je resultaten ziet van verzoening. Opa Jack leerde jou de weg van rechtvaardigheid en jij leerde het mij. Waarom niet met Cedric?"

"Olivier, oom Cedric koos bewust bij de geboorte van zijn eerste kind Amerika te verlaten!"

"Goed. Weet je waarom ik het vraag?"

"Neen." Toen rees in mij een sterk bevroeden.

"Luister, pa. Oom Cedric worstelt met een schuldgevoel. Hij zei het niet aan mij persoonlijk. Maar gisteravond bekende hij oprecht: 'Ik heb jouw vader verkeerd beoordeeld. Ik ben ontzettend boos op jouw vader. Hij handelde egoïstisch. Ik was zes hij achttien. Ik nam het hem kwalijk toen hij mij verliet, terwijl hij drommelsgoed besefte hoe hard ik hem nodig had.' Pa, neem me niet kwalijk als ik dit vraag, waarom had je oom Cedric nooit de gelegenheid gegeven voor verzoening, dan leefde hij niet met een schuldgevoel en ik denk pa, dat jouw geweten ook niet meer bezwaard is, klopt dat?"

Hoe kon Cedric liegen over de waarheid hoe het werkelijk in elkaar stak? Toch besloot ik me te beheersen en wilde net zo hard liegen als Cedric, doch met wat voor aanwinst?

"Ik was diep gekwetst, overigens..." abrupt zweeg ik, waarom liegen, waarvoor?

"Pa, oom Cedric was boos. Wees redelijk, pa", haakte Olivier in.

"Ik ben redelijk..."

"Vóór je huwelijk met mijn moeder had je de tijd kunnen nemen om met Cedric hierover te praten, want toen was Opa Bill allang terug bij jullie, klopt dat?"

Ik zweeg met gesloten ogen. Opeens sloeg een donkere wolk van verdriet over me heen en de druk woog zwaar op mijn schouders.

Mijn jongsken doorzag mij, alleen kon ik onmogelijk die ellendige tijd terugdraaien. Pijnlijk schraapte ik mijn keel en gaf met moeite toe. Het was niet mijn schuld Cedric te verlaten, het was mijn vaders schuld. Hij beval mij uit huis te vertrekken. "Ja", antwoordde ik hees. "Opa Bill kwam bij Cedric terug en verliet hem nooit meer, maar ik." "O, Melanie wuift naar me, pa, ze wacht op me. Ben je boos, pa, dat ik hierover heb gesproken?" "Neen, neen, absoluut niet. Ik ben jou dankbaar, heus, ik meen het." "Oké, er is een ansichtkaart onderweg naar jou." "Dank je, Olivier, pas goed op jezelf, jongen." "Zal ik doen, pa. Je bent een kanjer, pa." "Dank je, Olivier, ik hou van je, jongen."

Dagboekje, wat nu? Een zware berg stapelde zich flink op. Opa Jack overleden, Micky overleden, mijn moeder overleden, Elizabeth uit mijn leven, Cedric heeft mij moedwillig verlaten en tegen mijn zoon gelogen! Toch doemde een angstaanjagende vraag in mij op. Wat gebeurde er nou werkelijk met mijn vader? Van ieders overlijden was ik op de hoogte, maar hoe zat het dan met mijn vader? Verzweeg Cedric dit opzettelijk voor mij? Ik geloof, dagboek, dat Olivier volkomen gelijk heeft: het wordt tijd voor een confrontatie.

Diezelfde nacht – in plaats van mijn geest de rust te schenken na het onrustige gesprek met Olivier, en voor het gemak deze hectische gedachte te omzeilen – spoelde ik terug naar de onvergetelijke tijd naar Fork Ranch waar ik als horseman werd opgeleid...

Ik vreesde voor een ongezouten reprimande dat ik weer op kantoor moest verschijnen, maar niets ervan was waar, want Will Fork overrompelde mij met een nieuwe functie. Als stalknecht vond hij mijn prestaties met hart en ziel onderbouwd en zeker voor mijn omgang met Miems, het meisje met downsyndroom waar hij hoge waardering voor had, vond hij het terecht dat mijn kennis over paarden aan grondwerk begeleid moest worden. Hij stelde mij niet de vraag of het iets uitdagends was, ook stelde hij niet de vraag of ik enige interesse ervoor had, ook niet of ik deze nieuwe functie vrijwillig wilde aannemen, neen, geheel onderworpen aan zijn plan liepen we samen in die klamme ochtend naar de stallen waar ik die bijzondere man ontmoette, een man met integriteit, Mitch Rains.

"Tobey, Mitch leert je het vak horseman."

Inwendig schrok ik. Ik? Horseman!? Maar ik ben toch ruiter!? Dankzij Jonesy en de Three Stooges' kluchtige begeleiding. Uit respect zweeg ik, want weigeren durfde ik niet en daarbij, ik was een leek in de ware betekenis van horseman. Mitch Rains, dé vakkundige begeleider voor horsemen, was wereldwijd bekend en genoot erkenning in de paardenwereld. Zijn passie in het grondwerk voor paarden was werkelijk het ingrijpen in het verstand van het paard.

"Elk paard is een individu, Tobey", leerde Mitch mij.

Door een zwaar auto-ongeval raakte Mitch onherstelbaar aan zijn benen verlamd en elk moment van vrijheid greep hij naar het leven dat hem aanbood. Vaak kampte hij met depressies, maar weigerde toe te geven aan dit zwak beladen karakter om zijn gemoed onder druk gevangen te houden. Noch door een ingenieus idee noch in het slim-zijn noch vanuit zijn eigen kunnen vocht hij, doch door overtuigend geloof greep naar Spreuken zeventien vers tweeëntwintig: *'Een vrolijk hart bevordert de genezing, maar een verslagen geest doet het gebeente verdorren.'*

Door Gods kracht en wijsheid ontdekte Mitch de overwinning tegen elke depressieve aanval. Als toeschouwer in een komisch toneelspel of te lezen in een hilarisch boek overwon hij zijn vijand en door deze vrolijkheid keerde de rust weer in zijn ziel. Hij negeerde de leugen van zelfmedelijden noch enig andere zwakheid die hem in de luren kon leggen, ja, ik ben getuige geweest van een onverdroten man, die wereldwijd Gods naam in zijn vak verheerlijkte. Om zijn voortgang te vergemakkelijken ontwierp een vriend in de techniek voor hem een speciaal, vernuftig voertuig met rupsbanden, geschikt voor alle soorten gronden, en bij zijn armleuningen elk een hendel zodat hij naar alle kanten kon wenden.

"Zo, dus jij bent Tobey Johnson?"

"Ja, meneer Rains", antwoordde ik nerveus.

"O, meneer Rains ligt heerlijk lui op de bank, Tobey. Zeg maar simpel Mitch, kun je dat?"

"Oké, Mitch."

"Dameshoed?" veranderde hij abrupt van onderwerp. Niet-begrijpend schudde ik lichtelijk mijn hoofd en slechts zijn strakke blikken met stijf gesloten lippen keken me aan. keken mij aan. Seconden leken wel uren. Dameshoed... hamerde het benauwend in mijn hoofd... wacht eens effe, natuurlijk!!

"Wacht even... vertel van voor af aan. Ik wil ook even genieten..." viel Mitch in.

Nerveus, ja bijna halsbrekend in woorden zocht ik naar het begin.

"Ja, het was elke ochtend... of neen... ja, wacht even... neen... ja... elke ochtend breng ik Mustang naar de Noorderweide en op zekere dag was hij spoorloos verdwenen, door meneer Fork... ik bedoel niet door hem dat Mustang verdween, maar hij ontdekte dat dat de Noorderweide was..., pfff, Mr. Bob gaf mij de opdracht Mustang te zoeken en dat deed ik. Mustangs ontsnapping gebeurde vier of vijf keer en ik dacht dat de Three Stooges hierachter zaten, maar verre van. Tot op zekere dag ik erachter kwam wie de dader was. Dus in de stad vond ik aan de straatkant in een kartonnendoos een dameshoed met lange satijnen linten wat mij een lumineus idee gaf. Wederom kreeg ik de opdracht Mustang terug te halen en in de Noorderweide zag ik kans de dameshoed op zijn hoofd te binden. Zielig, als een kind strafte ik hem: "Ik ben niet van de domme, Mustang. Niemand heeft het hek geopend. Jij bent de schuldige en ik krijg valse beschuldigingen. Niet eerlijk! Nu loop je met een dameshoed. Ik straf, jij straf!"

Hoofdschuddend rende hij door de weide trachtend de gekke hoed eraf te krijgen. Steigerend, hinnikend rende hij verwoed heen en weer. Niet lang daarna verwijderde ik de dameshoed van Mustangs hoofd die ik als herinnering vastbond aan het hek. Sindsdien ontsnapte hij niet meer. In die tussentijd kwam meneer Fork thuis en deze absurde vertoning ontging hem niet, dus vroeg hij aan Mr. Bob waarom Mustang met een dameshoed op zijn hoofd ronddartelde. Hij verklaarde, om je te laten weten dat het niet Tobey's fout was, eerder Mustangs eigenzinnigheid."

"Je ziet, Tobey, paarden hebben hun eigen individu, net als mensen. Waarom wil je horseman worden?" vuurde Mitch meteen.

"Ik wist niet..., ik wil geen horseman worden, Mitch. Ik weet van niets, ik hoor het nu pas."

"Nou, dan ga je nu naar meneer Fork en leg uit wat je wel wilt."

"Ik wil alleen de paarden verzorgen, dat is alles, Mitch."

"Ben ik meneer Fork?"

Ik hoopte met dit onderwerp meneer Forks ogen te vermijden. Will kende geen hardvochtigheid in ieder geval niet tegen mij. Ik mocht hem juist heel graag. Hij was eerlijk, rechtvaardig, soms streng, een echt vaderfiguur naar mijn hart, dus een bétje tegendraads keerde ik naar meneer Fork en vond hem op de veranda met de krant in zijn handen.

"Meneer Fork, mag ik u iets vragen?"

"Vuur maar weg, jongen", bladerde hij naar de volgende pagina.

"Mitch vroeg waarom ik horseman wil worden? Waarom wil ik dat, meneer Fork?"

"Heel simpel, Tobey, ik vertrouw jou niet alleen, maar weet je wie ik voor me zie?"

Beleefd schudde ik lichtjes mijn hoofd.

"Geen dwaze jongeman, maar iemand met integriteit, capaciteiten die jij niet onder ogen wilt zien. Klopt het wat ik zeg?"

Hij legde de krant naast hem neer en keek me strak aan.

Ik zweeg. Will sprak simpel de waarheid. Ik wilde geen grote verantwoordelijkheden. Ik wenst vrijheid en greep op Fork Ranch de kans om alle pijnlijke herinneringen, het verdriet van mijn ouders, het gemis van Opa Jack en Cedrics gegil uit te wissen.

"Tobey? Klopt het, jongen?" herhaalde hij.

"Ik ben tevreden alleen stalknecht te blijven, meneer", antwoordde ik haastig.

Will glimlachte ietwat ironisch.

"Ah stalknecht. Tobey, Tobey. Als ik stalknechten nodig heb dan is de rij van hier tot Tokio en nog verder. Vlucht je? Voor wie?" Door mijn zwijgen verraadde ik mezelf, dondersnel doorzag ik hoe goed Will mijn spel herkende.

Hij stond op, liep naar me toe en greep abrupt een van mijn handen.

"Waarom jij horseman wordt, zul je later begrijpen... en nu terug naar Mitch."

Niet van harte gehoorzaamde ik als trouwe soldaat mijn baas.

"Oké Mitch, ik ben bereid als horseman opgeleid te worden", zuchtte ik argeloos.

"Meen je werkelijk elk woord, Tobey?"

Verdraaid nog aan toe, ben ik dan zo verschrikkelijk transparant? Natuurlijk meen ik niet elk woord? Maar wat moest ik dan?

"Mag ik zeggen, ik beloof mijn best te doen."

"Ik wil zien hoeveel jouw belofte waard is. Zorg dat mijn inspanningen niet tevergeefs zijn."

Mijn eigen waardeloze woorden moesten doorweekt zijn van afstraffing in Mitch' overspoeling van vele informatie. Ik kan je vertellen, dagboek, het was letterlijk geen kattenpis, sorry voor mijn uitdrukking. Elke informatie hoe klein dan ook, alles moest nauwgezet gebeuren. Vanaf die dag had ik grondig spijt dat ik ooit op Fork Ranch werkte. Waarom? Wederom werd ik overspoeld met zelfmedelijden en ergernis. En de lessen gingen maar door en door. Vertrouwen, duidelijkheid, paardentaal hoorden bij de belangrijkste factoren in samenwerken tussen mens en paard. Andere belangrijke normen in veiligheid, ontspanning, plezier voor mens en paard is ondenkbaar. Mitch had er een vreselijke lange dag van gemaakt. Hoe langer hij bleef doorgaan hoe meer mijn interesse zakte naar het nulpunt. Zeven uren in theorie en praktijk was ik bezig met nu en dan een luttele pauze van vijf minuten... oké... misschien een beetje langer, maar echt niet veel langer. Die avond arriveerde ik doodmoe terug in het pension, amper gedoucht plofte ik neer op bed en de slaap liet niet lang op zich wachten. Maar veel rust zat er niet in. Midden in de nacht werd ik wakker geroepen.

"*Tobey. Tobey. Tobey.*"

"Hm?" antwoordde ik slaperig.

"*Tobey, waarom werk je niet mee?*"

"Toe, Pa, alstublieft, ik ben moe. Kan het niet wachten tot morgen?" vroeg ik zeurderig.

"*Tobey, waarom werk je niet mee?*" herhaalde Pa. Ik zuchtte diep. Ik wilde niet antwoorden. Ik wilde geen horseman zijn of worden.

"Pa, ik wil niet. Horseman zijn op deze ranch vraagt grote verantwoordelijkheden. Toe Pa, wees mij ook genadig... ik wil niet!" wierp ik het hoofdkussen op mijn hoofd.

"*Kind, dit vak is juist Mij tot zegen.*"

Onherroepelijk verdween mijn slaap en ik zat recht op in bed.

"Zegen zegt U? Hoe bedoelt U?"

"*Kinderen met een handicap zijn ook Mijn kinderen. Jij geniet van het leven waarom gun je het Mijn kinderen niet?*"

Spontaan voelde ik me schuldig, beschaamd en toch... ik weigerde.

"Pa, U weet als geen ander, ik houd van kinderen met of zonder handicap. Ik wil vrij zijn weg van alle verplichtingen, ik wil niet."

"*Vertrouw je Mij of niet?*"

"Ja, dat doe ik...maar..."

"*Tobey, geef dit vak aan Mij en Ik zal het je leren.*"

Welke keus had ik? Mijn hemelse Vader kende mij door en door! Waar moest ik mij voor Hem verbergen, vluchten? Per slot van rekening, zijn eigen profeten Elia en Jona probeerden het en Hij wist hen te vinden... dus laat staan ik!! Moeizaam gaf ik toe. Voor dag en dauw stond ik weer present om de paarden te verzorgen. Mitch zou pas na twaalven aanwezig zijn. Bij het hek van het oefenterrein begroetten de Three Stooges mij. Behoedzaam groette ik terug.

"Tobey", begon Beau nors, "waarom word *jij* horseman?"

"Dat wil ik niet..." en meteen knalde een donderslag in mijn ziel: Tobey!!" zo recalcitrant negeerde ik de stem van mijn Vader. Plots grepen de mannen me ruw beet. Ik smeekte hen:

"Nee! Nee! Jongens, wacht nou even... toe nou..."

"Wel", vroegen ze bruut, "waarom jij wel en wij niet?"

Wat ik toen deed, schond alle begrenzingen. Ik misbruikte mijn Vaders conversatie als schild.

"God zei me, dat ik horseman moest worden..." en dat zei Hij niet, dat ik *moest*.

"Spot jij...? Hoe durf je?" viel Earl heftig aan.

"Maar het is waar?!" Doch niemand geloofde mij. Liegen hoezo?

"Tobey, jij moet niet met God spotten, jongen... vertel op, waarom jij?"

Beau vatte mij hardhandig bij mijn kraag en liet niet los eer ik naar waarheid antwoordde.

"Maar dat zeg ik, het is waar... God zei het me..." volhardde ik.

"Als jij zo doorgaat, jij miserabele worm, dan doen we wat met je dat je wenste nooit met God te hebben gespot. Nou! Zeg op!!" Driftig schudde Bincky me ongenadig heen en weer.

"Luister, ik weet niet anders hoe ik het moet uitleggen. Gisteravond maakte God me wakker. Ik zei aan Hem dat ik niet wilde de! Heus, jongens, toe, ik wil niet. Meneer Fork wilde mij als horseman. Waarom hij dat niet aan jullie heeft gevraagd weet ik toch niet!"

"Laat één ding duidelijk zijn, jongen, wij zullen nooit horseman worden. Wij zijn reeds vijfenveertig jaar cowboys en zullen het ook blijven", sneerde Beau.

"Welaan", viel ik in de rede, "jullie konden jullie droom waarmaken, ik niet. Ik kreeg helemaal geen kans om te dromen wat ik wilde doen met mijn toekomst..." Hier openbaarde mijn zelfmedelijden en zo verblind als ik was, zij roken het.

"Wat met jou in het verleden gebeurde, gaat ons geen zak aan, maar weet, Tobey, jij zult je inzetten om paarden voor ons rijklaar te maken en voor de gehandicapte kinderen. Wat snap je niet, hm, wij hebben geen tijd om op de open vlakten paarden het grondwerk te leren. En of jij nu wel of niet horseman wilt worden: ben je misschien vergeten dat je onder contract staat?" legde Bincky uit met priemende, ernstige ogen.

"Het verhaal van meneer Fork geloven we, maar God... hoe durf je met God te spotten... schaam je!!" wierp Earl erachteraan. Als een afgedankte vod gooiden ze me letterlijk op de stoffige grond en liepen boos weg. Pijnlijk moest ik toegeven: ergens hadden ze gelijk. Ik moest ophouden met zelfmedelijden en zeker niet spotten met God. Toch volhardde weerspannigheid:: ik wilde geen horseman zijn! Onverwachts verscheen meneer Fork bij de box van Black Moon waar ik hem verzorgde. Black Moon was letterlijk een gevoelig paard en speciaal getraind voor gehandicapte kinderen, maar een jaloerse, wrede nieuwe eigenaar mishandelde Black Moon zo vreselijk dat het dier één oog verloor en uiteindelijk in de slachterij belandde. Will hoorde dit afschuwelijk bericht en kocht Black Moon voor luttele dollars.

"Tobey, kom even mee", zei hij heel rustig, een onherkenbare actie. Angst ja huivering overviel me. In zijn kantoor nam hij plaats achter zijn bureau. Met mijn Stetson in mijn klamme handen stond ik nerveus voor hem.

"Tobey", sprak hij vaderlijk, "ik heb een onaangenaam bericht van Mitch gehoord. Hij laat weten dat hij vandaag niet komt. Hij vertelde over jouw houding. Hij ziet geen sprankje interesse. Je doet moeite om hem én mij te plezieren en daarbij, *beloofde* je samenwerking, klopt dat?"

De grijze vlek op de rand van de de Stetson ontstond niet voor niets, dagboekje. Een zichtbare grijze vlek van elke reprimande was te danken van mijn nervositeit en deze keer van schaamte.

"Ja meneer, dat zei ik", mompelde ik met gebogen hoofd.

"Oké, dan wil je me uitleggen waarom je hier eigenlijk werkt?"

"Ik geloof, dat God me liefde heeft gegeven voor paarden zoals Mustang en Black Moon."

"Hoe komt dat?" greep hij naar zijn glas water en nam een slok.

"God heeft deze deur voor mij geopend en..." hier weigerde ik verder te antwoorden.

"Hij zorgde dus voor een band tussen jou en de paarden. Vreemd vind je niet? God voedt je op, waarom is het dan zo moeilijk horseman te worden als Hij het wil?"

"Ik wil *niet*, ik wil *niet*", dreinde ik stug.

"Tobey, besef je wel over Wie je het hebt? Je hebt het over God, God is jouw Opvoeder, jouw Vader!! Waar is jouw respect voor Hem, snap je dat, jongen?"

Zijn duidelijke taal tegen mijn weerspannigheid maakte dat ik een worm wenste te zijn. Ik toonde geen spoor respect, Hij Die mij in alles voorzag, mij met blijdschap vervulde, mij als zoon aanvaardde.

"Ik kan niet", schudde ik vastberaden mijn hoofd en onderdrukte koppig mijn verdriet.

"Oké, dat is jouw goed recht. Je hebt het recht om te zwijgen..."

Plots werden we ruw verstoord door Mr. Bob die bruut binnenstormde en met grote stappen dreigend op me af liep.

"Tobey! Hier ben je...",

"Bob..."

"Nu niet, Will. De Three Stooges vertelden me dat je gek geworden bent. Heb jij gezegd dat God zei dat je horseman moest worden?"

"Ja... dat vertelde ik hun", bekende ik hakkend in mijn Stetson.

"Weet je, jongen, mijn handen jeuken om jou een flink pak rammel te geven."

Daar geloofde ik stellig in, zijn geslepen krachtige werkhanden logen er niet om.

"Bob wacht even, ik denk dat ik weet waarover het gaat."

Wonderlijk hoe mijn Vader Will voorzag in wijsheid voor mijn opvoeding.

"Tobey, jij beweert dat God jou zegt horseman te worden, dan vrees ik voor een prijskaartje. God vraagt niet, Hij zégt om dit vak te leren. Het belang is niet horseman, maar gehandicapte kinderen. Ik zeg niet dat je deze kinderen afwijst of negeert of wat dan ook, integendeel. Jij houdt juist van deze gehandicapte kinderen, dat bewijs leverde je met Miems. Sorry, jongen, je hebt geen keus. Leg jouw recalcitrant gedrag neer en *doe* wat Hij zegt wat je moet doen. Geloof me, Hij haalt het prijskaartje niet weg. God heeft de langste adem, jongen. Ik ben jouw baas, toch zijn mijn handen gebonden. Laat me voor zes uur weten wat jouw beslissing is."

Will prikte in de roos. Teleurgesteld, boos en verdrietig verliet ik verslagen met gebogen hoofd het kantoor. Mijn volharding was boven mijn verwachting koppiger dan ik dacht, weliswaar, met een dure prijs. Nog vóór ik de deur sloot, ving ik hun gesprek op: "Geloof je het écht, Will?" vroeg Mr. Bob verontwaardigd. "In alles wat ademt en leeft? Ja Bob, ik geloof het." "Waren Mitch' inspanningen dan voor niets geweest?" "Integendeel, het ontmaskert juist Tobey's situatie, zie je." Bij mijn hemelse Vader voor rust en hulp aankloppen was dom en onnodig. Hij zou mij beslist niet te woord willen staan. Immers, ik stond op mijn strepen en hield koppig vast aan mijn gelijkheid. Ik had er schoon genoeg van steeds maar dingen te moeten doen en wie interesseert zich over mijn verdriet, mijn gemis van Cedric? En Opa Jack? Wie bekommert zich daarover? Neen, ik moest doen, doen, doen!! Nou, mooi niet meer!! Mompelend in mezelf keerde ik chagrijnig naar de stallen gevolgd door Miems. Door mijn ellendig zelfmedelijden hoorde ik haar niet eens. Ze trok aan mijn overhemd.

"Wát??" riep ik boos.

Miems schrok zo hevig dat ze stokstijf stil bleef staan. Ikzelf schrok van mijn eigen boze reactie.

"Oh Miems, neen, neen, sorry meisje... ik... ik, sorry... ik wilde je niet laten schrikken... sorry."

Wat een ellende! Wat een rotellende! Waarom moest ik zo nodig door mijn rotellende het vertrouwen van mijn goeie vrienden schenden? En juist Miems, mijn allerbeste vriendin, vernederde ik in deze rottoestand.

"Waarom ben je zo boos op mij, Tobey?"

"Neen, Miems, neen, ik ben niet boos op je..." Ik wenste mijn tong in miljoenen stukjes kapot te bijten van schaamte. Ik vroeg me af op wie ik werkelijk boos was. Uit ellende moest ik mijn hoofd breken voor uitleg. Langzaam trad ze naar me toe, teder nam ze mijn hand.

"Plagen de Three Stooges jou weer?" hielp ze mij in verdediging.

"Neen, schat, neen", zei ik beschaamd.

"Wat dan, Tobey?" vroeg ze met zachte stem en streek tegelijkertijd haar hand over mijn lichtbehaarde wang. Door haar onbevattelijke barmhartigheid stroomde een warme gloedgolf over me heen. De onweerstaanbare liefde uit haar eenvoud versmolt mijn hardheid, hoe moest en kon ik hier tegen strijden of winnen? Met mijn beladen geweten van kwaad erkende ik mijn weerspannigheid en ik moest me nederig gewonnen geven in de handen van de Allerhoogste. In haar tedere hand rolden mijn tranen.

"Waarom huil je, Tobey?" vroeg ze zachtjes.

Hoe onbegrijpelijk is het karakter van mijn Vader, streng en tegelijkertijd liefdevol.

"Weet je, Miems, nu weet ik wat ik moet doen, dank je lieverd. Jij bent mij de hulpe tot inkeer, dank je, lieverd, hartelijk dank en de Here zegene je."

Miems bevatte het niet, doch ik begreep het plan van mijn Vader. Hij zette Miems in voor het week maken van mijn halsstarrig hart; door haar openden mijn ogen. Gehandicapte kinderen als Miems zijn zeker Gods kinderen en dat zag ik sprankelend, helder op dit cruciaal moment. Ik kuste haar wang en vroeg of ze op de veranda op me wilde wachten. Stellig knikte ze. Aarzelend klopte ik op meneer Forks kantoordeur en opende die langzaam.

"Ah, Tobey, kom binnen", wenkte hij geduldig.

"Sorry, meneer Fork, kom ik gelegen?"

"Tuurlijk."

Schielijk zocht ik naar Mr. Bobs aanwezigheid, gelukkig was hij er niet.

"Meneer Fork, eerst en vooral hartelijk dank voor uw geduld, ik weet niet precies hoe ik dit moet uitleggen. Ik ben recalcitrant geworden door de vrijheid die ik nu geniet. Als stalknecht hoef ik geen grote verantwoordelijke taken op me te nemen, ziet u. Maar met de kennismaking met het vak horseman kwam weerspannigheid boven water en deze verantwoordelijkheid drukt zwaar op mij in het verdriet waaronder ik lijd."

"Wil je jouw verdriet aan mij toevertrouwen, Tobey?" vroeg Will begripvol.

Even dacht ik na. Ik zou niet weten waarom niet. Aan wie moest ik het dan kwijt en Will Fork beschouwde ik als een vader. Diep ademhalend schraapte ik mijn moed bijeen. "Mijn moeder verdween plotseling toen ik dertien jaar was. Niemand begreep het geringste van haar verdwijning, ook niet mijn vader. Door mijn eigen stommiteit verergerde ik de situatie. Een ongeoorloofd kattenkwaad dat ik in de kerk uithaalde, zette kwaad bloed bij mijn vader die mij na de begrafenis van Opa Jack uit huis gooide... en daarbij mis ik mijn twaalfjaar jonger broertje Cedric... Ik geef toe, u heeft gelijk, God haalt mijn prijskaartje niet weg. Het is... ik zoek rust, ziet u."

Tranen inslikken deed op dit moment zeer pijn, een bal hing vast in mijn keel.

"Wat of wie veranderde jouw gedachte?" vroeg hij meedenkend.

Alweer stoorde die hinderlijke dikke krop om te antwoorden. "Miems...God zond Miems... door mijn recalcitrantie verloor ik haar innerlijke schoonheid. Onwijs gebruikte ik mijn vrijheid, terwijl God het beste met me voor heeft..."

Bewonderenswaardig hoe Will uitstekend luisterde; dat miste ik in mijn vader. Hij verraste me met een schouderomhelzing en offerde zijn kantoor voor mij om verzoening te zoeken met mijn hemelse Vader.

"Pa... hier ben ik... Tobey... Pa... vergeef mij..." Meer kreeg ik er niet uit.

Mijn knieën konden mijn lichaamsgewicht niet meer torsen tot ik ten slotte op mijn buik op de grond lag. Rebellie, welk een vreselijke zonde tegen God de Almachtige. Hoe haalde ik het in mijn hoofd met trots tegen God te strijden? Sinds ik kennis maakte met God kende ik tot nu toe geen berouw. Nog nooit ervoer ik berouw tot op dit moment. Berouw ontvouwde meer dan spijt of sorry. Berouw voer dieper in openbaring van schaamteloosheid, koppigheid, agressie, rebellie. Spijt of sorry kregen plots een heel andere vage kleur, zo oppervlakkig, een contrast tussen dag en nacht, licht en duister. Zou berouw iets gemeen hebben met spijt of sorry? Waar moest ik nu de kracht vandaan halen in de bekendmaking van mijn zonden? Ik twijfelde niet, dit was de enige kans, ik moest...

"Hemelse Vader, welk een lijden moest U zien van Uw Zoon daar aan het kruis. Een vergeving in Zijn lijden moest doorstaan, onschuldig. Niet Hij verdiende de straf, maar ik. Och Here, trots siert mij in plaats van nederigheid, rebellie bewapent mij in plaats van zachtmoedigheid. Mijn ziel zoekt rust in U, Here. Doorgrond mijn hart, Heer, met Uw licht naar ongerechtigheden die ikzelf niet weet of zie. Schijn met Uw licht erop, want met oprecht hart belijd ik U mijn trots, rebellie en afgoderij. Ik weiger langer te geloven en te leven in dit oude leven. Ik erken, U bent mijn God, mijn Bevrijder, mijn Verlosser. U bent mijn Here der heren, Koning der koningen. Here, ik bekeer van deze ongerechtigheden bewust en onbewust. Ik vraag U vergeving, wil mij vergeven, Here, van al mijn ongerechtigheden in Jezus' naam. Was mij rein, Vader, schoon met het bloed van het Lam."

Mijn Vader antwoordde niet met woorden, maar doorstroomde mij met Zijn warmte, heiligheid, lankmoedigheid en rechtvaardigheid... Hij vergaf mij. Een ding waar ik totaal geen rekening mee hield, ik hield geen rekening met mijn Vaders hart... dan slechts mijn eigen zelfmedelijden. Het duurde een tijd eer ik genas van dit berouw. Hij leerde me nederigheid en dat is goed. Zonder enige waarschuwing plaagden de Three Stooges mij niet meer, Miems bleef mijn allerbeste vriendin. Meneer Fork stelde voor dat ik zelf Mitch zou benaderen voor verdere training.

Dagboek

Juist het tegenovergestelde van ijdelheid onthulde ik aan Ward over Melanie. Geen greintje pijn van Oliviers zorgelijke gesprek over Cedric, sloeg ik wijs de beslommeringen in de wind, slechts goedsmoeds vertelde ik mijn goeie vriend over zijn nichtje.

"Oké", zei hij nadenkend. "Dus zij en Olivier zijn een item", vroeg hij met een brede grijns.

"Ward", ik zuchtte. Daar gaan we weer. "Daar denk ik niet aan."
"Oh neen?"

Hoe dom van mij om zoiets lieflijks te grabbel gooien. Ward zei niets, die blik van hem alleen al, werkelijk, hij geloofde ook alles binnenste buiten wat hiermee te maken had. Natuurlijk, gunde ik hem een afkeurende blik. Want ik wist niets, dus bleef ik er netjes vanaf. Lichtelijk schudde ik mijn hoofd over zijn gloeiende blik, die moeiteloos op mijn huid prikte als een heet brandijzer. Teleurgesteld keerde ik naar mijn pick-up met Ward vlak achter mij aan.

"Tobey, hey, luister nou eens even." Hij greep mij lichtjes bij de arm. "Verliefd zijn is toch niet erg of ben je bezorgd over Olivier, is dat het?"

Zwijgend gebaarde ik met mijn hoofd om met me mee te wandelen naar het parkeerterrein.

"Ward, wat doe je na jouw pensioen?" overrompelde ik hem.

"Nog niet echt over nagedacht, hoezo?" vroeg hij nadenkend.

"Gun me de tijd, dan vertel ik het wel, oké?"

Onder de indruk gebracht, knikte hij en liep rechtstreeks naar zijn kantoor. Thuis aangekomen besefte ik de strijd over Cedrics toenadering, een steeds dichter naderende waarheid en ik voelde mij meer bedreigd. Verdraaid nog aan toe, balanceren: hoe lastig toch! Mijn God, hoe toch uit genade leven? Onverwachts werd ik overrompeld door de deurbel. Geërgerd opende ik de deur. de deur. Een man stond voor mijn deur met een cowboyhoed in zijn hand. Een man die ik ergens van kende maar moeilijk kon plaatsen... ik kende hem ergens van... Hey! Hey!

"Junior...Mitch Junior Rains!!" riep ik uit.

"Hallo Tobey", Junior strekte glimlachend zijn hand uit en ik verwelkomde hem binnen.

"Goh, Junior, wat een tijd geleden is me dat! Kom binnen!"

In de keuken vroeg ik of hij iets wilde drinken.

"Als je koffie hebt, graag."

"Mooi, ik heb net verse gezet. Kom, ga toch zitten."

Hij zat op Oliviers plek en ik vulde twee mokken koffie. Junior dronk zijn koffie het liefst zwart. Hij zuchtte, waarschijnlijk moe van de reis, dacht ik.

170

"Hoe is het met je vader?"

"Oh, gezond en wel. Hij is nu echt met pensioen. Je krijgt de hartelijke groeten."

"Dank je. Doe hem de groeten. Jouw vader heeft me alles geleerd over het grondwerk. Trouwens, vanwaar kom je?"

"Van Elizabeth", antwoordde hij meteen.

"Ah, werk je nog steeds samen met haar op Fork Ranch?" vroeg ik menens.

"Ja, maar daarvoor kom ik niet, Tobey", zei hij opeens met een ernstige blik.

"O?"

"Elizabeth ligt in het ziekenhuis. Bij haar is een agressieve kanker geconstateerd, vraag mij niet naar de naam. De afgelopen week is zij zo verschrikkelijk afgevallen..."

Op Elizabeths bevel bombardeerde Junior het nieuws recht in mijn gezicht. Een choquerend bevel wat niet echt tot zijn recht kwam. Want niets van haar sluwe streken choqueerden mij nog.

"Zij vroeg mij of je haar wilde bezoeken samen met Olivier", waarschuwde hij verder.

"Ik zal haar bezoeken, Junior, maar zonder Olivier..."

"Maar dat was juist haar wens, Tobey..." klonk het bijna eisend.

"Elizabeth heeft de naam van onze zoon nooit uitgesproken, Junior. Na Micky's dood streefde ze verlangend naar de dood. Het is allemaal onbegrijpelijk, zie je. Ze dacht me te plezieren door mij Oliviers geboorte te schenken, zodat ik Micky altijd zou herinneren en vasthouden aan zijn dood. Maar ik zag het anders. Oliviers geboorte was juist mijn troost, mijn genezing van Micky's dood."

Junior begreep niets van wat ik hem uitlegde.

"Moest je Olivier waarschuwen?" vroeg ik hem.

"Ja, telefonisch..."

"Met respect vraag ik je het niet te doen."

Junior dacht even na en stemde toe.

"Ga je nu direct terug? Je mag hier blijven logeren als je wil."

"Neen, dank je. Van hieruit reis ik door naar mijn familie in Colorado. Maar bedankt voor je aanbod. Wanneer vertrek je?"

"Ik neem aan dat er haast bij is."

"Ja."

"Ik beloof niets, misschien morgen."

"Dank je. Ik zie je spoedig."

Zodra Junior weer vertrok, stelde ik Olivier meteen op de hoogte. Ondanks de vraag of ik wel of niet eerst met Cedric in contact moest komen, dat interesseerde me niet. Elizabeths wraakzuchtige plannen moest ik hoe dan ook verijdelen.

Terug in het heden

Geen enkel medisch apparaat noch infuus voor haar laatste uren maakten het nog enigszins draaglijk. Nutteloos stonden de apparaten in de hoek van haar kamer. In diep verzonken gedachten staarde hij naar zijn stervende vrouw Elizabeth. Hij aanschouwde haar verteerde lichaam, zwaar gebukt onder jarenlange obsessie naar de dood, geslaafde rondzwervingen doelloos van pool tot pool van oost naar west. Ja, rusteloos zwierf ze over de aarde... weliswaar, ook toen met hem, hoewel ongewild. In zijn lang verleden hoop wenste hij herstel na de dood van hun zoontje Micky, maar ook in zijn huwelijk. Machteloos en troosteloos observeerde hij hoe overdreven zij haar toevlucht vond in een vruchteloze carrière. Nietswaardig, noemde hij het regelrecht in haar gezicht toen zij weer eens een sneer over zijn onschuldige moeder boven water haalde. Een farce, zo betitelde hij een paar keer hun huwelijk wanneer er zware buien van scheldwoorden stormden uit pijn en verdriet en vergelding. Juniors boodschap over Elizabeths ongeneeslijke ziekte en vooral Oliviers komst bij zijn moeders sterfbed wist Tobey heel geraffineerd te omzeilen. Hij kende Elizabeths wraakzuchtige tactieken en waarschuwde Olivier met klem: wie er ook belde niet op reageren! Daar blijven waar je bent. Hij hoefde geen belofte te horen uit de mond van zijn zoon noch hoefde zijn zoon rekenschap te geven, hij vertrouwde hem en was vertrouwd met Oliviers betrouwbare liefde. En daar lag ze op haar sterfbed met al haar eindeloze wraakplannen wiegend in de armen van de dood. En terwijl hij in diep verzonken gedachten zijn stervende vrouw aanschouwde, viel hem iets te binnen waar hij niet eerder aan dacht. Zuiver scheen het beeld voor zijn ogen op wie zijn vrouw zich in werkelijkheid wreekte... hun eigen zoon, Olivier!

"Natuurlijk! Haar afwijzing van Olivier. Koste wat kost gunt zij hem geen moeder", prevelde hij geschokt. Jij sluwe vos, dacht hij vermetel, en dan mij voor de gek houden dat je mij een kind wilde geven. Maar God was jou voor, Ell, God wilde Olivier geboren hebben... niet jij!! De oncoloog luisterde met haar stethoscoop aan Elizabeths hart.

"En dok?" vroeg hij, de behandeling van de oncoloog nauw volgend.

"Haar hart klopt nog amper..." Vooraleer de oncoloog haar zin wilde afmaken, zuchtte Elizabeth haar laatste ademtocht. Weer luisterde de oncoloog op Elizabeths borst en voelde aan de pols. Niets. De oncoloog keek op haar horloge en gaf het tijdstip van het overlijden door aan de verpleegster. Op Tobey's goedkeuren bedekte de verpleegster Elizabeths dode lichaam met het witte laken. De oncoloog aanschouwde in diepe verbijstering een onbelemmerde echtgenoot voorgoed gescheiden van een vrouw, die het loon ontving in de hunkering van de dood. In wijze gedachte onthield ze de weduwnaar niet zijn overleden vrouw in stilzwijgen te verlaten.

Elizabeths laatste verzoek aan dominee Wesley was Psalm 23 'De Here is mijn Herder' voor te lezen op haar begrafenis. Tobey toonde zijn felheid en vuurde zijn verklaring op de dominee.

"Mijn vrouw heeft de aarde doorkruist zonder één moment haar schoonmoeder te vergeven. Ik weiger en ik zeg het met klem, dominee, ik *weiger* dat u Psalm 23 voordraagt. Mijn vrouw heeft God genegeerd als haar Herder. In deze wereld *wenste* zij, ja ik zeg nogmaals met klem, zij *wenste* gesluierd te leven in de dood. En zie, zij is nog geen zestig jaar. Zij heeft de vrucht van haar dodelijke tong gegeten. Wij gaan hier niet huichelachtig doen en dan haar eigen ongerechtigheid verdoezelen alsof er niets kwaads is gebeurd. Zij leefde in een eigen gefabriceerde leugen... nog niet gesproken over haar wraakplannen."

Eer Tobey zich zich omkeerde vroeg de dominee vroom: "Kunt u vergeven?"

Met ontspannen gezicht diende Tobey een totaal onverwachts repliek.

"Waarom gelooft u niet wat God in Zijn heilige Schrift zegt: de doden zullen in het land der levenden niet worden herinnerd Luister naar mijn woorden, dominee, zij wordt ter aarde besteld en het gat gesloten!"

De grijze dominee stond met grote verbijstering aan de grond genageld. Tobey's repliek klonk ongenadig donderend en nagalmend in zijn oren. Verslagen keerde hij om en gunde Tobey de rust zijn overledene te begraven. Elizabeths kist daalde neer in de aarde die zonder afscheidswoord meteen werd afgesloten. De enige die haar respect toonde was Junior Rains, die een rode roos neerlegde als afscheidsbewijs.

"Gecondoleerd, Tobey", zei Junior droevig, hij schudde Tobey's hand.

"Dank je, Junior. Mag ik vragen: staat Fork Ranch onder jouw beheer?" vroeg Tobey koel.

"Ja, tenminste als jij ermee akkoord gaat, anders moeten we het een en ander regelen."

"Neen, laat het zo. Het is goed."

"Weet je, Tobey, het is spijtig dat Fork Ranch een gedegen paardentrainer als jou mist."

"Elizabeth beroofde mijn leven, mijn vrienden, alles wat ik daar bezat", verdedigde Tobey zijn verleden.

Desondanks gaven ze elkander vriendelijk de hand en gingen ieders weg. Halverwege het kerkhof stond Tobey stil en herkende de lindenboom bij iemands familiegraf. Een aantal graven van de lindenboom vandaan liep hij als vanzelfsprekend naar een graf. Het zag er netjes verzorgd uit, waarschijnlijk door Elizabeth, dacht hij. Een gegraveerde granieten tombe met de naam, geboortedatum en sterfdatum.

'Micky – Beans – Johnson 28 april 1955 – 1 mei 1957'

Een zwak glimlachje bood hem toegang tot slechts één vreugdevolle kreet in zijn gedachte: 'Micky, jij bent de gelukkigste van allemaal, jij bent in jouw Vaders armen.'

Geen pijn noch verdriet noch rouw noch een krop in zijn keel dwarsboomde hem Micky te herinneren. Tobey geloofde in zijn huwelijk, hij geloofde in zijn vrouw, hij geloofde in het huwelijksverbond van hun trouwring; ook geloofde hij in de onschuld van zijn moeder. En hier stond hij zonder schuldgevoel bij het graf van zijn zoontje en niets van Elizabeths vloek achtervolgde hem nog, want op stevige benen proclameerde hij krachtig:

"Mijn God, niet meer! Fork Ranch was in Uw plan voor Oliviers geboorte, dank U!"

Zijn belevenis met Elizabeths sterfbed en begrafenis voleindigde Tobey zijn taak in Texas. IIn de taxi op reis naar de luchthaven overpeinsde hij het woord 'taak'. 'Tss, taak. Een naar woord. Mijn taak als echtgenoot voldaan van de plannen van zijn wraakzuchtige vrouw. Wat een farce... wat een huwelijk... taak...' In deze bijna achteloze gedachte haalde hij uit zijn binnen jaszak het tinnenkokertje, dat hij tijdens de reparatie vond in de Victoriaanse stoel van een trouwe klant uit Seattle. Het verborgen, mysterieuze tinnen kokertje reisde al die tijd met hem mee op weg naar de rechtmatige eigenaar. Aan zijn goeie vriend, sheriff Ward, vroeg hij hulp voor onderzoek naar een zekere Carl-Jones Pines. Zijn enige interesse was het adres. Zonder vragen te stellen begon Ward zijn onderzoek en vond inderdaad de naam op een adres in Brooklyn. Aan de balie van de luchthaven boekte Tobey een ticket naar Brooklyn. Bewust zocht hij in de buurt van Battery Park het dichtstbijzijnde hotel en maakte telefonisch een afspraak met Olivia Pines voor een bezoek. Geheel nieuwsgierig naar haar volle neef ontving ze Tobey met een warme gastvrijheid.

"Och wat leuk!, je bent de zoon van Abigail. Ja, Abigails zus heeft inderdaad een zoon, genaamd Carl-Jones. Naar zijn Opa genoemd. Mijn vader is nu al een paar jaar ziek. Maar je bent alleen gekomen, zie ik", Olivia's ernstige blik leek of haar hart van vrees ineenkromp.

"Ja, dat klopt, mijn vrouw Elizabeth is gisteren begraven, zie je en ik dacht, ach waarom niet, ik maak een reis..."

"O, gecondoleerd, ik wens je heel veel sterkte... maar... hoe oud was jouw vrouw dan?" vroeg ze bedremmeld, aangezien Tobey's middelbare leeftijd.

"Elizabeth was vijftig", antwoordde Tobey koel.

Olivia ontging het allemaal. Een pas overleden vrouw met een echtgenoot zonder rouw ging voor haar ver te boven. Zonder verdere bemoeizuchtigheid begeleidde ze Tobey naar de eerste verdieping. Zachtjes klopte ze op een deur en opende die. In de slaapkamer zat een oude, grijze man in een rolstoel bij een open raam.

"Ga maar. Praat maar gewoon met hem. Al zegt hij niks, hij hoort je wel", zei Olivia zacht.

Olivia sloot de deur en Tobey staarde de hulpbehoevende oude man in de rolstoel aan. 'Wat een wereld, dacht hij, wat een treurige wereld. Geweldige helden overmand door een rolstoel.' De oude man reageerde op Tobey's lange gestalte en gebaarde bevend naar een stoel. Tobey schoof een lichte, houtenstoel dichterbij, graaide in zijn binnen jaszak naar het tinnenkokertje en legde het in de bevende hand van de oude man. Het koste de oude man enkele seconden eer het bij hem doordrong wat hem in de hand werd gelegd. Opeens schokte zijn hele lichaam en wierp zijn hand voor zijn bedroefd gezicht.

"Ik ben de zoon van Abigail Pines. Ik restaureer meubels, ziet u en vond uw verborgen kokertje in uw stoel... en ik was erg geschokt wat mijn moeder was overkomen. Nu begrijp ik, waarom mijn moeder in haar tienerjaren aan depressies leed. Toen ze haar onverwachte zwangerschap ontdekte pleegde ze abortus. Ik weet zeker, dat mijn vader het u berichtte..."

De oude man prevelde onverstaanbaar snikkend. Tobey wist wat hij wilde zeggen.

"Mijn moeder is reeds overleden, maar namens mijn moeder Abigail vergeef ik u. Ik hoorde van uw dochter over uw langdurige ziekte. Ik geloof, oom Carl, u was reeds ziek toen u Abigail overweldigde. Maar desalniettemin, ik vergeef u en ik verzeker u, bij God is genade. Sterf niet in uw zonde, maar bid God om vergeving en aanvaard mijn vergeving. De korte tijd die u nog rest, vergeef uzelf. Niemand verdient de hel ook u niet, daarvoor is de prijs van Christus veel te hoog."

Tobey aanschouwde de verdrietige, zieke oude man en met alles wat hem nog resteerde; in zijn bevende hand lag het tinnenkokertje, een dodelijk verleden in de tegenwoordige tijd. Met respect wenste hij zijn oom Carl-Jones het allerbeste en de oude man hem bedrukt nakeek toen Tobey zijn slaapkamer verliet.

Tobey verbleef nog enkele dagen in Battery Park hotel waar op enig moment de telefoon rinkelde.

"Tobey Johnson."

"Hallo Tobey, met Olivia. Ik wil je meedelen: gisternacht is mijn vader overleden. Hij laat zeggen, dank je voor alles. Maar bovenal, Tobey, voor hij heenging zei hij: "Twee mannen brengen mij over de Jordaan." Eerst begreep ik hem niet, maar nu kan ik zeggen, hij is Thuis... o, nog één ding. Het tinnenkokertje met de inhoud heb ik weggegooid... alles is nu verleden tijd. Dank je, Tobey."

Begripvol legde Tobey de hoorn neer en fluisterde: "Mijn God, hoe groot zijt Gij?"

Nog met zijn koffer in de hand reed Ward onverwachts voor Tobey's huis.

"Hey Ward."

"Toob, waar was je?"

"Texas."

"O?"

"Elizabeth begraven."

"Gecondoleerd. Olivier?"

"Was er niet bij. Wilde ik niet."

Ward bekeek Tobey's hoofd zonder de Stetson.

"Ja, kun je nagaan. Ik miste hem helemaal niet eens."

Verbazing verscheen op Wards gelaat.

"Ik ben op stel en sprong vertrokken, zie je. Kom je binnen?"

"Neen, ik was bezorgd over je, trouwens, iedereen hier, zie je..."

"Hey Ward. Het spijt me, oké? Het was fout om jou niets te zeggen. Alles ging zo snel. Ik leek wel meegezogen in een tornado. Alles moest voorrang krijgen voor Elizabeth. Eindelijk..."

"Vertel je me nu jouw plannen met mijn pensioen?" wilde Ward graag weten.

Tobey fronste zijn voorhoofd en klaarde meteen zijn herinnering op.

"Neen, ik wacht nog even. Ik moet nog het een en ander onderzoeken... maar dat komt wel."

"Oké", antwoordde Ward in goed vertrouwen, "ik zie je bij Sally."
Tobey knikte en Ward vervolgde zijn weg. Binnengekomen kwam de stilte op hem af. Een wee golfde door zijn lichaam en zijn ogen vulden zich met tranen. Tussen de eet – en woonkamer gleed de koffer uit zijn hand en hij snikte spontaan. De stilte in huis associeerde zoveel op zijn eigen eenzaamheid, een harteloze stilte die zijn tijd gevangen hield voor de tussenkomst van zijn geliefden, een wrede stilte waar vrede geen plekje kreeg.

"Mijn God", fluisterde hij met gerichte ogen naar het plafond, "wat nu? Ik mis Olivier. Er zit zoveel kracht op mijn automatische piloot...dat kreng blijft maar non-stop doorrazen..."

Zijn gedachten deinden onbeheerst van de ene naar de andere kant. Geprikkeld en gemeen blokkeerde meneer Boosheid elke doorgang naar zijn gedachten aan zijn broertje Cedric. Vastberaden op zijn benen stelde hij zijn beklag voor aan God.

"Waarom, Heer, jaagt U mij achterna, terwijl U weet, het is niet mijn schuld, maar papa's bevel geweest om het huis te verlaten. Cedric loog tegen Olivier. Hoe komt het dan dat mijn geweten onrustig overspoeld wordt door iets wat niet mijn schuld is? Weet U wat? ? Laat maar... laat maar."

Geïrriteerd ledigde hij zijn koffer en deed wat hij altijd deed... zich overleveren aan zijn automatische piloot. In zijn schrijnwerkersloods verplichtte hij zichzelf zijn gedachten aan Cedric te verzetten. Dat moest wel, want werken met hamer, gutsen, zaagmachines, freesmachines, spijkers en andere 'levensbedreigende' gereedschappen met behoud van zijn vingers vroeg uiterste concentratie. Een oude stoel van Opa Jack besloot hij te repareren, die had hij al eerder op het oog voordat Olivier naar Canada zou reizen. In alle rust werkte hij in zijn loods waar hij erkende dat hij zijn vriendschap met Ward verwaarloosde.

'Eigenlijk niet eerlijk, Toob, je zal toch eens je gezicht moeten tonen...ja, maar nu niet,' hield meneer Boosheid vol. De oude bekleding trok hij van de stoelzitting eraf met lichtelijk geweld. De houtenarmleuningen vertoonden enkele barsten, die hij met een guts groter uitholde en opvulde met een houtpapje en daarna stevig vastklemde met sergeant lijmklemmen. Door verrotting moest hij het onderste gedeelte van de linker achterpoot afzagen. Met de zaagmachine zaagde hij een afgemeten stuk hout af toen hij dwars door al het lawaai een harde knal hoorde. Direct schakelde hij de zaagmachine uit en geschokt staarde hij bij de deur naar buiten. Overal keek hij in het rond zoekend naar iets verdachts. Niets. In de loods ook niets. Misschien in huis. Toch niet de oven? Voor de zekerheid onderzocht hij de keuken. Niets. 'Ik heb toch goed gehoord,' dacht hij.

Terug in de loods hervatte hij zijn werk. Het afgezaagde stuk hout vond hij opeens nergens meer op de zaagmachine. Hij wist gegarandeerd zeker dat hij het hier op het blad had laten liggen. Hij zuchtte. Opnieuw zaagde hij een stuk hout op de juiste afmeting en zette de lijm klaar om te lijmen. Dan viel de lijmfles uit zijn hand. Onhandig raapte hij hem op, maar hij viel weer uit zijn hand. Nog duldde hij zijn onhandigheid en raapte wederom de lijmfles op. Op het afgezaagde hout kneep hij lijm uit de fles en smeerde die over de linker achterpoot. Met een sergeant lijmklem lukte het niet al te best, dus viel het afgezaagde stuk hout op de grond. Opnieuw zette hij alles weer op zijn plaats, maar de lijmklem stak koppig de kop op. Dit hervatte hij geduldig nog een keer tot het koord van ongeduldigheid brak. Krachtig smeet hij alles woest uit zijn handen. Zijn trouwe Stetson betaalde een hoge prijs; die hoed die jaren het kostbare hoofd van zijn meester sierlijk en trots bekleedde dwars in alle weersomstandigheden, werd nu ongenadig woedend door dezelfde meester keer op keer op keer gestampt tot zijn woedende vlammen uitdoofden. Och arme, compleet misvormd lag de Stetson stil op de grond. Uit ellende raasde Tobey uit de loods en bemerkte niet eens het plotselinge mierzerige weer. Boos schonk hij koffie in zijn mok. Ook hier verliep alles verkeerd. Door zijn trillende hand schonk hij ernaast, een dagelijks eenvoudige handeling wat nooit problemen bezorgde. Woest smeet hij de mok in de gootsteen. Kermend leunde hij geïrriteerd met zijn beide handen op de aanrecht.

"Wat?! Wat wilt U van mij?! Dat ik mij buig voor Cedric, is dat het?"

God zweeg. Hij hield Zich in het verborgene. Onbeantwoord keerde hij terug naar de loods, greep de Stetson en deukte hem zoveel mogelijk weer uit in zijn originele vorm. Al het gereedschap dat her en der verstrooid op de grond lag, raapte hij weer bij elkaar. Opnieuw zette hij de twee stukken hout stevig aan mekaar geklemd met de sergeant lijmklem. Deze keer lukte het hem, maar niet zonder enkele verwondingen aan zijn hand. 'Rot boosheid ook,' mopperde hij in zichzelf...

Het was de roep vanuit het zuiden, een verlokking om de drang in het gemoed der trekganzen aan te wakkeren. Wapperend van ongeduld spreidden zij hun vleugels om hun vertrouwde, aantrekkelijke broedplaats voor het grote avontuur te verlaten. Onder luidkeels kwakend spektakel vlogen de trekganzen, jong en oud, massaal in gedisciplineerde V-vorm over Tobey's landgoed naar hun nieuwe zuidelijke bestemming. De V-vormen in het aanhoudende miezerende weer leken op levendige pijlen, allen strak gericht in één richting. Hun kwakend spektakel weerhield Tobey's aandacht niet: hij begroette hen jaarlijks fluisterend toe en deze keer zijn handen rijkelijk gevuld met moesgroenten alsof hij hen iets ter aanbieding voor onderweg wilde meegeven.

"Tot spoedig..."

Bij de waterpomp waste hij de moesgroenten, want vandaag had hij lust in verse groentesoep. Twee dikke wortelen wachtten nog in de koelkast. Olivier grapte altijd over zijn vaders wortelen. Aan jouw wortelen groeien snorretjes, papa, zei hij dan, soms tot ergernis van Tobey.

"Avondeten?" klonk een stem achter hem.

Volkomen uit zijn gedachten gerukt draaide hij opgeschrikt om. Onmiddellijk herkende hij de man in jeanskleding, bruine cowboylaarzen en eveneens zijn blonde hoofd omhuld met een cowboyhoed. Eensklaps veranderde Tobey's gezicht in vijandschap.

"Je hebt gelogen tegen Olivier. Waarom?" bombardeerde hij driftig en smeet de half gewassen groenten in het rietenmandje.

"Ik? gelogen? Waarom heb je *mij* achtergelaten?"

"Hoe durf je mij zo'n vraag te stellen, terwijl je dat dondersgoed weet, jij was erbij! Jij was erbij!! Cedric, je was erbij! Overigens, waar is Olivier?"

"Olivier is bij Mia en de kinderen."

"Waarom?"

"Ik wil dit met je uitpraten, daarom."

"Waarom hou je vol met liegen, Cedric, waarom?"

"Ik heb niet gelogen. Het is waar..."

"Je liegt, Cedric, je was erbij toen papa mij uit huis gooide. Je had je verstopt achter Opa Jacks canapé..."

"Neen!!"

"Jawel! Toen je hoorde dat papa mij uit huis beval, kwam jij opeens tevoorschijn en smeekte papa mij tegen te houden. *Zo was het gegaan en niet anders.*"

Nu ging bij Tobey het hek van de dam. Hij was spuugzat van alle valse beschuldigingen, van alle leugens van zijn dierbare geliefden die hem naar believen maar bedotten en wie weet al wat nog meer.

"Weet je, ga maar naar huis, ga naar huis! Mama verliet mij zonder een woord. Elizabeth heeft mij misbruikt. Papa heeft mij eruit geknikkerd. Jij hebt gelogen. En mama is verkracht. Ga naar huis! Ik ben het spuugzat, ga, ga...!"

Gevangen door boosheid vertrapte Tobey enige dierbare groenten in zijn hof. Een spoor van vernieling liep dwars door zijn strakke, ordelijke moestuin en hoewel Cedric zijn moeder nooit had gekend, volgde hij Tobey geschokt langs de zijkant.

"Wat? Mama is verkracht? Tobey, wacht even..."

Tobey weigerde zijn oren nog in te spannen aan zijn broertje die bewust over hem had gelogen. Verslagen van elke nutteloze strijd zakte hij moedeloos op de verandatrap met Cedric, die ongelovig naast hem plaatsnam.

"Mama verkracht? Hoe weet je dat?"

"Het maakt niet uit hoe ik het weet, ik weet het. Ik heb hem gesproken..."

"Wat? Jij weet wie haar heeft verkracht?"

"En papa heeft jou dat nooit verteld?"

"Neen! Hij..."

"Wat is met papa gebeurt, Ced, is hij overleden of leeft hij nog? Lieg je hier ook ook over?"

Cedric zweeg abrupt.

"Wist ik het niet. Jullie zwijgzaamheid heeft alles vernield in dit eens kostbaar gezin..." Hoeveel keren vluchtte Tobey al niet voor leugens, zelfs nu de waarheid zo dichtbij was, wilde hij wederom vluchten. Wie o wie weerhield hem het vluchten? Cedric onderscheidde de waarheid van de leugen en besloot tegen zijn verstand in te kiezen voor gerechtigheid.

"Blijf. Ik vertel je de waarheid. Na Opa Jacks begrafenis besloot papa thuis te blijven met een reden. Toen ik tien jaar was, zond hij Juf Hilda weg. Beiden waren wij vervuld van veel verdriet. Net als bij jou smeekte ik papa of Juf Hilda mocht blijven. Hij was onvermurwbaar. Na Juf Hilda's vertrek, vertelde hij over mama. Hij bezocht haar regelmatig in de de kliniek..."

"Wat zeg je? Papa bezocht haar regelmatig?!" zo'n openbaring verloor alle macht van overpeinzingen!

"Ja. Hij vroeg of mama thuis wilde komen, maar zij weigerde. Ze kon het niet aan. Toen hij vernam van mama's overlijden werd hij plotseling ziek. De arts constateerde darmkanker. Op zijn sterfbed vertelde hij dat het jouw schuld was dat mama overleed. Jij had beter op jouw zoontje moeten oppassen. Hij dwong mij te beloven niets aan jou te zeggen. Hij wilde niets meer met jou te maken hebben, ondanks dat ik vroeg om verzoening met jou. Hij zweeg als een graf..."

"Had je niet jouw woord kunnen breken? Weet je hoeveel dit voor mij betekent? Je had iets kunnen voorkomen, Cedric?"

"Ik moest zweren, Toob!"

"Het kostte me jaren *jouw* smekend gegil niet meer te horen, wist je dat? Ik mocht niet eens de begrafenis van mijn moeder bijwonen... nu weet ik waarom. Hij beschuldigt mij van iets wat hij niet weet... of weet hij het wel, Ced?"

"Waarom belde je pappa niet, Tobey!?" ontweek Cedric Tobey's prangende vraag.

"Ik kreeg hem aan de telefoon... maar toen hij mijn stem hoorde, legde hij abrupt neer. Ik wilde hem mama's doodsoorzaak doorgeven", antwoordde Tobey ietwat afwezig. "Papa hoorde het van de directeur van de de kliniek. Sindsdien veranderde hij drastisch. Ik leefde onder één dak met een verbitterde vader. Hoezeer ik des te meer Opa Jack en jou miste. Zoveel liefde... een vaderhart..."

Cedrics pijn raakte Tobey's ziel, doch meneer Onbegrip trok de ongevoeligheid geraffineerd strakker aan. "En maakt het nu enig verschil uit met toen en nu? Nu vertel je de waarheid, dus waarom toen niet? Wanneer overleed hij?" vroeg hij eisend.

"Van de arts kreeg hij nog een half jaar. Tegen zijn wil in riep ik Juf Hilda om hulp..."

"Tss, wat een farce..."

"Tobey... wat moest ik dan doen... ik was nog jonger toen jij mij verliet... ik had niemand..."

Onvermurwbaar hield Tobey koppig en onbarmhartig stand. "Juf Hilda riep je terug, maar mij liet je in de waan. Trouwens, waarom loog je tegen Olivier?"

Nu zweeg Cedric even hard als de kracht van de sergeant lijmklemmen. Niets weerhield Tobey van een diepe verontwaardiging die een worsteling veroorzaakte op Cedrics gelaat.

"Ik... ik deed het uit boosheid. Ik beschuldigde jou, omdat jij papa gehoorzaamde en ik voelde mij door jou verlaten. Toen jij de deur uitliep, worstelde ik met hem. Ik voelde mij verschrikkelijk machteloos tegen een grote vent. Sinds die tijd leefde ik in een duister hol. Jij verdween, Opa Jack overleden, papa was in mijn nabijheid en toch ben ik vaderloos. Ik weet, het was niet jouw schuld. Ik beschuldigde jou, omdat ik je vertrouwde. Door Oliviers komst rezen in mij vele fijne herinneringen op en Mia hoopte voortdurend voor verzoening..."

Cedric hield het niet meer uit en snikte.

Het spijt me dat ik niets liet horen over papa's ziekte en overlijden. Het spijt me dat ik je vals beschuldigde... alsjeblieft, vergeef me... Zelfs al ben ik met Mia getrouwd toch achtervolgt mij de verlatenheid..."

Tobey herinnerde zich Olivia's telefoongesprek over het overlijden van haar vader Carl-Jones en hij dankte God: Hoe groot zijt Gij? Door vergeving won hij één ziel voor God, dus vroeg hij zich af, waarom dan niet Cedric mijn eigen broertje? Sterker nog herinnerde de Geest hem Jezus' waarschuwende uitspraak: *'Indien gij Mijn geboden bewaart, zult gij in Mijn liefde blijven.'* 'Waarom nog langer strijd voeren met vuisten tegen de lucht? Deed Elizabeth het ook niet? Neen, greep hij zijn ziel aan, de strijd van Micky's dood heb ik overwonnen en nu zal het aardse verdriet van mijn broertje niet langer leven als vijand tussen ons beiden.' Gerustgesteld in zijn geweten sloeg Tobey zijn arm gewillig over de zwaar beladen schouders van zijn verdrietig broertje en bad:

"Vader, ik kom tot U. Welk een barmhartigheid heeft U ons getoond door het zenden van Uw Zoon, Jezus Christus, die Zijn leven voor ons, zondaren, heeft gegeven. Ik dank U, mijn Vader, voor Uw onnoemelijk geduld, lankmoedigheid en trouw, voor Uw bereidheid onze zonden in Uw rechtvaardigheid te vergeven en reinigt onze ongerechtigheid. Ik dank U voor Cedrics bereidwilligheid om de echte vijand het onbegrip, aan het licht tentoon te stellen en de bijl aan de wortel te brengen. Ik dank U voor uw bemoediging aan hem om alles met mij in het reine te brengen en vergeving te vragen. Vader God, onze Here, hier ben ik. Vergeef mij, Vader, van mijn ongeloof, koppigheid, beweterigheid en hardnekkigheid. Maar vergeef ook de herinnering die ik levend heb begraven van Cedrics onbeschrijfelijk verdriet. Zijn gillende stem kon ik niet verdragen, Heer, daarom heb ik het zo diep in mij begraven dat ik niet eens meer herinneren kon waarom ik Cedric verliet. Ik dacht werkelijk dat het ging om verdriet van onze geliefden. Maar de werkelijkheid is, dat ik de echte herinnering, de pijn van Cedric en van mij, levend begraven heb. Maar, zo bid ik ook, geef Cedric en mij de kracht om onze ouders te vergeven. Zij hebben heel veel verkeerd gehandeld en nu begrijp ik ook waarom. Pijn. Mijn ouders leefden met pijn die ook zij, net als ik, levend hadden begraven in hun ziel. Door al deze omstandigheden mag ik nu erkennen hoe dwangmatigheid in mijn leven is ontstaan. Het levend begraven van verdriet dat leidt naar de dood, zij hield mij jaren gevangen. De dood, zij is onrein en corrupt in mijn geest en hart. Vader, ik vergeef mijn ouders in alles wat zij onbewust verkeerd deden en zeiden. Ik vergeef jou, Cedric, verleden, heden en toekomst. Ik vergeef ook mijzelf, Here, in wat ik in Uw ogen verkeerd gehandeld en uitgesproken heb, bewust of onbewust. Van al deze opgenoemde zaken bekeer ik mij tot U en bid voor reiniging met het bloed van het Lam, maar ook heiliging. Kom ons tegemoet in genezing en herstel in Jezus' naam. Dank U, Vader."

Cedric vervolgde onmiddellijk erachteraan.

"Abba, Vader, dank U voor deze ontmoeting met Tobey. U alleen weet hoeveel ik van hem houd. Dank je, Tobey. Ik heb je zo vreselijk gemist... en jou jaren onterecht vals beschuldigd."

Wie herstelt, wie brengt terug; alleen hen die besloten voor oprechte verzoening, gelovend in de overwinning van één Offerlam...

Zelfs Cedrics logee was niet bij machte het jarenlange stilzwijgen te verbreken, doch na innerlijke strijd in het voeren van openlijke gesprekken, waagde Tobey de gok op het gelinieerd schrift van Opa Jack voor een rechtvaardige toenadering.

"Ik wil je iets van Opa Jack laten zien."

"Ja, ik herinner de klompen van Willem Steen en Oma Marieke haar sieradendoosje en..."

"Neen, dat bedoel ik niet. Kom."

In Tobey's studiekamer staarde Cedric met ingehouden adem naar de fascinerende familiestamboom.

"Wat..." amper fluisterend en met hongerige ogen gleed hij over de bijna alle bekende namen van zijn verre voorouders. Hij zag zijn naam Cedric en de naam van zijn vrouw Mia in deze magnifieke stamboom, alleen de namen van zijn kinderen ontbraken.

"Juf Hilda vertelde zeker over onze trouwdag", zei Cedric met zijn ogen vasthakend op de namen van zijn verre voorouders. Tobey richtte zijn ogen van zijn bureaulade naar de stamboom. "Ja, het spijt me, dat ik de namen van jouw kinderen niet heb..." "Wanneer was je van plan het mij te vragen?" "In betere tijden", antwoordde Tobey eerlijk en het trof Cedrics hart.

Uit zijn bureaulade haalde Tobey het gelinieerd schrift tevoorschijn, legde het gesloten neer op het bureaublad en schoof een extra stoel bij. Gevoelloos staarde Cedric naar het onbekende schrift, want iets anders hield hem bezig.

"Toob... vertel mij... hoe was papa?"

Tobey hoefde niet lang na te denken, want meteen proestten de woorden uit zijn mond van welgemeende erkenning.

"Goh, papa... papa was een zelfverzekerde man. Hij was erg geliefd vanwege zijn gastvrijheid – niet dat hij jan en alleman in zijn huis binnenliet, neen, zijn gastvrijheid kende zijn grenzen. Hij was een vader waar elk weeskind van droomde. Willie overnachtte vaak bij ons als hij wist dat papa thuis was! Kun je nagaan, zodra de kinderen in onze omgeving roken dat papa thuis was, was ons huis bezaaid met kinderlijke vreugde. Zijn sterke aantrekkingskracht was werkelijk grenzeloos. Wist je dat hij mij leerde schrijven en lezen? Hij leerde mij zelfs vliegen!"

"Vliegen? Hoe bedoel je... vliegen?"

"In onze achtertuin hadden we een draaiwaslijndroger en ik was zeven jaar. Hij zei, zoon, ik zal je leren vliegen, kom. Hij hing mij vast aan die draaiwaslijndroger, waarmee weet ik niet meer, maar toen zei hij, en nu je armen uitstrekken als een vogel. En dat deed ik. Toen greep hij de waslijndroger en liep zo snel hij kon in de rondte. Het was heerlijk, Cedric, al was ik maar op anderhalve meter hoogte, maar daarboven met uitgestrekte armen voelde ik me vrij als een vogel. Hoewel, het duurde maar voor kort en mama kwam net op het verkeerde moment naar buiten en zag mij letterlijk door de lucht vliegen regelrecht op het gras. Natuurlijk hield ik er een buil aan over..."

"Net als ik toen, jij met jouw zwarte katvis!"

"Ja, en het heeft me 50 cent gekost!"

"Dapper en slim van mij, niet?"

"Afzetter."

"Hij was dus heel anders…"

"Hm, vissen, balspelen, voor het slapen verhaaltjes vertellen. Hij nam mij op zijn schoot en we zaten samen achter het stuur… ik was vier… ik zag meer stuur dan de rest, maar wat een schik ik had met hem… het draaien van het stuur en de opzettelijke hobbels die hij koos, bracht mij aan het schateren."

"Ja, het was nooit moeilijk om je aan het lachen te krijgen…"

"En toch wonderlijk, hoe hij tijd nam voor mij alleen…"

Tobey wachtte even voordat hij nostalgisch verder sprak over zijn harmonieuze relatie met zijn vader.

"Ik merk hoe egoïstisch ik spreek over fijne tijden met papa, maar hoe beleefde jij papa?"

Net als in de tijd van de Inquisitie die door Europa reisde in het opsporen van ketters, werd Cedric in zijn geweten meedogenloos achtervolgd die zijn vaders grimmige periode poogde te begrijpen. Doch een pijnlijke krop belemmerde hem het spreken. joeg zij als valse aanklager op Cedric. ze zichzelf

"Ik…ik", zijn keel deed zo zeer en perste moeizaam toch de woorden eruit.

"Ik heb zo'n vader als jij niet gekend, Tobey. Hij was verre van zo'n liefdevolle vader, een vader met charme en aantrekkingskracht voor kinderen. Het leek of hij zich verplicht voelde over mij te ontfermen, maar in werkelijkheid weigerde hij dat. hij dat. Soms denk ik dat Opa Jack hem erop wees om ook aan mij aandacht te schenken. Hoewel Opa Jack realiseerde ik had een vader, maar in werkelijkheid leefde ik als een wees en het is waar, Toob, later in mijn huwelijk met Mia besefte ik maar al te goed; ik ben zijn kind en toch… ik ben vaderloos…"

Cedric stopte even en schraapte zijn keel, want de krop bestookte hem een hinderlijke pijn.

"Wat ik je nu vertel, daaraan wil ik eigenlijk niet aan herinnerd worden. Ik was acht jaar en vond papa op de bank in de woonkamer. Hij lag daar met zijn ogen doelloos gericht naar het plafond. Schuchter liep ik naar hem toe en waagde hem te vragen of ik naast hem mocht zitten. Dit is wat hij zei: Laat me met rust. Sindsdien, Toob, vroeg ik hem nooit meer om de geringste genegenheid..."

Weer wachtte Cedric een ogenblik, terwijl Tobey biddend luisterde. Want in zijn hart realiseerde hij zich hoe zijn vader zich verzette tegen verzoening met zijn twee zonen.

"Weet jij wat ik niet alleen denk, maar eerder geloof? Ik geloof dat papa alleen jou de schijn van vaderliefde voorspiegelde in plaats van dat hij dat in werkelijkheid meende. Zolang onze moeder in zijn tegenwoordigheid leefde, voelde papa zich veilig. Laten we eerlijk zijn, Toob, hoe kan het? Als papa werkelijk zoveel van jou hield, waarom vergaf hij jouw het kattenkwaad van de zwarte katvis niet? De vernederingen van bekende mensen om hem heen die hij moest doorstaan, kostte hem opnieuw een domper en gaven hem de doorslag jou eruit te zetten..."

'Precies,' dacht Tobey, 'papa en ik kwamen niet tot verzoening. Hij wees mij af, omdat mama...'

"Papa veranderde toen mama verdween. Ik herkende hem niet meer... maar ik geef toe, je hebt gelijk, papa was niet *de* vader... en toch Cedric kan ik hem niet haten. Ik kan het niet."

"Je snapt goed genoeg waarover ik het heb, Toob..."

"Ja, ik begrijp jou volkomen..."

"Ondanks papa's bitterheid die mij omringde, neen, ook ik haat mijn vader niet. Ik herinner me Opa Jacks woorden: Vergeet nooit mijn kleine Cedric, God de Almachtige verlangde je te zien en vergist Zich nooit. Dit was mijn enige houvast, Toob, dit..."

Eindelijk braken de tranen los en snikte Cedric het uit in Tobey's armen.

"Vader", sprak Tobey tot God, "U beloofde ons de Trooster, de Gezalfde Jezus Christus, om gebrokenen van hart te helen en ik draag Cedric met een gebroken hart aan u op. U heeft zijn belijdenis gehoord en diep in zijn hart leeft het berouw van dingen die hij niet had moeten denken noch zeggen. In zijn belijdenis toont hij niet alleen zijn verdriet, maar oprecht zijn openheid.

Cedric snakt naar Uw verzoening, Here, anders waarom bekent hij zijn ellende..."

Wiens sterkere macht zegevierde: de onrechtvaardige Inquisitie of de liefde van God? ? Welke is in Christus Jezus onze Here? Nederig viel Cedric gedwee op zijn knieën en riep het uit. "Here, mijn God, ik leef met een diep schuldgevoel, omdat ik papa in de steek liet. Juist op het moment toen hij op sterfbed openlijk met mij wilde praten, sloot ik mezelf op in boosheid. Ik vergold hem scheldend op zijn vaderloosheid... hij liet mij in de steek... ik voelde me verschrikkelijk verlaten... en waar was U? Waar was U? Ik had helemaal niemand... niemand die zich over mij bekommerde... en toch begrijp ik... de schuld ligt niet bij U, maar bij mij en papa. Wij faalden en om die reden vraag ik vergeving. Wil mij vergeven, maar ook mijn vader, die ik nooit heb gekend... ook hem wens ik te vergeven..." Uit het diepst van zijn hart pleitte Cedric voor Gods aangezicht waar hij op genade kon rekenen. Meteen stond hij op en zat weer terug op zijn stoel, toen viel hem iets op.

"Mijn ellendige krop is verdwenen, Toob... dat kreng is weg..."

"Dat krijg je als je je met God verzoent."

"Je hebt gelijk, Tobey, mijn hart is gebroken, maar ik geloof dat de Gezalfde Here mij zal genezen. Trouwens, je zei dat mama was verkracht. Wie was haar verkrachter? Al ken ik haar niet, vertel het mij."

'Vreemd,' dacht Tobey, 'net als Olivier heeft Cedric geen moeder.'

"Cedric, onze ouders hebben fouten gemaakt en Opa Jack wist hierover, omdat hij hen heeft gewaarschuwd niet te trouwen. Mama was verkracht toen ze veertien jaar was door haar eigen neef, de zoon van haar zus. Toen mama merkte dat ze van hem zwanger was, pleegde ze abortus en door deze dodelijke daad leefde ze in depressie..."

"Ze was er nooit overheen gekomen, bedoel je?"

"Klopt... dat was de reden van haar mysterieuze verdwijning."

"Wist papa van haar verkrachting?"

"Ja, van de abortus en ook van haar depressies..."

"Waarom zocht hij geen hulp?"

"Dat deed hij, maar mama wees het af. Ze wilde zelf de oplossing zoeken, daarom verdween ze plots uit ons leven. Ze had zich aangemeld bij een of ander sanatorium. Cedric, ik wil dat je de waarheid kent. Er is één reden *waarom* onze ouders zijn getrouwd."

"Toch omdat ze van elkaar hielden??"

"Ja, dat is ook zo. Maar papa..."

"Papa wat?"

"Ik heb het nooit geweten, maar toen ik Opa Jacks gelinieerd schrift las, toen begreep ik waarom Opa het *aan mij* toevertrouwde..."

"Hou mij niet langer in spanning, Toob?"

"Cedric... als kind... was ook papa verkracht..."

Ongenadig hard klonk de waarheid uit Tobey's mond. Een zware donderslag explodeerde Cedrics verwachting in dit ene ogenblik van kraakheldere openbaring van een abnormaal gewelddadig vergrijp op zijn eigen verbitterde vader, dat zijn gedachte remde door diepe verbijstering.

"Weet je dat zeker, Toob?" stotterde hij geschokt.

"Ja..."

"Hoe is dat mogelijk? Eerst vertelde je hoe hij als een vader subliem uitblonk voor jou, Willie en alle andere kinderen... hoe kan hij nou als kind verkracht zijn??"

"Cedric, geloof me, ik leef met een sterk vermoeden waarom Opa Jack het niet persoonlijk aan mij kon uitleggen, ik denk het leed door de ongehoorzaamheid van onze vader. Elk lid van zijn nageslacht was hem dierbaar. En ik geloof werkelijk, juist omdat papa zelf was verkracht als kind dat dat hij uit zijn diepste besef mama heeft willen helpen door met haar te trouwen en dat zij zou genezen, zoals hij door God werd genezen."

"Je bedoelt, papa voelde zich verplicht over haar te ontfermen..."

"Eerder, hij droeg een minderwaardigheid..."

"Minderwaardigheid? Onze pa?"

"Ik heb liever dat je zelf kennismaakt met Opa Jacks gelinieerd schrift. Waar het stripje papier uitsteekt, daar vertelt Opa Jack de waarheid."

Tobey stond op, maar eer hij de benen wilde nemen, hield Cedric hem tegen.

"Tobey, wacht even... hoelang wist je dit?"

"Na Oliviers geboorte toen pas las ik voor het eerst Opa Jacks schrift."

"Bedoel je, in al die jaren droeg je dit schrift mee over de hele wereld? Hoe wist je het in zijn goede staat te behouden?"

"Vraag het me niet, Cedric, soms begrijp ik het zelf niet. Slechts één ding begrijp ik, Opa Jack wil ons van het kwade behoeden."

Begrijpend knikte Cedric nog even nadenkend.

"Nog even, Tobey... waarom heb je, behalve het verdringen van mijn gegil, waarom heb je nooit moeite gedaan mij te benaderen... hoe dan ook?"

Gemakshalve poogde Tobey zijn verdriet te smoren door een blik te werpen op zijn dierbare familiestamboom en er deels in slaagde.

"Nadat papa mij uit huis commandeerde, verloor ik mijn zelfrespect. Ik wilde niets meer weten over moraal goed of slecht, ik wilde niets meer voelen, ik wilde niets weten over grote verantwoordelijkheden, ik maakte mezelf verdoofd. Ik wenste Opa Jacks onderwijs te vergeten, maar God zij dank gebeurde dat niet. Degene die sterker aantrok was meneer Zelfmedelijden en wat mij het meest pijn deed was jouw gegil. De oplossing ervan verdrong ik door de obsessie van Elizabeth in Micky's dood." Met deze woorden verliet Tobey de kamer en Cedric concentreerde zich op het gelinieerd schrift van Opa Jack.

Een mysterieuze man gijzelde een aantal uren vier kleine kinderen in een grimmig vertrek. Eén der kinderen heette Bill Johnson, de zoon van Phil Johnson, de zoon van Matthew Johnson, de zoon van Young Jack Johnson, wiens naam van zijn vader Willem Steen in het registratiekantoor, bij de haven van New York, door de doofheid van een klerk werd veranderd. En Bill weigerde met groot verzet, als zesjarig kind, het gebod' eert uw vader en uw moeder 'gewillig te volgen. En om zijn tegenspraak kracht bij te zetten, duwde hij met alle kinderlijke kracht het zware kabinet voor zijn slaapkamerdeur. Zijn ouders

Phil en Annelies waren hoogst perplex over dit abnormaal recalcitrant gedrag en besloten Opa Jack in te schakelen, daar zij de hechte vertrouwensband tussen hen beiden kenden.

"Opa Jack, dit is met Phil..."

De hoorn van de telefoon beefde mee in Phils bevende hand en zijn trillende stem.

"Oh Phil, vertel eens jongen, waarvoor bel je?"

"Opa... ik wil u verzoeken om bij mij thuis te komen. Het is Bill..."

"Oh?"

"Bill is hysterisch, opa. Hij heeft zichzelf in zijn slaapkamer opgesloten. Ik denk dat hij het kabinet voor de deur heeft geschoven."

"Hysterisch zeg je, oké, Gun mij even tijd, jongen, dan komen Oma Marieke en ik eraan, oké?"

"Dank u, opa."

"En jouw ouders zijn nog steeds in Europa?"

"Klopt Opa Jack..."

"Goed, we komen eraan."

"Tot zo, opa."

Mary hoorde het ernstige gesprek. Haar blik sprak boekdelen en Young Jack behoefde niets uit te leggen. Samen liepen ze naar hun slaapkamer, bogen hun knieën en baden tot God.

"Here, God Almachtige, U Schepper van het heelal, U Die deze aarde geformeerd heeft voor de mens, hartelijk dank voor het leven dat U ons heeft geschonken. Ook danken Mary en ik voor de rijkelijk, gezegende gezinsuitbreiding die U heeft voorzien. Hemelse Vader, diep in mijn geest ervaar ik een grote angst, die onze kleine Bill nu op dit moment ervaart..."

"Jack...", viel Mary in de rede. "Er is een man... hij verbergt kinderen in een toren... hij kwelt hun met wreedaardige boosheid maar ook jaloezie kroont zijn hart..."

"Herken je de persoon?"

Mary knikte alleen met enkele woorden tot God.

"Vader, in dit geval is het vreselijk moeilijk om te vergeven wat onze kleinzoon is aangedaan, maar ook alle andere kleine kinderen die erbij betrokken zijn. Ik wens die dader te vergeven met heel mijn hart, Here, maar dat kan ik nu niet... maar om Uw gebod niet te

overtreden doe ik het nu met mijn verstand en Heilige Geest, help mij in Uw kracht deze dader ooit met geheel mijn hart te vergeven..."

Mary weende in diepe smart in de armen van Young Jack, samen beleefden zij de diepste verbijstering in hun leven ooit gemoeid te zijn geweest.

"*Dank u, Opa Jack en Oma Marieke voor uw komst. Annelies en ik weten geen raad.*"

"*Klopt*", *antwoordde Annelies met grote angst in haar ogen.* "*Wat moeten we nu doen?*"

"*Phil, ik raad je aan mijn vriend Jim Clarence, hij is rechercheur bij de politie, te bellen. Zeg hem dat hij voor mij een uurtje vrijmaakt.*"

"*De politie, Opa Jack? Waarom?*"

Onverbloemd antwoordde Young Jack: "*Ik heb een sterk vermoeden dat Bill is verkracht.*"

"*Wat!!?*"

Annelies viel bijna flauw en moest haastig op de bank gaan zitten. Phil stond volledig gechoqueerd aan de grond genageld.

"*Opa...oma...hoe weet u dat zo zeker...?*"

"*Phil, Opa zei een sterk vermoeden...*" *herhaalde Mary rustig.*

"*Oma, dit betekent voor mij precies hetzelfde als zeker!*"

En hoe snel het menselijke brein kon wenden om het kwade te achterhalen, werd ook voor Phil niet verborgen gehouden.

"*Opa, oma... u weet over Bills verkrachting zeg mij wie... wie Opa Jack... Oma Marieke?*" *Opeens verloor Phil alle zicht op rechtvaardigheid ook al werkte hij bij de Justitie.*

"*Niet nu, Phil*", *beval Young Jack onmiddellijk.* "*Eerst bel je Jim en doe wat ik je vraag.*"

"*Doe het, Phil*", *zei Mary kalmerend en liep met hem mee naar de telefoon.*

Ondertussen klopte Young Jack zachtjes op Bills slaapkamerdeur.

"*Bill, Opa Jack is hier, jongen, mag ik binnen komen?*"

"*Opa... Opa Jack...*" *hoorde Young Jack Bills gedempte stem, terwijl hij iets zwaars opzij schoof.*

Tussen de kleine deuropening wurmde Young Jack zich naar binnen.

"Hey, mijn manneke..."

Kleine Bill sprong hysterisch met handjes die geen raad wisten waarheen ze moesten. Zijn armpjes en beentjes volkomen gedesoriënteerd, dan verscheen eensklaps een korte huilbui en plots weer rustig en telkens herhaalde deze abnormale cyclus zich keer op keer in een rap tempo. Eindelijk wist Young Jack zich binnen te wurmen en hij plaats nam op de vloer.

"Zeg eens, Bill, kun je Opa vertellen wat er aan de hand is, hm?" Een grotere kloof tussen zijn achterkleinzoon en hem had nooit bestaan in deze slaapkamer. Talloze keren bracht Young Jack zijn kleine Bill naar bed, vertelde hem talloze avonturistische verhalen uit de Bijbel. Samen speelden zij Noach na met een groot laken over het bed gespreid en daaronder roeiden zij over stromachtige oceanen en rustige beken. Alle knuffeldiertjes en poppetjes van zijn zus Bea moesten ook al de gevaren mee trotseren. Maar nu keerde het tij zo drastisch dat Bill enkele stappen van zijn overgrootvader was verwijderd, wat hij nooit had gekend. Iets onbegrijpelijks ja, een onbegrijpelijke angst hield kleine Bill vast in zijn greep.

"Opa...opa..., ik wil niet naar de kerk...!!!" gilde Bill plotsklaps onbeholpen hysterisch.

"Opa!! Ik wil niet naar de hel!! Opaaa... ik wil niet... ik wil naar Jezus, Opa Jack... ik heb... heb zo'n pijn, opa, pijn...!!" Het kind huilde hartverscheurend, smekend om genade.

Onverdroten wendde Young Jack zich tot de hysterie van het kind en sprak rustig, maar op gebiedende wijs, in Jezus naam, het kind te verlaten.

Dit herhaalde Young Jack nog een paar keren tot Bill rustig reageerde en snikkend rende in de betrouwbare armen van zijn geliefde Opa Jack.

"Het is goed, jongen, het is goed", koesterde Young Jack zijn kleine Bill.

Young Jack herinnerde zich Gods woorden '...het hart is het meest bedrieglijke ding wat er bestaat. Het is door en door slecht...'

"Ach Here, hoe hard hebben wij mensen U nodig", fluisterde Young Jack.

Bij het politiekantoor van Jim Clarence diende Young Jack de aanklacht in samen met zijn kleinzoon Phil over wat geschiedde bij zijn zoontje Bill.

"Hoe weet jij zo zeker, Jack, wie de dader is?"

"Jim, Bill is een kind. En kinderen die met iemand een hechte band ervaart, vertelt de diepste geheimen, niet omdat Bill mijn achterkleinzoon is, los van dit feit, maar in zijn conditie kon hij moeilijk liegen. Daarbij openbaarde God aan Mary wie de dader is. Het bewijs zijn de namen die kleine Bill meedeelde: Arnold Switek, Jimmie Austin, Franklin Dobsons, en Suzanne Witts. Bij het noemen van de naam Suzanne bleef hij aanhoudend huilen en ik vrees, dat de jongetjes gedwongen werden toe te zien hoe de dader Suzanne aanrandde."

"Gedwongen, zeg je" zei Jim diep nadenkend.

"Het kan niet anders, Jim. Hij wist geen andere manier de kinderen de mond te snoeren, dan hen op deze manier te dreigen..."

"Fysiek geweld of verbaal..."

"Allebei. De dader verzekerde hen dat als zij maar één woord durfden te verklappen aan hun ouders of aan mij, vooral aan mij, dan zou God hen regelrecht naar de hel sturen... voor eeuwig zouden ze verbranden in het vuur. In deze verschrikkelijke angst hield hij hun gevangen om zijn verschrikkelijke wandaden voort te zetten."

"Je zegt 'vooral aan mij', weet je wat hij daarmee bedoelt?"

"Jaloers ten koste van mijn zoon, Opa Jack", repliceerde Phil driftig.

"Ja, Phil, ten koste van jouw zoon en alle gegijzelde kinderen..."

"Mannen, alsjeblieft, hier schieten we niets mee op", drong Jim tussenbeide.

"Sorry, Phil", excuseerde Young Jack meteen.

"Waarom jaloezie, Jack?" ondervroeg Jim.

"Ik denk: ik vertelde hem ooit de waarheid over de dwaasheid van het kruis en wellicht voelde hij zich op dat moment bewust van zijn overtreding en besefte hij zijn onnatuurlijke, seksuele zonde. Met andere woorden: hij worstelde met pijnlijke gedachten. Daarbij bekende Bill aan mij, als ik deze schandelijke daad zou vernemen, dan zou de dader alles ontkennen. En veel erger, ik en vooral God zouden

Bill dat nooit vergeven en hem daarom in die oneindige put zou verdelgen met vuur."

"Over wie spreek je, Jack, zeg mij: wie is de dader?"

Young Jack had evenveel moeite met het uitspreken over de walgelijke wandaden van de dader als het uitspreken van zijn naam.

"Jack?"

"Opa, zeg ons wie?" drong Phil aan.

"Joe...Joe Marsh."

"Wat?! Opa Jack, weet u wat u daar zegt? Joe Marsh is een respectabel lid van de kerk!!"

"Ik herhaal, Phil, bedreigde kinderen, vervuld met angst liegen niet."

"Jack, dit zijn ernstige aantijgingen, dit moeten we heel voorzichtig aanpakken, het zorgt voor veel ophef, man."

"Daar ben ik me terdege van bewust, Jim... Maar de kinderen... wie denkt aan hun trauma's? Laat het oordeel over aan de professionelen en zeker aan God."

"Wacht even, Jack. Je zei daarnet, God openbaarde het mij en Mary, hoelang wisten jullie dit?"

"Mary vandaag, nadat Phil belde. Ik waarschuwde Phil een maand geleden indirect over Joe's duistere gedragingen..."

"U vertelde mij over Joe??" riep Phil ongelovig.

"Ja, Phil. Kun je je nog herinneren dat ik je uitlegde om Bill niet naar de zondagschool te brengen, omdat God mij Joe liet zien, maar je verhardde je hart. Je geloofde me niet."

De waarheid klonk hard in Phils oren en hij staarde gechoqueerd voor zich uit.

Met een arrestatiebevel arriveerden Jim Clarence met twee agenten, samen met Young Jack, in alle rust in de kerk. Om de gemoederen niet nog heftiger op te jagen, mocht Phil van Jim niet mee. In de kerk vroeg Jim naar de aanwezigheid van Joe Marsh waar hem verwezen werd naar de bezinningstoren voor een retraite. "Precies dat is de toren die God aan Marieke openbaarde', dacht Young Jack. Na menigmaal kloppen op de deur bleef het ongekend stil. Jim gaf een der agenten het bevel de deur forcerend te openen. In de torenkamer ontdekten ze twee huilende kindertjes: halfnaakt. Een der agenten

197

ontfermden over de geschokte kindertjes en bracht hen naar een veilige oord. Ongemakkelijk wendde Young Jack zich tot Joe Marsh.

"Joe, geef je over. Het is voorbij. Bill heeft me alles verteld ook de namen van jouw gegijzelden."

Bezweet van angst en bijna krankzinnig keerde Joe naar het openstaande raam en met een ruk keerde hij zich weer om.

"Nooit te nimmer, Jack! Jij zelfingenomen rotzak die je bent, denkend dat jij alles weet. Nooit geef ik me over... nooit!!"

Eer Young Jack iets kon zeggen en de mannen der wet konden ingrijpen, sprong Joe uit het zestien meter hoge torenraam.

Een verontrustende worsteling voerde strijd in Young Jacks hart en hij begreep maar niet waarom deze duistere aanklacht hem achtervolgde. In diepe overpeinzing op het balkon met het uitzicht naar de voorkant van het huis ontfermde Mary over hem.

"Lieverd, wordt het niet tijd jezelf te vergeven. Het enige wat we nu kunnen doen is het trauma van Bill en de kindertjes te helpen. Hou niet vast, Jack. Vergeef jezelf."

Middernacht in de koudste vriesuren wandelde Young Jack over het bevroren gras gevolgd door het volle maanlicht.

"Abba, Vader, in mijn hart geloof ik stellig, Marieke heeft gelijk. Dit overzag ik. Mezelf vergeven. De aanklager weet mij elke keer te beschuldigen, omdat ik Bills verkrachting niet kon voorkomen, terwijl ik Phil waarschuwde en ik niets wist over Joe's onnatuurlijke aard. Maar helpt U mijzelf te vergeven, uit mijzelf kan ik het onmogelijk."

Young Jack verheugde zich hoe Bill genas van zijn trauma en later trouwde Bill na highschool met een prachtig meisje genaamd Abigail en samen kregen ze twee zonen Tobey en Cedric. Oma Marieke overleed op de leeftijd van honderd en één jaar bij de geboorte van Cedric.

"Opa Jack, hoe graag ik uw verlies van Oma Marieke zou willen verruilen met blijdschap", zei Bill welmenend.

"Werkelijk waar mijn jongen?" vroeg Young Jack onthutst.

"Jazeker, Opa Jack. U en Oma Marieke betekenen heel veel voor mij, ziet u. U houd ik tot nu toe vast in mijn hart, daarom ben ik u in alles dankbaar."

"Dank je, Bill, hartelijk dank voor jouw sterke, krachtige bemoediging en toch, mijn jongen, woedt er in jouw hart een strijd die schreeuwt om liefde", staarde Young Jack Bill strak aan.

"De Klu-Klux-Klan heeft weer in uw tuin staan dreigen met een vlammend kruis. De asresten liggen er nog. Ik haal het zo meteen weg", sloeg Bill koppig het onderwerp om.

"Dank je, Bill, maar is dat werkelijk jouw zorg?" vroeg Young Jack, terwijl hij door het voorkamerraam inderdaad houtasresten op zijn groene voortuin aanschouwde. Plots verscheen een donkergetinte, slanke dame, gekleed in een niet al te opvallende gebloemde jurk met crèmekleurige schoenen, binnen en vroeg of de heren iets wilden drinken. Young Jack schudde zijn hoofd en Bill keek haar vertwijfeld na.

"Opa Jack... wie..." fluisterde Bill verbijsterd. Zijn eens rustige gedachten sloegen opeens op hol.

"Oh Juf Juf Hilda", riep Young Jack de jongedame terug.

"Neem me niet kwalijk, Juf Hilda, dit is mijn..., Young Jack peinsde, hoe zat het ook weer? Ik weet niet of Bill mijn achterkleinzoon is of... vervelend, maar ik ben er zeker van dat hij tot mijn nageslacht behoort..."

Juf Hilda giechelde haar rechte, witte tanden bloot en strekte haar hand uit naar Bill.

"Aangename kennismaking meneer, Juf Hilda."

"Bill Johnson, aangenaam", schudde Bill haar hand ietwat beschaamd.

Zo vriendelijk als Juf Hilda verscheen, verdween ze onder Bills diepe verbijstering en hij zich nu meer richtte naar de roddelbemoeienis van onaangename buitenstaanders.

"Opa Jack, u kennende; raken mondige kogels u niet over uw huishoudster... en natuurlijk woont zij bij u in?"

"Bill, je bent veel te intelligent voor zulke gesprekken. Draai er niet omheen, jongen. Jij zit in de problemen, niet ik."

"Is het verbrande kruis de reden, Opa Jack? Vanwege Juf Hilda omdat zij een negerin is?"

Verstandig zweeg Young Jack en Bill voelde waarom.

"Ik wil u een gunst vragen", veranderde Bill pijlsnel van onderwerp.

Bills benauwende huwelijkssituatie kwelde Young Jacks gedachten allang niet meer, sinds hij in diep vertrouwen Bills sombere zaken aan zijn hemelse Vader overdroeg. Want zo, bemoedigde hij zichzelf, ik kan het niet.

"Over Abigail of over jouw kinderen?" vroeg Young Jack op de man af. Bill zweeg, staarde naar de uitgedoofde open haard, die in de nabije herfst weer zou worden ontstoken.

"Bill, jij kunt vluchten zoveel je wilt, maar kun je eerlijk antwoord geven? Hield je alleen van Tobey en Cedric toen Abigail nog deel was in jouw gezin? Of geldt diezelfde liefde nog steeds voor beiden?"

"Opa Jack", ontweek Bill kalm, "ik heb uw hulp nodig voor Tobey en Cedric en daarbij..." plots rilde een overrompelend gevoel van kilte over Bill.

"Daarbij wat, Bill? Juf Hilda? Nu je kennis hebt gemaakt met Juf Hilda schiet het je opeens te binnen of mijn huishoudster ook oppas wil zijn over jou kinderen?"

"Hoe komt het Opa Jack, dat u mij altijd één stap voor bent?" lachte Bill nerveus.

"Jouw kinderen, die je achterlaat als weeskinderen?"

"Dit is erg laag, Opa Jack. Ik vraag uw hulp voor mijn jongens..."

"Hield jij van jouw kinderen toen Abigail nog deel was van jouw gezin of geldt diezelfde liefde nog steeds voor beiden zonder jouw vrouw?' drong Young Jack aan.

"Waarom stelt u mij deze vraag?" vroeg Bill verdedigend.

"Kom op, Bill, hou jezelf niet voor de domme. Je hoeft me niet te vertellen dat Abigail plotseling zonder reden is verdwenen. Oma Marieke en ik hadden jou en Abigail gewaarschuwd..."

"Waarin is Abigail onevenwichtig, Opa Jack, waarin?" vroeg Bill gekrenkt.

"Abigail lijdt aan depressiviteit, daarnaast regelde zij een sterilisatie en zij weigert te..."

"Genoeg!! Opa Jack genoeg! Oké. Abigail's s verdwijning is niet zonder reden. Maar ik kan hen toch onmogelijk in mijn eentje..."

"Opvoeden?" vulde Young Jack aan. "Wanneer heb je jezelf in de spiegel bekeken, jongen? Dankzij Abigail zag je er altijd goed verzorgd uit. Nu loop je rond als een afgetakelde zwerver. Van buiten netjes

gekleed maar van binnen, in jouw ziel, een compleet wrak. Wees sterk voor je kinderen en jezelf."

Resoluut keerde Bill om en bemerkte de lichtgroene sjaal van Abigail op de bankleuning.

"Wanneer was Abigail hier, Opa Jack?"

"Eergisterochtend. Ze vertelde over haar schuld..."

"En u zet uw tong op slot? Waarom in hemelsnaam?"

"...die zij maakte met jou. Ik vroeg haar of ze bereid was voor hulp. Ze antwoordde ja maar niet van mij. Ik vroeg haar van wie dan wel. Zij negeerde mijn vraag en verliet zonder een woord."

Onherroepelijk vulde de atmosfeer zich met een onaangename stilte, zo'n vreemde beleving kende Young Jack niet in zijn huis, ook niet toen hij en Mary Ruyters zo nu en dan onenigheid hadden. Direct stond Young Jack op en sloeg zijn arm over Bills schouders, die verdrietig en moedeloos voor zich uitstaarde.

"Bill, wil je alsjeblieft voor één keer de waarheid vertellen, is het waar dat jij je schuldig voelt ten aanzien van Abigail..."

"Wat bedoelt u?"

"Luister, ik draai er niet omheen, jongen, weet je welke symptomen Oma Marieke en ik ontdekten in Abigails houding?"

Voor het eerst trof zijn overgrootvaders waarheid Bills geweten waaraan hij onmogelijk ontsnappen kon.

"Ook Abigail is aangerand, is het niet, Bill?"

"Hoe kunt u met zekerheid zeggen..."

"Bill, mijn hemelse Vader kan niet liegen. Jij trouwde met Abigail in de gedachte haar te kunnen genezen, maar je besefte te laat dat je het niet kon. Jijzelf bent door God genezen, niet door mij of wie dan ook maar door God en net als Abigail kun jij haar onmogelijk genezen..."

"Waarom gelooft u niet dát ik het kan?" riep Bill verdwaasd uit.

"Bill, gelovigen vertrouwen God en activeren niets uit zichzelf. Abigail wijst God af hoe gelovig jij ook bent, zij wenst op haar manier te genezen..."

"Wat is dáár mis mee?"

"Niets!! Maar jouw hart is het méést bezeerd omdat zij jouw onkundige hulp afwijst, want jij beseft dat je haar onmogelijk kunt helpen en dát vernedert jouw zwakke gevoelens."

Een rotschuldgevoel bekroop Bill en als zo vaak trachtte hij zijn gepieker en het onbegrip te zegevieren over zijn machteloosheid hoe hij zijn geliefde vrouw Abigail ooit kon terugwinnen. Hij Hij piekerde verbeten: 'Zal zij dan altijd eigendom blijven van die rotverkrachter?'
"Opa..." smeekte hij.
"Lieg ik Bill? Heeft Abigail ooit abortus gepleegd? Als dit waar is bevestigt dit haar depressiviteit."
"Waarom is dit voor u zo belangrijk?"
"Jouw zonen."
"Tobey en Cedric? Hoe? Wat bedoelt u?"
"Sinds wanneer kun jij hun de waarheid over jou en Abigail vertellen?"
Daar stond Bill schaakmat. Voor het eerst erkende Bill in verslagenheid hoe diep de waarheid hem trof en Opa Jack moest gelijk geven.
Met gebogen hoofd knikte hij, naar grote tevredenheid van Young Jack.
"Breng je kinderen hier. Maar als laatste verzoek vraag ik jou een baan hier in de buurt te zoeken. Gebruik je huidige baan als treinmachinist niet als toevlucht. Distantieer je niet van je eigen kinderen en leer Tobey te vergeven, Bill. God en Jim Montgomery hebben je zoon vergeven, verhard je hart niet, jongen."

Overvloedig rolden Cedrics tranen over zijn wangen. De schoonheid van zijn vaders en moeders vreugde werd hem meedogenloos beroofd. Valse beschuldigingen koesterde hij veeleer naar zijn verbitterde vader, maar de oplossing leerde van zijn moeders mysterie, omvatte slechts een schrale troost. Haastig vluchtte hij weg van het gelinieerd schrift regelrecht naar Oliviers slaapkamer waar hij logeerde, vulde roekeloos zijn rugzak en rende naar buiten waar hij echte zuurstof inademde.

"Cedric... gaat het?" vroeg Tobey die net zijn schrijnwerkersloods verliet.

"Waarom?? Waarom weet ik niets!? Waarom weet ik niets..." riep hij onbegrijpelijk en snikkend zakte hij moedeloos ineen. Meelevend nam Tobey plaats naast zijn broertje op de grond, sloeg zijn arm over zijn schouders en bekende eveneens zijn onwetendheid.

"Net als jij wist ik niets, maar door het gelinieerd schrift van Opa Jack ben ik erachter gekomen."

"Ja en wat nu, Toob, wat moeten we *nu* doen... *nu*...?" huilde Cedric radeloos.

"Het enige wat we nu kunnen doen, is zeker onszelf vergeven... juist omdat wij van niets wisten en gebrek leden in Gods kennis konden we niet rechtvaardig beoordelen. Wij oordeelden onbewust verkeerd door pijn en onbegrip."

Ward arriveerde in een late namiddag en vond Tobey achter het huis.

"Hey Toob, hoe is die?"

"Hey Ward, en?"

"Prachtig uitzicht."

"Ik heb nooit geweten dat het landgoed op mijn naam staat."

"O?"

"Ja, ik ontdekte het eergisteren in het contract."

"Dit landgoed? Waar wij nu voor staan?"

"Ja."

"Wat doe je ermee?"

"Nou, ik had gedach..."

"Wacht effe, Toob, luister."

Tobey luisterde met gekruiste armen, terwijl Ward met zijn handen in de broekzakken stond.

"Ik weet niet wat het is, maar vannacht tussen twee en half drie droomde ik. Ik stond in een groen weiland, net als hier bij jou. En overal zag ik paarden, gezonde paarden en daartussenin stonden kinderen. Elk kind met een bijzondere glimlach en elk kind had eensgelijks iets aparts. Ik stelde mezelf de vraag, wie zijn deze kinderen en wat doen die paarden hier? Wil je geloven, Toob, er klonk kraakhelder een stem uit de hemel, die zei: Horse Ranch."

Ward staarde strak voor zich uit en Tobey antwoordde:

"Klopt, Ward, binnenkort start ik met een manege voor gehandicapte kinderen waarvoor God mij heeft geroepen. Een vak dat ik leerde op Fork Ranch en dat doen wij samen, of je wil of niet. Je moet een echt vak leren, Ward. Ik heb ook Cedric, mijn broer uitgenodigd..."

"Oh of ik wil of niet..."

"Precies."

"En Olivier?"

"Oh hij is leraar."

"Gehandicapte kinderen zeg je."

"Yep."

"Cedric?"

"Hm..."

"Familiekransje! Ben ik echt welkom, Toob?"

"Vluchten kan niet meer, jongen, trouwens, hoe lang nog?"

"Twee jaar."

"Dan kun je meteen beginnen."

"Oké, baas."

Reikhalzend stond Tobey tussen een drom gearriveerde en vertrekkende reizigers op de luchthaven in Lincoln. Met diepe smacht uitziend naar zijn zoon Olivier voelde hij plots een getik op zijn schouder. Verrukt keerde hij om en zag een jongeman met een cowboyhoed op zijn hoofd. "Olivier!!" riep hij uit. Krachtig klampte hij zich vast aan zijn zoon.

"Oh Olivier...wat heb ik je gemist, jongen..." klonk Tobey bijna kreunend van vreugde.

"Klopt, pa, ik hoor je hart bonzen", plaagde Olivier.

Met gesloten ogen genoot Olivier het heen en weer wiegen aan zijn vaders borst en droeg zijn hoed in zijn hand.

"Eindelijk ben je thuis, jongen", kuste Tobey het hoofd van zijn zoon keer op keer.

"Eerlijk gezegd, pa, soms heb ik je ook gemist", biechtte Olivier.

Tobey glimlachte.

"Ook dat weet ik, zoon, jouw passie is er ook nog."

Tobey aanschouwde de vertrouwde, glinsterende blik van zijn zoon die in krachtige voldoening zei: "Dank je, pa, op dit moment ben ik thuis", en klampte zich stevig knusjes vast aan zijn vaders borst eer zij beiden opgelaten het gebouw verlieten. Met Oliviers koffer in de laadbak zaten ze naast elkaar in de pick-up.
"Hoed op je bolletje?" vroeg Tobey plagend.
"Van tante Mia, pa. Tante Mia is een toffe moeder, echt waar pa", antwoordde Olivier vol enthousiasme.
"Ik ben blij dat te horen, jongen, erg blij."
Terwijl Tobey treuzelend de motor startte, viel Olivier de misvorming van de Stetson op.
"Wat kijk je?"
"Stetson. Wat is met de Stetson gebeurt?"
"Oh, ongelukje." Tobey verraadde zijn leugentje door zijn nerveuze vingerwrijven.
"Pap, wees even eerlijk."
"Oké, ik was boos."
"Jij? En dan boos, heus? Ten koste van de Stetson, tsss wat een boosheid, pa!"
"Ik ben ook maar een mens, Ollie."
Olivier tikte onopgemerkt de Stetson aan de achterkant over zijn vaders neus. Tobey lachte en zette zijn hoed weer recht op zijn hoofd.
"Je krijgt een nieuwe Stetson op je komende verjaardag."
"Neen, hij doet het nog goed."
"Met andere woorden, de Stetson wordt geen erfstuk voor mij."
"Je hebt jouw eigen hoed", grapte Tobey met een knipoogje.
"Oh, wacht even, pap", herinnerde Olivier zich, "gecondoleerd."
"Dank je. Jij trouwens ook."
"En jouw ring?"
"Doorgespoeld in het ziekenhuistoilet."
"Dapper vadertje. Ben je nog op Fork Ranch geweest?" vroeg Olivier enthousiast.
"Neen, zoon, dat is verleden tijd. Maar weet je ik realiseerde me iets toen ik Micky's graf bezocht."
"Oh?"

"Het doel van Fork Ranch. Fork Ranch was het tussenstation voor jouw geboorte."

"Tussenstation? Pa, ik ben gebo..." plots begreep hij wat zijn vader bedoelde. "Dank je, pa, zij is mijn moeder en dat zal ze blijven. Haar moederschoot was in voorbereiding speciaal voor mij, ondanks dat zij mij afwees. Toch vergeef ik haar."

"Dank je, Olivier, God wilde jouw geboorte en weet je, zoon, jouw naam heeft een doel."

"Ik een doel?!" Oliviers enthousiasme raasde door hem heen.

"Ik begreep eerst niet wat Gods doel was met jou, Olivier, maar nu wel. Jouw geboorte was niet in de eerste plaats voor mij als troost, ik moest leren orde en rust te plaatsen in mijzelf en mijn gezin... maar ook mijn andere geliefden. En jij bood mij die uitweg naar verzoening tussen jou en mij."

Olivier keek zijn vader stilzwijgend aan, want hij begreep hoeveel dit voor zijn vader betekende.

"Het leven schijnt voor mij opeens zo helder, helemaal anders, meer diepte... respect voor jou."

"Dank je, pa. Ik moet zeggen, je hebt volkomen gelijk. Nochtans jouw gebreken offerde je jezelf, dat is een gave op zich, daarbij besef je hoe je je hemelse gave als vader inzette? Nu begrijp ik wat mij in het vliegtuig te binnen schoot. Jij diende mij, dit is jouw gave, mij dienen, dank je, pa. Dienen en vergeven, klinkt misschien onlogisch, maar horen bij elkaar."

Oliviers woorden maakte een diepe inslag in Tobey's hart en hij knikte met wazige ogen.

"Dat is mijn enige verlangen, jongen, jou dienen is mijn zegen, mijn vrucht. Tenslotte..."

Olivier keek nieuwsgierig in de ogen van zijn vader.

"Ik heb een verrassing..."

"Verrassing?"

"Ja, maar ik wacht..."

"Kom op, pa..."

"Algoed. Mijn landgoed is groot genoeg voor een manege..."

"Wat!!? Je begint opnieuw met paarden trainen... heus vadertje??"

206

"Ja, ik doe het samen met Ward in zijn pensioen, dan leert hij pas een echt vak. Heeft Cedric niets verteld?"

"Neen, misschien een verrassing."

Onderweg naar huis opende Olivier zijn raampje en schreeuwde van vreugde tot de wereld:

"*Ik heb een geweldige vader!!!*"

Dagboek

"...jij dient mij, dit is jouw gave, mij dienen, pa..." zo klonken Oliviers geopenbaarde woorden. Het leidt mij tot nadenken. Ik ben God verschrikkelijk dankbaar voor de zoon waarin Hij zich niet heeft vergist. Hij kent mijn zoon en Hij kent mij. Dagboek, sorry, ik val nu met de deur in huis. God zegt iets heel opmerkelijks in zijn Woord:

"*Hebt gij geen vrouw meer? Zoek er geen.*"

Hij spreekt over gescheiden mannen en weduwnaars. Ik ben weduwnaar, dus voor mij liggen duizend-en-één kansen open. Toch kies ik bewust wat Hij zegt, *zoek er geen*. Deze drie belangrijke woorden beschouw ik als Gods gebod. Gelukkig, mijn toekomst is mij onbekend en juist des te meer wens ik toegewijd te zijn aan Hem, Die Eigenaar is over mijn leven en mijn eenzaamheid doet vergeten. Een onuitsprekelijke vreugde ontspringt in mijn geest tot op heden over de ontdekking van mijn nieuwe identiteit in Hem, Christus Jezus, mijn bewuste keuze voor het celibaat, of hoe je het ook mag noemen. God verlangde naar Oliviers geboorte en wat Zijn bestemming en doel is met hem, mag ik in vertrouwen aan Hem overlaten. Ik prijs mijn hemelse Vader voor Oliviers gave, het familieoffer, een offer rustend op het eenmalig volbrachte offer van Christus op Golgotha. Over Oliviers toekomst pieker ik niet en geen zorg omhult mijn hart. Heeft Olivier de gave om te trouwen, hij begaat geen zonde, het is Gods wil. God de Allerhoogste zal hem in alle dingen voorzien, tenzij Olivier zich vastklampt aan de geboden des Heren, zal hij leven in overvloed, zonder twijfel.

Overigens, Dagboekje, Christus is mijn Rots, Hij is mijn Fundament, mijn Schild, mijn Vesting, mijn Schuilplaats. Twee gaven heb ik van God de Vader ontvangen: de gave van vaderschap en de gave voor kinderen met downsyndroom begeleiden op Horse Ranch, heb ik het recht van eigenaarschap, over deze gaven, aan mijn hemelse Vader teruggegeven. Deze wijsheid kreeg ik, zodat niemand noch in de hemelse gewesten als hier op aarde, enige schade kan toedienen op mijn gaven. Het recht van eigenaarschap over mijn gave is nu veilig gesteld in de handen van mijn hemelse Vader, waarvan Zijn Zoon Jezus Christus is mijn Rots, mijn Fundament.

Vierendertig jaar waren Cedric en ik van elkaar gescheiden. Nu genieten we van een opbouw in het streven naar een hoopvolle toekomst. Het doel van verzoening leer ik steeds beter te kennen. Verzoening ja, het vraagt een offer en ik geloof ook wel dat Gods genade merendeels hieraan meehielp. Vergeving schenkt leven, geeft de mens adem in vrijheid te leven, biedt genezing. Ik denk nu Jezus' woorden te begrijpen:... *Ik zeg u, niet tot zevenmaal toe, maar tot zeventig maal zevenmaal vergeven*... Jezus tracht te zeggen, houdt vast tot het einde in Mijn gebod. En dit is mijn les, vergeven is mijn leven tot mijn laatste ademtocht.

Dagboek, mijn automatische piloot is afgebroken, de kracht ervan is afgenomen. Hoe? Door verzoening met Cedric en de vergeving aan mijn ouders. De gezindheid van niet-vergeven draagt een enorme kracht, dagboek, God riep mij om anderen te vergeven, te verdragen. Waarom? Zijn eigen Zoon, Jezus Christus, mijn Redder en Verlosser, heeft eveneens mijn zonden vergeven aan het kruis. En nota bene, Hij was zonder zonde!!

Abba Vader, hoe krachtig werkt Uw Geest in de gezindheid van vergeven. Het maakt vijandelijke banden los. Het strekt zich uit naar harmonie, rust en dankbaarheid. De geest verkwikt met verfrissende blijdschap. Hartelijk dank, Heer Jezus, voor Uw volbrachte werk aan het kruis op Golgotha, het verzoenend werk tussen God de Vader en mij. Dank U voor beproevingen, het bittere water, die mijn hardnekkigheid, zwakheden en ongeloof voorspiegelde. Dankzij Uw Geest leert U mij nederigheid en zachtmoedigheid en bereid te zijn gelijkvormig te worden aan het beeld van Uw Zoon, Jezus Christus.

Abba, Vader, U alleen bent waarlijk vader, dank U... hartelijk dank.

Lief dagboekje 1986

Mijn naam is Olivier Johnson, zoon van Tobey Johnson en verre nakomeling van Opa Young Jack. Op de dag van mijn bruiloft overhandigde mijn lieve vader mij zijn dagboek. In mijn huwelijksnacht las ik samen met Melanie nieuwsgierig en vol belangstelling over het leven van mijn vader. Tranen en gelach werden ons niet bespaard. Mijn vader beleefde een zeer bewogen leven. Zijn nalatenschap, zijn geschreven leven bewaar ik voor mijn vaders nageslacht. De vreugde van zijn leven omschreef hij met vreugdetranen toen Melanie een tweeling baarde, Jozef en Hanna. Het genot waarmee hij onze tweeling in zijn armen droeg, bood mijn voorstellingsvermogen een warm beeld toe hoe hij mij als pasgeborene voor het eerst droeg. Grappig hoe mijn vader en zijn beste vriend sheriff Ward zich inzetten als oppas voor onze tweeling. Op een dag ontdekte ik hun katten-kwaadstreek hoe ze mijn tweeling 'ontvoerden' uit hun kamer. Ze deden het stiekem door het raam! Ik verwees hun hoe makkelijker de deur is, zij antwoordden: ontvoeren is leuker! Wie is nu kind?! Meer geruststellender, het plan van de Allerhoogste voor mijn va-der wierp vrucht. Hij is opnieuw horseman en Ward zijn assistent. Ik zeg je, lief dagboekje, God vergist zich niet. God schonk hem werkelijk kinderen, kinderen met downsyndroom, waarbij Ward zich echt thuis voelt met hart en ziel. Verrast en kordaat besloot Cedric met Mia en de kinderen terug te keren naar Amerikaan-se bodem en met veel plezier een veelbelovende hulp te zijn voor mijn vaders manege. En hoe kan het anders? Mijn vader nodigde zijn broer uit om samen de namen van Cedrics kinderen op de familiestamboom te schrijven.

Mijn vader, ik hou van jou en meer nog, ik respecteer jou met heel mijn hart. Nog meer in al jouw gebreken, dat maakt jou alleen nog meer geliefd. Jouw nederigheid om mij vergeving te vragen van mijn gebroken hart kan ik nooit vergeten, daarom waardeer ik ten zeerste jouw dienen in mijn kostelijke kinderjaren, tienerjaren, de tere puberjaren, jouw voortreffelijke zorg, jouw opvoeding waarin jezelf veel leerde, ook dat geef ik door aan jouw nageslacht.

Opa Jacks geschiedenisschrift heb je doorgegeven aan Cedric en ik ben overtuigd dat jou diepste wens wordt verwezenlijkt, een boek, het leven van Opa Jack in jullie leven geschreven en nu ook in mij. En net als Opa Jack voedde je mij op met de Bijbel. Ik herinner me een vers:

"Alle vlees is als gras en al zijn heerlijkheid als een bloem in het gras; het gras verdort en de bloem valt af, maar het woord des Heren blijft in der eeuwigheid."

Dagboekje, mijn vaders conclusie over mijn geboorte was waar, *God voorzag mijn geboorte.* In mijn vaders genezing over Micky's rouw schreef hij de naam van mijn overleden broertje naast de mijne. Verheugd aanschouwden Melanie en ik onze namen vergezeld met onze tweeling, Jozef en Hanna, opgetekend door mijn vaders hand op onze familiestamboom. Dankbaar richt ik tot Hem mijn Createur, de Ademgever.

Hartelijk dank, dierbare Vader, voor mijn adembenemende geboorte die U heeft geschonken. De uitspruitende zegen van Opa Young Jack en Oma Mariekes leven. Zie, door al hun dierbare generaties heen, hier ben ik, Olivier, geweven in de moederschoot en gediend door mijn lieve vader. Mijn geboorte was geenszins een vergissing. Familieoffer; een generatieplan door Uw offer volmaakt aan het kruis op Golgotha.

En met recht zeg ik tot U: Dank U, Abba Vader... hartelijk dank voor Uw levensadem.

EIN HERZ FÜR AUTOREN A HEART FOR AUTHORS À L'ÉCOUTE DES AUTEURS MIA KAPΔIA ΓΙΑ ΣΥΓΓΡ
HARTA FÖR FÖRFATTARE UN CORAZÓN POR LOS AUTORES YAZARLARIMIZA GÖNÜL VERELIM SZÍ
PER AUTORI ET HJERTE FOR FORFATTERE EEN HART VOOR SCHRIJVERS TEMOS OS AUTC
ZOINKERT SERCE DLA AUTORÓW EIN HERZ FÜR AUTOREN A HEART FOR AUTHORS À L'ÉCOU
BCEЙ ДУШОЙ К АВТОРАМ ETT HJÄRTA FÖR FÖRFATTARE À LA ESCUCHA DE LOS AUTOI
MIA KAPΔIA ΓΙΑ ΣΥΓΓΡΑΦΕΙΣ UN CUORE PER AUTORI ET HJERTE FOR FORFATTERE EEN
VERZÖINKÉRT SERCE DLA AUTORÓW EIN HERZ FÜI
ORAÇÃO BCEЙ ДУШОЙ К АВТОРАМ ETT HJÄRTA FÖ

De auteur

Sofia de Roode is in 1962 geboren in Merauke in
Nieuw Guinea. Ze is opgegroeid in een liefdevol
gezin met twee ouders, beiden reeds overleden,
en zeven kinderen waarvan Sofia het zesde kind
is. Het gezin verhuisde kort na haar geboorte van
Nieuw Guinea naar Waubach, Heerlen in Nederland waar ze verbleven bij haar oma. Drie jaar later
verhuisden ze naar Wurfeld in België. Daar genoot
Sofia van een onbekommerde jeugd.
Sofia groeide op als een ingetogen meisje dat
graag creatief bezig was. Drie jaar na haar
lbo-opleiding verhuisde ze terug naar Limburg in
Nederland, waar ze werk vond in de productie; van
schoon tot vies werk, van staand tot zittend werk,
van assembleren tot sorteerwerk. Na vele ver-
huizingen belandde ze in Den Haag waar ze zich
eindelijk thuis voelde en mensen ontmoette met
wie ze leerde praten, leerde te genieten van de
omgeving en loskomen van haar introversie. Haar
kerkelijke voorganger investeerde veel energie in
haar en in haar (muzikale) ontwikkeling in de kerk.

De uitgeverij

**Wie ophoudt
beter te worden
is opgehouden
goed te zijn!**

Op basis van dit motto zoekt uitgeverij novum
steeds nieuwe manuscripten! Ondertussen zijn wij in
Nederland, Duitsland, Oostenrijk en Zwitserland dé
specialist voor nieuwe auteurs.

**Elk manuscript dat wij ontvangen wordt gratis
door onze redactie beoordeeld.**

Meer informatie over onze uitgeverij en over onze
boeken kunt u op online vinden onder:

w w w . n o v u m p u b l i s h i n g . n l